장태우 역사소설

문무

1권 신라의 새로운 희망

Braille Publishing Co.,Ltd.
도서출판 점자

전3권

1권 신라의 새로운 희망

2권 삼한일통을 이루다

3권 왜의 천황이 되다

[차 례]

김춘추金春楸

신라 백정왕(白淨王: 진평왕眞平王) 46년(서기 624년). 정월 하순의 화창한 봄날이었다.

여리고 시린 늦겨울의 햇살이 방문을 밝게 비춰 선명한 무늬의 문살 그림자를 만들어주고 있었다. 방안에서 볼 때 그것은 마치 음양의 무늬를 손으로 그려놓은 것처럼 분명해서 오히려 자연스런 친밀감을 감소시켰다. 겨울의 끝자락이 남아 있는 때라 북쪽 어느 산허리를 숨차게 타고 넘어온 바람 소리에 한기가 느껴졌다. 아직 봄이 오려면 한참을 기다려야 할 것이라는 사실을 일깨워주는 듯했다.

'날씨가 얼른 풀어져야 추위에 고생하는 백성들의 고단함이 덜 할 것인데, 동풍(凍風)은 어찌 이리 더디게 남아 있단 말인가?'

춘추(金春秋)는 사랑채에 앉아 서책을 읽다 밖에서 들리는 바람 소리를 듣고 진저리를 쳤다. 마치 경풍(驚風)이 난 어린아이처럼 부르르 떠는 문풍지 소리에 저절로 목이 움츠러든 나머지, 저절로 원망 어린 눈을 할 수밖에 없었다.

'얼어붙은 산야를 녹일 수 있는 따뜻한 춘풍은 과연 언제쯤 불어올 것인가.'

바람 소리만으로도 충분히 냉기가 느껴졌으므로, 그는 몸을 떨며 자신도 모르게 중얼거렸다. 비록 허울뿐이긴 하지만 왕족이기에 따뜻하고 아늑한 방안에 앉아 있었으나, 바람 소리는 추위에 떠는 백성들의 고단한 삶을 생각게 했고, 그로 인해 해동(解冬)을 애타게 기다리는 사람들이 얼마나 따뜻한 봄바람을 기다릴 것인지에 생각이 미쳤다.

백성을 생각하는 그의 마음은 무릇 이와 같았다. 그러나 나라의 실권은 정작 다른 사람들의 손에서 재단되고 있었다. 권력의 핵심에서 멀어진 그의 처지만이 답답하고 심사 또한 사나울 뿐이었다.

춘추는 읽고 있던 서책을 덮은 후 몸을 일으켰다.

조금 전 안채의 계집종으로부터 점심을 드시라는 기별을 받은 뒤였다.

오랜 시간 서책에 매달려 글을 읽었기 때문인지 다리가 뻣뻣하고 몸이 찌뿌듯했다. 아침을 먹은 뒤 줄곧 선현들의 치세에 관한 내용 읽기에 열중해 있었으니 한창나이라고 해도 몸이 거북할 수밖에 없었다.

그는 크게 몸을 뒤틀어 기지개를 켜고 난 후 방문을 나섰다. 신발을 신기 위해 댓돌로 내려서는데 갑자기 먼지 섞인 한줄기 뒤울이 바람이 불어와 그의 몸을 휘감고는 담 너머로 사라졌다.

바람 끝이 제법 차가워 다시 진저리를 쳐야 했다. 간신히 중심을 잡아 몸을 바로 세우고는 바람이 타고 넘어간 담 너머를 향해 눈길을 주었다. 자연의 무궁한 변화가 주는 자유로움을 만끽하듯 동풍이 흐르는 곳을 따라간 그의 시선이 닿는 곳에 남산(南山)등성이 끝자락이 아득히 보였다.

담을 따라 안쪽으로 심어놓은 가지런한 수목들이 바야흐로 마지막 겨울을 참고 견뎌내느라 잔뜩 웅크린 채 스산한 모습으로 서 있는 것도 보였다. 미처 이르러오지 않은 채 뜸을 들이고 있는 따스함을 기다리는 모습들이 한결 춥고 옹색해 보였다. 그러나 하늘은 눈이 시릴 정도로 맑고 청명하기만 했고, 감히 있을지 모르는 인간들의 범접을 냉정히 저지하는 듯했다.

'예로부터 꽃샘추위라는 말도 있지 않는가.'

목련은 모진 추위를 인내하기 위해 껑충한 몸을 떨고 있었으며 돌담 옆의 개나리도 봄을 재촉하는 듯 쓸고 지나간 바람 끝에 잔가지들이 초라해 보일 뿐이었다.

'입춘이 지났으니 얼어붙은 땅을 녹이려고 봄바람이 부는 것인가?'

절기(節氣)상으로는 이미 봄이었지만 마음속에만 찾아온 봄일 뿐이었다. 그러나 이제 바야흐로 만물이 생동하는 봄이 이르러올 것이며 땅속에서 동면하던 온갖 동물들과 벌레들도 움직이기 시작할 것이라고 생각하니 새삼 마음이 놓였다.

춘추의 집은 넓은 금성(金城: 서라벌) 경계 내부의 요처에 버티고 있는 30여 채의 금입택(金入宅: 서라벌 부호들의 대가(大家)) 중 하나로 선도산 아랫자락에 위치하고 있었다.

『삼국유사(三國遺事)』에 따르면 당시 서라벌의 크기는 1천 3백 6십만 방(坊)에 사방 55리(里)를 이루고 17만 8천 9백 36호가 살고 있었다고 한다. 또한 35채의 금입택을 가지고 있었다, 라는 기록이 있다. 물론 이것은 신라 흥덕왕(興德王) 때의 기록이므로 200년 이상의 시차가 나지만, 당시 서라벌의 위용을 잘 말해주는 것으로 거의 1백만 명에 이르는 인구가 살고 있었을 만큼 번화했다고 볼 수 있다.

춘추는 저만큼 보이는 협문(夾門)을 통해 내실이 있는 안채로 빠져나갔다.

집안은 마치 물속처럼 고즈넉했다. 아버지 용춘(金龍春)과 어머니 천명(天明)부인께서 거처하시는 안채 쪽으로 눈길을 보내 봤지만 인기척이 없는 것으로 봐서 아버지께서 출타중이라는 걸 짐작할 수 있었다.

춘추는 부모님이 거처하시는 본채의 앞마당을 지나 건너편에 위치한 자신의 내실 대청마루를 오르다 문득 발을 멈추었다. 방안에서 아내인 보라궁주(寶羅宮主)의 조심스런 음성이 들렸기 때문이다.

'자장~ 자장~
우리 아가 잘도 잔다
은자동아 금자동아, 무하자태 백옥동아
금을 준들 너를 사랴, 은을 준들 너를 사랴
꼬꼬닭아 우지 마라, 우리 아가 잠을 깰라

명멍개야 짓지 마라, 우리 아가 잠을 깰라
자장~ 자장 우리 아가
자장~ 자장 잘도 잔다.'

아내의 자장가 소리는 조심스럽고 은밀하기 짝이 없었다. 그러나 한편으로는 옥구슬이 구르는 것처럼 청아하고 맑았다. 딸아이가 혹시라도 깰까 봐 조심스러울 수밖에 없는 일이었지만 애틋하고 간절한 모정이 저절로 느껴졌다. 아울러 보채는 어린아이를 재우기 위한 어머니의 간곡한 성의와 자식에 대한 애틋함이 여실히 느껴졌다.

춘추는 한동안 방문 앞에 서서 자장가 소리를 들으며 자신도 모르게 얼굴 가득 함박웃음을 짓고 있었다. 나직한 아내의 음성이 딸아이를 재우려는 그녀의 사랑스런 모습을 선명하게 떠오르게 했다. 그러자 자신도 모르는 사이에 가슴이 뿌듯해지는 보람과 행복감으로 입이 저절로 벙싯거려졌다. 아내의 딸아이에 대한 사랑이 손을 뻗으면 만져질 것처럼 느껴져 새삼 그녀의 존재가 소중하게 다가왔다.

이윽고 노래 소리가 그쳤다. 춘추는 조용히 문을 열고 방안으로 들어섰다.

"서방님 드셨습니까?"

아내는 소곤거리듯 물으면서도 한껏 웃는 얼굴을 잃지 않았다.

"쉿!"

춘추는 얼른 손가락을 세워 입에 가져가며 소리를 내지 말라는 신호를 보냈다.

아내 역시 눈치를 채고 조심스럽게 아이를 감싼 강보를 들어 올려 문을 열고 밖에서 기다리는 유모에게 아이를 넘겼다. 그리고 나서야 비로소 입을 열었다.

"아이가 잠을 자지 않고 보채는 바람에 서방님께 그만 우를 범하고 말았나이다."

"허허허, 잘하시었소."

아내의 송구스럽다는 변명에 그는 우선 호탕하게 웃음을 터뜨렸다. 아이가 방 밖으로 나간 뒤라 마음 놓고 웃을 수 있었던 것이다.

"유모를 두고 부인께서 손수 애를 재우시다니 힘들지 않으셨소?"

"아니옵니다. 소첩이 불민하여 서방님께 번거로움을 끼치는 여자아이가 태어났을까 봐 걱정일 뿐이옵니다."

"하하, 부인. 그 무슨 당치도 않는 말씀이시오? 비록 여식이라 하나 예로부터 아이들이란 그처럼 번

잡스럽게 자라야 튼튼한 법이라 들었소."

"하오나, 아이가 너무 보채고 잠을 이루지 못하는 바람에……."

"염려 마시오. 비록 여자아이라 할지라도 내에게는 천금 같은 자식이며, 우리 내외의 소중한 딸임에는 변함이 없는 일이니, 부인께서는 괜한 염려는 거두시오."

춘추는 손을 들어 흔들며 그녀의 말을 막았다. 첫 딸을 낳은 지 벌써 햇수로 삼 년이 되었다. 이제 어머니 아버지 얼굴에 입맞춤을 하려고 아장아장 다가올 줄 알았으며, 말을 배우기 위해 짧은 혀를 입속에서 우물거릴 때면 그 귀여움이란 이루 말로 표현할 수 없을 정도였다.

아이가 스스로 재롱을 피우고 까르륵 거리는 맑은 웃음을 터뜨릴 때면, 춘추는 저절로 시름이 사라진 나머지 새삼 삶의 즐거움을 만끽하곤 했다. 때 묻지 않은 밝은 음성으로 입과 혀를 움직여 말을 배우려고 오물거리는 것을 보면 세상 모든 근심과 걱정이 훨훨 날아가 버리는 것 같았다. 이렇듯 춘추 내외의 온갖 귀여움을 독차지하고 있는 딸아이였지만, 잠이 들 때면 지금처럼 아내를 귀찮게 하는 모양이었다.

아내인 보라궁주는 16세 풍월주(風月主: 화랑의 우두머리)인 보종(寶宗)의 딸로 타고난 미모를 자랑하는 여인이었다. 춘추는 그런 아내를 끔찍이 사랑했으며 그녀가 여자로서 또는 한 아이의 어머니로서 전혀 모자람이 없다고 생각했다. 그처럼 귀엽고 사랑스런 아내가 그녀 자신을 닮은 딸까지 낳아주었으니 세상 부러울 것이 없었다.

춘추는 딸아이의 이름을 고타소(古陀炤)라 지어주고, 그야말로 놓으면 깨질까 불면 날아갈까 금지옥엽처럼 키웠다. 두 모녀를 위하는 자아비의 마음 역시 여느 누구도 따라올 수 없을 만큼 정겹고 따뜻했다. 더구나 요즘은 아이의 재롱에 세월 가는 것을 잊을 정도이니 더 이상 부러울 것이 없었다.

점심을 마치고 상을 물린 춘추는 선뜻 몸을 일으킬 수 없었다. 아이가 비록 잠이 들었지만 잠자는 모습이나마 지켜보고 싶었던 것이다. 눈에 넣어도 아프지 않을 딸과 아내였기에, 그 어미가 옆에서 지켜보는 동안이나마 딸아이를 한 번쯤 안아보기라도 해야 직성이 풀릴 것만 같았다.

"부인, 딸아이의 얼굴 좀 보여주지 않으시겠소?"

춘추는 넌지시 아내에게 부탁을 했다. 비록 잠이 들어 아이의 재롱을 볼 수는 없었지만 잠자는 얼굴이나마 보지 않는다면, 책을 들어도 눈에 들어올 것 같지 않았고, 글을 쓴들 붓이 제대로 흐를 것 같지도 않았다.

서방님께서 이르시는 말씀이인데 어찌 거역하겠습니까?"

아내는 즉시 유모를 불러 아이를 데려오도록 일렀다. 딸을 다시 방안에 들인 아내는 조심스럽게 아랫목을 골라 아이를 내려놓았다. 이에 춘추는 딸아이에게 바짝 다가앉아 품에 안은 듯 가까이하고는 정신없이 들여다보기를 마다하지 않았다. 마치 놀라게 하거나 잘못 건드려 잠이 깨기라도 하면 큰일이라는 듯 조심스럽기 짝이 없었다.

아이는 곤히 잠이 들어 있었다. 춘추는 대견하고 소중한 나머지 쳐다보는 것만으로도 마음이 편해졌다.

"소첩이 불민하여 서방님께 사내아이를 낳아드리지 못한 점 죄송스러울 뿐이옵니다. 소첩이 아이를 배태한 뒤로 하루도 거르지 않고 천지신명께 일념으로 빌고 또 빌었으나 이처럼 계집아이가 태어난 것으로 미루어보면, 소첩의 정성이 미처 삼신할미 와 신령님께 닿지 않았던 듯싶습니다. 또 시어른들께도 죄송한 나머지 아직까지도 몸 둘 바를 모르겠나이다."

아내가 그의 건너편에 앉아 심히 부끄러운 듯 말했다. 지아비가 저처럼 아이를 귀여워하는데 기왕에 사내아이를 낳지 못해서 어느 정도 자책을 느끼고 있는 것이 틀림없어 보였다.

"하하, 부인. 아이가 태어난 지 벌써 3년이 됐소. 이제 와서 새삼스럽게 그 무슨 말씀이시오?"

춘추는 조용히 웃으며 아내의 말에 눈을 크게 뜬 채 놀랍다는 표정을 지어 보였다. 어찌 그녀의 마음을 모르겠는가? 아내의 갸륵한 뜻을 충분히 짐작할 수 있었으므로 오히려 그녀를 위로해 주고 싶을 뿐이었다.

"딸아이를 볼 때마다 소첩에게는 아쉬운 생각이 들곤 합니다. 이 아이가 사내아이였다면 시부모님이나 서방님께서 한층 더 기뻐하셨을 것이라고 말입니다."

"부인께선 그런 말씀은 아예 하지 마시오. 난 딸이 더 좋소. 더구나 우리 내외의 소중한 자식인데 아들이면 어떻고 딸이면 또 어떻소? 건강한 몸으로 이처럼 무럭무럭 자라니 그것만으로도 크나큰 다행이 아니오. 아직 날씨가 풀리지 않아 차가우니, 부인께서는 건강이나 각별히 유념하시기 바라오."

사실 춘추는 자신의 자식이 생겼다는 사실이 마냥 신기하고 좋았다. 아들이고 딸이고 따질 계제가 아니었다. 아이가 태어난 지 2년이 됐지만 아직까지도 그 마음은 변치 않았다. 그러나 보라궁주는 원체 아들이 귀한 가문에 시집와 떡두꺼비 같은 첫아들을 낳지 못한 것이 못내 마음에 걸리는 듯했다.

춘추는 강보를 조심스럽게 풀어헤쳐 아이의 손을 꺼냈다. 깊은 잠에 취해있는 아이는 아비가 자신의 손을 꺼내 그처럼 흐뭇하게 들여다보는 것도 모른 채 여전히 잠에 취해 있었다. 여린 새순처럼 작고 앳된 고타소의 손은 앙증스럽기 짝이 없었다. 세파에 때 묻지 않은 채 무럭무럭 자라는 딸아이의 작은 손이 보물처럼 느껴졌다. 춘추의 입 언저리에서는 연신 웃음이 떠나지 않았다.

"허, 부인께서 자장가를 불러주시더니 고타소를 아주 깊이 잠들게 했나 보오."

춘추가 아내와 딸을 번갈아 바라보며 말했다.

“잠자기 전에 하도 칭얼거려서 잠시 자장가를 불러주었습니다. 재우기가 힘이 들어서 그렇지, 한 번 잠이 들면 이처럼 곤히 자곤 한답니다.”

보라궁주가 부끄러워하면서 애써 딸아이의 잠버릇을 일러 주었다. 이에 문득 춘추는 아내를 골려주고 싶은 생각이 불현듯 솟구쳤다.

“하하, 그거야말로 아이가 제 어미를 닮은 모양이오.”

보라궁주 역시 한 번 잠이 들면 웬만해서는 좀체 깨어나지 않았기 때문에 춘추는 아이의 잠버릇에 빗대 그녀를 놀려주었다.

“서방님께서는 지금 저의 잠버릇을 놀리시고 계십니다.”

보라궁주는 얼굴이 빨갛게 변한 채 부끄러운 듯 애꿎다는 표정으로 눈웃음을 지었다.

“허나 아이가 어미를 닮았다는 내 말에 거짓은 없지 않소? 하하하…….”

춘추는 호탕하게 웃으며 잠든 아이의 작은 손을 쥔 채 시간가는 줄 모르고 있었다. 자신도 모르게 큰소리로 웃었지만 다행히 아이는 잠에서 깨어나지 않았다.

'인생이라는 것이, 이렇게 살다 홀연히 가는 것 아닌가.'

춘추는 새삼 그런 상념이 문득 들었다. 아내를 옆에 두고 잠든 여식을 들여다보며, 자신의 일신을 돌이켜보았던 것이다.

'생각보다 가까운 곳에 이처럼 사는 즐거움과 오롯한 기쁨이 있는데 내 무엇을 더 욕심낼 것인가.'

다시 돌이켜 생각할 수밖에 없었다. 착하고 아리따운 아내와 함께 귀여운 아들 딸을 낳아 기르며, 그들이 병들지 않고 무럭무럭 자라는 것을 지켜보는 재미가 바로 가장 큰 즐거움일 것이라는 생각이 들었다. 행복이란 이처럼 평범한 일상 속에서 얻어지는 것이라는 생각이 문득 들었다. 권력을 잡은들 이런 일상적인 즐거움을 모른다면 그것 역시 불행한 일이었다.

'무릇 사람의 욕심이란 끝이 없는 법, 차라리 참고 또 인내하리라. 이보다 더한 행복이 어디에 있을 것이며, 또한 무엇을 더 바래 구하려 할 것인가?'

춘추는 잠자는 아이의 천진스런 얼굴에서 세상의 모든 이치를 찾기라도 하는 듯 하염없이 아이를 바라보았다. 소박한 꿈일망정 이처럼 온전하게 보존할 수 있다는 게 중요했다. 그리고 권력이란 한낱 헛된 욕심이고 결국 부질없는 망상이며 또한 이루어지지 않는 대망일 뿐, 결국 과감히 버릴 줄 알아야 한다고 자신에게 타이르는 걸 잊지 않았다.

'왕권이라는 것은 결국…… 하늘이 알아서 점지할 뿐이다.'

그는 지금까지 그래 왔듯 스스로의 마음을 다독여 진정하는 것을 마다하지 않았다. 덧없고 부질없기 때문에 권력으로부터 초연해지려고 수없이 노력해 왔던 것이다. 그는 왕권의 언저리에서 멀어지기 위해 의식적으로 발버둥치던 수많은 나날들을 조용히 음미하며 자신을 돌이켜보았다. 조부이신 진지대왕(眞智大王)께서 갑자기 폐위를 당하시고 구중궁궐에 유폐(幽閉)된 지 3년 만에 돌아가시고, 작은할아버지께서 왕위를 이어받을 수밖에 없었던 모든 과정을 스스로 이해하고 받아들이는 것만이 최선이라고 생각해왔다.

그로 인해 자신은 이미 왕권과 자연스럽게 멀어진 것이라 자조하며 그 허망한 사실을 믿으려 노력하고 있었다. 비록 어머니 천명공주(天明公主)의 피를 이어받아 성골(聖骨)신분이라고는 하지만, 또 할아버지를 대왕으로 모시고 세상에 태어났지만, 세상에 태어나는 순간부터 왕권과는 거리가 멀어진 것이라고 생각하고 미련을 버린 채 살아왔었다. 그것은 할아버지의 대를 이어 아버지께서 왕위를 물려받지 못했기 때문에 일견 당연한 일이기도 했다.

'세상을 다스리는 모든 이치와 만물을 움직이는 자연의 섭리가 인간의 뜻과는 무릇 다르듯, 또 뭇 생명의 살고 죽음이 분명 하늘의 뜻인 것을 하찮은 인간으로서 무엇을 뒤바꿀 수 있단 말인가?'

오죽하면 아버지께서 스스로 백반(伯飯: 진평왕의 동생)을 찾아가 자신의 골품을 성골(왕권의 수권(授權)신분)에서 진골(眞骨: 왕족이되 왕권과는 무관한 왕족)신분으로의 수직낙하를 자청하면서까지, 왕권에 뜻이 없음을 밝히고 일족의 편안함을 추구했을까.

신라 왕실에서는 성골이 아니면 왕위를 물려받을 수 없었다. 그러나 시종일관 왕위를 탐하는 갈문왕(葛文王: 왕의 동생을 일컫는 호칭) 백반이 이미 늙은 임금(진평왕)을 대신해 거의 전권을 휘두르고 있었으므로, 춘추의 아버지 용춘은 스스로 백반을 찾아가 읍소(泣訴)하면서까지 자신과 아들 춘추의 신분을 성골

(聖骨)에서 진골신분으로 낮춰주기를 간청했던 것이다. 이는 용춘 자신과 아들인 춘추의 생명을 노리게 되는 사단을 미연에 방지하기 위한 일련의 자구책에 다름 아니었다. 따라서 당시 춘추의 신분은 성골이 아닌 진골이었다.

'하물며 한 나라의 사직과 만 백성의 안위를 책임지는 제왕에 오르고 또한 오르지 못함에 있어서야 새삼 일러 무엇을 할 것인가.'

그 때문에 그는 오직 하늘의 뜻일 뿐이라며 왕권에서 초연해질 수밖에 없었으며 또한 권력에서 멀어지기 위해 스스로 노력하고 있었던 것이다.

'모든 것들은 하늘이 알아서 점지해주거나 빼앗는 것이거늘, 비록 왕권이 저만큼 가까이 있다 해도 스스로 나를 비켜 간다면 내 무엇을 아쉬워할 것인가.'

오직 하늘이 알아서 점지해주고 또한 천운이 닿지 않아 왕위에 오를 수 없다 한들, 과연 누구를 원망할 것인가? 그 때문에 친 어머니이셨던 사도태후(思道太后)에 의해 할아버지 진지대왕이 왕위에서 물러나게 된 동기나 배경에 대해서도 그는 스스로 알려고 하지 않았다. 오래전에 있었던 왕실의 복잡한 과정을 깊이 따져보려고 하지도 않았다. 다만 자신의 어머니에 의해 왕좌에서 물러난 조부 진지대왕의 심사가 얼마나 참담했을지 생각해보고는, 차마 자신의 능력으로는 가름해볼 엄두조차 낼 수 없었던 것이다.

'훌훌 털어버리도록 하자.'

춘추는 다시 마음속으로부터 스스로에게 다짐했다.

'저잣거리에서 막걸리 사발을 시원스레 들이키고 돌아서듯 훌훌 털어 버린다면 더 이상 무엇이 아쉽겠는가?'

춘추는 스스로를 다독이며 권력을 향한 자신의 어리석음을 깨달으며, 속내를 애써 억제하고 무마시키기를 마다하지 않았다.

'드높은 묘당(廟堂) 처마 아래서 당대의 시국과 백성들의 안위를 논한들, 이처럼 일상적인 삶에서 찾을 수 있는 행복을 어찌 얻을 수 있을 것인가?'

그는 사랑하는 아내와 함께 자식을 낳아 건강하게 키우는 단순한 일상이 바로 자기성찰의 기회라는 것을 뒤늦게 깨닫고, 권력에 대한 온갖 미망으로부터 벗어남으로써 비로소 참된 행복이 어디에 있는 것인지를 간파했다. 비록 성군(聖君)이 돼 한 나라를 호령

한다 한들 삶의 보람과 기쁨을 얻지 못한다면 그것 역시 불행한 일이었다.

그러나 그때까지도 춘추는 자신이 왕권에서 이미 멀어졌다는 사실만을 스스로에게 각인시키기에 급급할 뿐, 가까운 장래에 자신에게 닥쳐올 운명적인 변화에 대해서는 전혀 짐작조차 하지 못했다.

2월이 됐다.

"나리."

"무슨 일이냐?"

방문 밖 가노(家奴)의 기척에 춘추가 물었다.

"유신(金庾信)공 댁에서 사람을 보내왔나이다."

"유신공께서?"

춘추는 반가운 내색을 숨기지 않은 채 되물었다. 그는 언제나 유신을 따르며 믿고 의지했기에 그 마음을 하인들 앞에서도 감추지 않았다.

"네, 나리 마님."

"들라 해라."

"알아 모시겠습니다."

춘추는 방안에서 기다리지 못하고 방에서 나와 마루 끝에 섰다. 날씨는 여전히 맑았으며 오후의 여린 햇살이 담장 넘어 펼쳐진 들과 숲을 가득 채워주고 있었다. 잠시 후 유신공이 보낸 사람이 안채 마당에 들어섰다.

"안녕하시옵니까? 부제(副弟)님."

하인을 따라온 젊은이가 다가와 고개를 숙이며 인사를 했다.

춘추가 내려다보니 낯이 익었다.

"어인 일이냐?"

"전임 풍월주이신 유신(金庾信)공께오서 축국(蹴鞠: 축구) 잔치나 한바탕 벌이자 하시며 급히 찾아 계십니다."

"축국이라?"

"예, 부제님."

"흠! 그래?"

"……."

"헌데, 너는 좌방대화랑(左方大花郞)에 속해 있는 낭도가 아니더냐?"

춘추는 비로소 생각이 났다는 듯 그에게 물었다.

"제 이름은 설중업(薛重業)이라 하옵고, 말씀하신

대로 좌방대화랑에 몸담고 있는 평도(平徒)이옵니다."

"평도였더란 말이냐?"

춘추는 천천히 고개를 끄덕였다. 어쩐지 낯이 익다 싶었던 것이다.

"그렇습니다."

자신이 비록 부제(副弟: 풍월주 바로 아래의 위계)에 올라 있었지만 수많은 화랑들의 얼굴을 하나하나 기억할 수는 없는 일이었다.

당시 신라의 화랑도(花郎道)에는 풍월주라는 최고의 우두머리 밑에 다음 풍월주의 제1 후보가 될 부제가 있었으며, 그 밑으로 좌방대화랑(左方大花郎), 우방대화랑(右方大花郎), 전방대화랑(前方大花郎) 각 1명씩을 두고 있었다. 좌방대화랑 밑에는 좌화랑(左花郎) 2명, 소화랑(小花郎) 3명과 함께 묘화랑(妙花郎) 7명이 포진해 있으며, 그 밑에 3부(部)를 두어서 도의(道義), 문사(文事), 무사(武事)를 관장하도록 했다. 우방대화랑(右方大花郎) 밑에는 역시 우화랑 2명과 소화랑 3명, 그리고 묘화랑 7명이 있고, 그 아래 3부를 두어 현묘(玄妙), 악사(樂事), 예사(藝事)를 관장했다. 전방대화랑(前方大花郎) 밑에도 같은 편제(編制)에 3부를 두어 유화(遊花), 제사(祭事), 공사(供事)를 관장하도록 하고 있었다. 이 밖에도 진골화랑(眞骨花郎), 별문화랑(別門花郎), 별방화랑(別方花郎) 등을 두어서 12~14세의 진골귀족 및 대족(大族)과 거문(巨門) 출신의 준수한 자제들만으로 화랑에 임명하도록 했다.

서민들의 어린 자제들도 낭문(郎門)에 가입하면 낭도가 될 수 있었다. 그들이 자라 13~14세에 동도(童徒)가 되고, 18~19세에 평도(平徒)가 되었으며, 23~24세에 대도(大徒)가 될 수 있었다. 대도 가운데 선발된 자를 망두(望頭)라 불렀으며, 망두 가운데 공이 있고 재주가 남다르면 신두(臣頭)가 될 수 있었다. 이미 신두가 된 사람은 낭도들의 우두머리인 낭두(郎頭)가 될 수 없었고, 낭두는 또한 망두 중에서 임명하도록 되어 있었다. 한편 망두가 되지 못하고 나이 30세가 차면 화랑도에서 나와 병부(兵部: 오늘날의 국방부)에 들어가거나 향리로 돌아가서 어른 노릇을 하도록 했다.

설중업은 말하자면 서민 출신의 평도였다. 때문에 자신이 부제 자리에 있다고는 하지만 설중업이라는 자를 한 눈에 알아보기는 어려운 일이었다.

"알겠다."

쌀쌀하긴 하나 날씨가 이처럼 맑고 청명하니 유신

공께서 낭도들과 어울려 축국이라도 벌였으면 하는 모양이었다.

춘추는 설중업을 밖에 세워둔 채 안채에 들어가 아내에게 말했다.

"마침 잘 됐소. 몸도 이처럼 찌뿌듯한데, 낭도들과 어울려 축국판이나 한바탕 벌이고 몸을 풀어야겠소."

"축국을 하신다는 말씀이십니까?"

보라궁주는 미간 사이에 설핏 그늘을 만들며 물었다.

"그렇소, 내 나갔다 오리다."

"날씨도 아직 쌀쌀하고 한기가 차가운데……."

"하하, 걱정 마시오. 설마 이 김춘추에게 고뿔 따위야 들겠소."

그는 아내에게 이르고는 설중업과 함께 곧장 집을 나섰다.

유신공의 집은 남산 아랫자락에 위치하고 있었다.

원래 그의 아버지 김서현(金舒玄)은 만노군(萬弩郡) 태수로 봉직하고 있었으나 유신은 부모와 떨어져 서라벌에 머물고 있었다. 이는 당시 나라 법에 서라벌 외의 외주(外注)에 나가 봉직하는 벼슬아치들이 외국

(外國: 백제와 고구려)의 유혹을 이기지 못해 저들과 접선을 하거나 회유당하는 것을 미연에 방지하기 위한 장치로 상수(常隨) 제도라고 불렸다. 이를테면 유신은 인질이었던 셈이다.

집을 나선 춘추는 설중업을 앞질러 유신의 집을 향해 달리는 말에 채찍을 가했다.

따스한 2월의 밝은 햇살이 춘추의 연한 옥색 저고리 어깨 위에 내려앉았다. 춘추는 달리는 말 위에서 한창 날고뛰어 자유스러워야 할 유신이 올무에 걸린 짐승처럼 꼼짝 못하는 상황을 떠올렸다.

유신은 원래 자신보다 나이가 일곱 살이나 더 많았다. 아울러 그는 이미 화랑도의 최고 지위인 풍월주를 지내고, 지금은 전임 풍월주로서 화랑도 전체에 심대한 영향력을 과시하고 있었다. 나아가 수많은 낭도들 사이에서 누구도 의심치 않는 원로로 대우받으며 화랑 무리를 충직하고 화합된 나라의 간성으로 이끌어 가는데 탁월한 경륜을 발휘하고 있었다. 그러나 유신의 그러한 위치 때문에 그를 그처럼 믿고 따르는 것은 아니었다. 무릇 사나이들의 세계에서 자신을 진심으로 알아주는 상대에게는 가진 걸 다 내주어도 아깝지 않은 법이라 하지 않던가.

그의 마음속에는 유신을 향한 깊은 의리와 변하지 않는 우정이 완고하게 자리 잡고 있었다. 그런 나머지 확고한 믿음에서 생성된 신의를 지키기 위해 부단히 노력해왔다. 서로 의리와 믿음을 지키는 일에 있어서 그깟 나이의 많고 적음이 과연 무슨 소용이 있을 것이며, 또한 그가 이미 풍월주를 지냈다 한들 그것이 서로에게 얽힌 신뢰를 쌓는데 무슨 도움이 되겠는가.

유신공과 자신 사이에는 누구도 방해할 수 없을 정도로 질긴 믿음의 동아줄로 엮여 있다고 생각하기를 감히 주저하지 않았다. 그것은 마치 인간의 힘으로는 감히 거스를 수 없는 숙명처럼 질긴 것이었으며, 하늘이 점지해 주신 업보만큼이나 확실하고 명백한 하나의 인연이라고 믿어 의심치 않았다. 사내들의 관계에 있어서 그보다 더 중요한 것이 과연 무엇일 수 있단 말인가.

유신은 가야국 왕가의 후손으로서 누구도 부인할 수 없는 뜨거운 피가 전신을 관통해 흐르고 있었다. 그의 내면 깊숙한 본연의 자리에는 타고난 용맹성과 충의에 넘치는 정신세계가 자리하고 있었다. 이를 지켜보는 춘추는 자연 그에게 사사로운 호의를 느끼게 되는 걸 어쩔 수 없었다. 다만 그가 아직 뜻을 세우고 출사하여 크게 이름을 떨치지 못하는 이유는 시기가 적절치 못했기 때문이라고 생각했다.

춘추로서는 젊음이 넘치는 나이에 우주 만물의 이치와 생성하고 사멸하며 윤회하는 도리를 깨우쳐 하나의 참된 인간으로 거듭나려는 시기였기에, 결정적인 조언과 충고를 유신에게서 수시로 받아 왔다. 그가 익힌 갖가지 절기의 무예와 그가 소유한 서책에 쓰여 있던 온갖 병법들 역시 고스란히 전수(傳受)받았다. 아울러 일찍이 자신에게는 발견할 수 없었던 무궁한 담력과 삶에서 마땅히 얻어 지녀야 하는 섭리와 공사(公私), 정사(正邪)를 헤아리는 혜안까지 이어받았다.

"공께서는 공이 지니고 태어난 육신이 공 개인의 사사로운 것이 아니라는 점을 명심하시오. 비록 성골에서 진골 신분으로 바뀌었다 하지만 결코 기회가 없는 것은 아닐 것입니다. 그대 집안이 공에게 걸고 있는 것이 무엇인지를 확연히 깨닫고 오직 그 길을 향해 매진해서 장차 잃어버린 보위를 되찾아 물려받아야 한다는 것을 결코 잊지 마시오."

이미 권력이나 왕권에서 초월했다는 것을 밝혔지

만 언제나 춘추가 처해있는 처지를 새삼스럽게 일깨워주기를 마다하지 않는 유신이었다.

몇 해 전의 일이었던가?

유신은 자신이 가지고 있던 풍월주의 자리를 춘추에게 물려주려고 한 적이 있었다. 그러나 쟁쟁하고 나이 많은 화랑의 선배들이 위에 줄줄이 포진해 있었으며, 힘의 역학관계로 따져볼 때 자신이 나서서는 아니 되는 시기라고 믿었기 때문에 고사(固辭)하고 말았다. 15세 풍월주였던 유신공의 자리를 물려받은 16세 풍월 주 보종이 누구인가. 왕실 내부의 실질적인 힘의 소유자인 미실궁주(美室宮主)의 막내아들이었다. 그 때문에 춘추는 유신의 뜻을 고사하기 위해 오히려 그를 설득해야 할 정도였다.

그때는 춘추가 아직 보종의 사위가 되기 전으로 특별한 관계가 설정되기 전이었었지만, 지금에 와서 다시 생각해보면 춘추로서는 풍월주의 자리를 보종에게 양보하기를 천만다행으로 생각했다. 그로 인해 춘추는 보종의 후의(厚誼)와 왕실의 적극적인 후원에 힘입어 보종의 딸과 혼인을 할 수 있었다. 다시 생각해봐도 당시 자신의 선택에 대해서 전혀 미련이 남지 않았다.

유신의 집에 당도했을 때는 이른 봄 한낮의 햇살이

서쪽으로 설핏 기울어 있었다.

"유신공께서는 뒷동산에서 여러 낭도 분들과 춘추공을 기다리고 계신지 이미 오래되었나이다."

유신의 몸종인 소천(昭天)이 춘추를 보고 반가워하며 말했다. 이에 소천을 따라 뒷마당에 이르니 여러 낭도들이 모여 웅성거리며 서 있었고 무리들 틈에 섞여 있던 유신이 환하게 웃으며 춘추를 맞아 주었다.

"하하, 춘추공. 어서 오시오."

"갑자기 부르심을 받아 한달음에 달려오는 중입니다."

춘추는 이마에 밴 땀을 훔치며 말했다.

"날씨도 청명하고 이리 맑은데 춘추공과 함께 축국이나 한바탕 겨눠보려고 모셨습니다. 어떠시오?"

"그렇습니까?"

춘추는 담담하게 되받았다. 보아하니 낭도들 사이에 이미 축국판은 결정이 되어 있는 듯 보였기 때문에 자연 호들갑을 떨며 뒤늦게 동의할 필요는 없다고 생각한 것이다.

"별로 내키지 않으시오?"

춘추의 표정을 살핀 유신이 물었다. 그는 즉시 춘추의 표정을 읽은 후 혹시 자신의 서두름이 자칫 상대에게 폐가 되지 않을까 걱정하는 모양이 역력했다.

"하하, 아닙니다. 그렇지 않아도 서책을 읽노라니 몸이 나른해져 있던 참이었습니다. 무엇을 하든지 몸을 풀어야 할 형편이었습니다."

춘추는 호탕하게 웃으며 자신의 뜻을 비로소 내비쳤다.

"그거 마침 잘 되었소. 허면 이쪽으로 오시오."

유신이 춘추를 안내해 낭도 무리들 사이로 다가갔다. 유신은 그 자신이 춘추보다 연장자일 뿐만 아니라 화랑의 위계로 따져 보더라도 훨씬 선배 대열에 들어 있었지만 지금까지 한 번도 춘추에게 하대를 해본 적이 없었다. 이는 두 사람 사이에 흐르고 있는 의리와 신뢰, 그리고 우정을 더욱 값지게 지켜내기 위한 하나의 방편이라는 것을 춘추 역시 잘 알고 있었다.

"이제야 부제이신 춘추공께서 당도하셨소!"

유신공이 고함을 지르자 낭도들의 휘파람 소리가 요란해지며 갑자기 무리 사이에 활기가 돌았다. 이렇듯 유신에게는 군중을 다스리는 힘이 있었다.

"염장(金廉長)공께서는 안 계시는 모양입니다?"

염장은 보종으로부터 지위를 물려받은 17세 풍월주였다. 때문에 그가 보이지 않자 춘추는 묻지 않을 수 없었다.

"집안에 갑작스런 일이 생겼다며 돌아갔습니다. 비록 풍월주는 계시지 않지만 우리끼리 편을 가르면 될 것이오."

유신이 설명했다.

'풍월주라는 자리가 어떤 자리인가.'

일단 풍월주가 되면 그의 정실부인은 자연스럽게 화주(花主)가 됐으며 더불어 막강한 화랑과 원화(源花: 화랑에 버금가는 여자 집단) 조직을 총괄하며 전체 낭도와 원화들의 우두머리로서 조직 전체를 이끌어 나가게 돼 있었다. 나라의 인재를 길러 어질고 현명한 충신(忠臣)들을 선별해 발탁해내고 양장용졸(良將勇卒) 거의 모두가 화랑에서 배출된다 해도 과언이 아니었다. 따라서 나라의 중요 기관에 화랑 출신자들이 두루 요직을 차지하고 있었기 때문에 화랑에 편입됐다는 것만으로도 자손 대대로 그 이름이 빛을 낼 것은 당연한 일이었다.

유신은 그런 중요한 자리인 15세 풍월주에 이미 올랐었다. 자리를 보종에게 물려준 뒤였기 때문에 풍월주의 선배 항렬에 올라 있었으며, 보종이 다시 그 자리를 염장에게 물려주니, 지금의 풍월주인 염장은 17세의 화랑의 우두머리인 셈이었다.

“좋습니다. 그럼 유신공께서 편을 가르시지요.”

낭도들을 모아 편을 가르기 시작했다. 그러나 굳이 편을 가르고 자시고 할 것도 없었다. 화랑의 여러 낭도들이 같이 모인 자리였기 때문에 그들이 각자 소속해 있는 좌방대화랑과 우방대화랑으로 묶으면 끝나는 일이었다. 쉽게 각자 편을 가른 뒤에 유신은 좌방대화랑 편에 합류하기로 했으며, 춘추는 우방대화랑 편에서 싸우기로 했다. 그리고 좌방대화랑 편은 이마에 흰 띠를 두르고 우방대화랑 편은 파란 띠를 동여맸다.

이윽고 공이 시합장으로 쓰이는 마당 안을 구르기 시작했다.

상대편의 울안에 세 번을 먼저 넣는 쪽이 이기는 것으로 했으며, 지는 쪽이 이기는 편에게 만취가 되도록 술을 사는 것으로 결정을 보았다.

겉옷을 벗은 후 대님을 풀어 다리에 단단히 묶은 춘추는 공을 따라 뛰기 시작했다.

공이 구르는 방향을 따라 이리저리 뛰면서 부단하

게 움직이면서도 상대편의 울 안으로 넣기 위해 기회를 엿보며 혼신의 힘을 기울였다. 낭도들이 어지럽게 얽히고설키었으며 그때마다 넓은 공터의 먼지가 뽀얗게 피어오르곤 했다.

한동안 아군과 적군 할 것 없이 정신없이 돌아쳤다. 서로 공이 구르는 방향을 따라 움직이며 상대편의 울안으로 공을 차 넣으려고 정신이 없을 지경이었다. 뻗쳐오르는 의기와 승부에 대한 집착이 함께 어우러진 탓에 너나 할 것 없이 신경을 집중하고 있었다. 바람 끝이 제법 차가운 날씨였지만 이마에는 금방 굵은 땀방울이 맺혀 흘렀고, 이내 속옷마저 땀에 젖기 시작했다. 숨이 턱에 닿아 들이쉬고 내쉴 때마다 황소처럼 헐떡였으며 입에서는 더운 김이 무럭무럭 품어져 나왔다. 이쪽에서 공을 몰고 뛰는가 하면 어느새 저쪽에서 가로챘으며 적군에서 몰고 가던 공을 이쪽 낭도가 몸을 날려 삽시간에 따돌리기도 했다. 가히 어지러울 정도로 서로가 공을 쫓아다니기를 마다하지 않았다. 서로의 명예가 걸린 일전이었기 때문에 질 수 없는 승부를 펼치는 것이었다.

시간이 얼마나 흘렀는지 알 수 없었다. 좀체 승부가 나지 않았다. 서로 아직 첫 번째 공도 상대의 울안으로 차 넣지 못했던 것이다. 실력이 엇비슷하기도 했지만 무엇보다도 연일 부단하게 수련을 쌓는 낭도들이었기 때문에 어느 편이든 쉽게 이길 수 없었다.

강철처럼 건강한 육체와 꿋꿋하고 굽히지 않는 불굴의 정신을 만들기 위해 눈만 뜨면 씨름이다, 검술이다, 수박(手搏) 등에 여념이 없었으니 공을 잡아채고 뛰어나가는 낭도들을 쉽게 쫓을 수조차 없을 지경이었다. 낭도 모두들 혈기가 왕성했으며, 어디에 내놓는다 해도 손색이 없는 나라의 간성(干城)들임에 틀림없었다.

춘추는 상대편 낭도 하나가 공을 밀고 압박해 들어오는 걸 막기 위해 몸을 날렸다. 그러나 상대는 교묘한 발재간을 이용해 가볍게 뒤쪽으로 빠져나갔다. 그리고는 상대의 울이 있는 곳으로 압박해 들어갔다.

'위기다!'

춘추는 순간적으로 위기임을 직감했다. 더구나 자신이 공을 막지 못했기 때문에 더욱 초조해졌다. 자신 외에는 마지막으로 수비할 자가 아무도 보이지 않았다. 낭패감에 쌓인 춘추는 자신을 따돌리고 저만큼 울 문을 향해 돌진해 들어가는 상대편 낭도를 뒤쫓았다. 그리고 자신의 발과 공의 거리가 충분하다고 여겨졌을 때 과감하게 몸을 날렸다.

다음 순간.

'아뿔싸!'

춘추는 자신이 헛발질을 날렸다는 걸 알았다. 여전히 공은 상대편의 발에 매달린 채 울을 향해 굴러가고 있었다. 직감적으로 자신이 너무 늦었었다는 걸 깨닫고 탄식을 뱉어야 했다. 상대편 낭도의 발에 의해서 내질러진 공은 쏜살같이 울을 향해 돌진하고 있었다. 그리고 다음 순간, 상대편 낭도가 내지른 발길을 따라 공이 문지기의 가랑이 사이로 빠져나가는 걸 볼 수 있었다. 결국 춘추의 우방대화랑은 한 점을 먼저 잃고 말았다.

"와!"

"와~ 과연 잘한다."

경기장 밖에서 옹기종기 모여 구경하던 낭도들의 입에서 탄성이 튀어나왔다. 춘추는 분하기 짝이 없었지만 선취골을 당했다는 걸 인정할 수밖에 없었다.

'축국은 힘만으로 되는 운동이 아니다.'

춘추는 스스로를 향해 마음속으로 다시 한번 다짐을 했다.

만일 진다면 술판이야 얼마든지 마련해서 거나하게 서로 취하면 그뿐이었다. 오늘 하루가 아니라 열흘이라도 술판을 만들어줄 수 있었다. 그러나 결코 이대로 물러설 수는 없는 일이었다. 이대로 시합이 끝나도록 보고 있을 수만은 없다고 생각했다.

"자, 기회는 얼마든지 만들 수 있으니 실망하지 말고 힘을 내자!"

춘추는 자기편 낭도들에게 격려와 응원을 보냈다. 자신의 실책을 만회하기 위해서라도 낭도들에게 오히려 힘을 북돋아줘야 한다고 생각한 것이다.

다시 경기가 시작됐다.

축국에 사용하는 공은 둥근 돌을 짚으로 싸서 둥글게 뭉친 후 칡넝쿨로 촘촘하게 둘레를 엮어서 만들었다. 공을 다루는 시간이 많은 쪽이 이기도록 돼 있는 것이 바로 축국이라는 경기의 묘미였다. 공을 다루는 시간이 많을수록 상대편 울 안으로 차 넣을 확률도 많아지기 때문이다. 그 탓에 언제든 상대편 낭도가 가지고 있는 공을 빼앗기 위해 다툼이 벌어지기 마련이었다. 그래서 축국을 하다 정강이뼈가 부러지거나 가슴을 심하게 다쳐 며칠 동안 일어나지 못하는 경우도

가끔씩 생기곤 했다. 때문에 그칠 줄 모르는 강인한 체력이 뒷받침돼야 했으며 발재간은 물론이고 상대를 홀리기 위한 속임수도 적시에 쓸 수 있어야 했다.

춘추는 며칠 전에도 이곳에서 축국을 했었다. 당시에는 유신 공이 자리를 비운 터라 풍월주인 염장공과 부제인 자신이 각각 좌방대화랑과 우방대화랑 낭도들에 섞여 시합을 벌였다. 시합은 춘추의 우방대화랑 낭도들이 이겼다. 그러나 오늘에 이르러 선취골을 빼앗기고 나니 질지도 모른다는 두려움이 일고 자연 투지가 불타올랐다.

'정신을 차리지 않으면 오늘은 질 수도 있다!'

춘추는 공을 쫓아가며 새롭게 마음을 다잡을 수밖에 없었다. 그러나 기회는 쉽게 찾아오지 않았다. 공이 상대의 울 안으로 들어가는 것 같았지만 번번이 상대편의 낭도에게 막혀 무위로 돌아가는 일이 몇 번이고 반복됐다. 서로가 혈기 왕성한 젊은 낭도들이었을 뿐 아니라, 축국에서 진다는 것은 소속된 대화랑의 명예와 체면에 손상이 가는 일이었으므로 모두들 혼신의 힘을 기울였다. 그 때문에 좀처럼 기회를 잡을 수가 없었던 것이다.

잠시 후 모처럼 공을 차지한 춘추가 발재간과 속임

수를 써서 좌방대화랑의 낭도 두 명을 따돌리고 상대편 울 가까이 몰고 갔다. 그리고는 상대편 낭도 하나도 무사히 제켜 더욱 울 쪽으로 접근해 갔다.

춘추는 마침내 기회가 왔다고 직감적으로 느꼈다.

'이제는 공을 차 넣는 일만 남았다.'

춘추는 발길을 길게 내뻗으면 충분히 넣을 수 있으리라 믿어지는 지점까지 무사히 공을 몰았다. 그리고 다음 순간 공을 차 넣기 위해서 길게 숨을 들이켰다. 이제 결정적인 발길질 한 방이면 상대와 동률을 이룰 수 있을 터였다. 길게 들이킨 숨을 일단 멈추고 상대편의 울을 살펴보았다. 공을 차 넣기 전에 정확한 위치를 잡기 위해서였다. 상대편 문지기도 아군과 적군이 어지럽게 휘 돌아나가는 통에 시야가 막혀 있을 뿐 아니라 울에서 저만큼 비켜나 있었다. 천금 같은 절호의 기회였다. 숨을 모아 끊은 채 길게 발길을 내지르려는 순간이었다. 커다란 그림자 하나가 옆에서 순식간에 돌진해 들어왔다. 갑자기 눈앞이 깜깜해졌다. 미처 발재간으로 따돌릴 틈도 주지 않는 짧은 순간이었다. 춘추는 힘껏 발길질을 날렸다. 그리고는 압박해 들어온 상대편 낭도와 한 덩어리가 돼 엉켜 돌았다. 그가 누구인지 알 수 없었으며 알 필요도 없었다. 오직 공을 차 넣는 것에만 신경을 쓴 나머지 다른 것은 생각할 엄두도 여유도 없었다. 이윽고 춘추가 공을 향해 발을 내뻗고 난 뒤 미처 몸을 뺄 여유도 없이 두 사람이 뒤엉켜 굴러 쓰러졌다.

'아뿔싸!'

다른 소리는 아무것도 들리지 않았다.

섬광처럼 짧은 순간이 지나는 동안 춘추는 자신이 내지른 공이 상대편의 울 안을 향해 돌진하는 걸 지켜볼 수 있었다. 찌~익! 하며 저고리 고름이 찢겨 나가는 소리가 들렸지만 그것 따위에 신경 쓸 틈이 없었다. 오직 자신의 내지른 공이 울 안으로 들어갔는지에 대해서만 정신이 팔려 있었던 것이다.

"와~!"

낭도들의 함성소리가 어렴풋이 들려왔다.

"과연 뛰어난 절기로다!"

"훌륭한 솜씨다!"

뒤이어 감탄해 마지않는 소리도 들려왔다.

그제서야 정신을 차려 눈을 들어보니 유신이 자신과 함께 바닥에 넘어져 있었다.

축국의 진수를 맛보도록 하는 두 사람의 발놀림에

같이 시합을 하던 낭도들과 밖에서 구경을 하고 있던 낭도들이 계속해서 함성을 내뱉었다.

동점을 만들어낸 것이다. 춘추는 오직 그것만이 다행이다 싶었다.

"춘추공, 과연 훌륭한 솜씨올시다."

유신이 그의 손을 잡아 일으켜주며 말했다.

"과찬의 말씀이옵니다."

춘추는 한 점을 만회했다는 것에 만족하고 있었다.

"허나, 공의 옷이 그만 찢어져 버렸으니, 이 일을 어찌한단 말이오?"

춘추가 몸을 일으켜 중심을 잡고 서자, 유신이 다시 말했다.

그제서야 춘추는 비로소 자신의 옷매무새를 살펴보았다. 옷고름이 떨어졌을 뿐만 아니라 옷깃까지 길게 뜯어져 있었다. 그러나 대수롭지 않다는 듯 유신에게 말했다.

"하하, 그깟 옷고름이 떨어졌기로 무슨 대수란 말입니까?"

춘추는 기회를 놓치지 않고 동점을 만들었다는 데 만족했다. 만일 그 순간 공을 넣지 못했다면 두고두고 후회로 남을 것이라는 점에서 크게 다행스러웠던 것이다.

"허! 이거 낭패가 났소이다. 제가 정신없이 공만 보고 돌진하는 바람에 그만 공께 실수를 저질렀소이다."

유신이 땅에 떨어진 저고리 고름을 들고 한발 다가오며 말했다.

"하하, 걱정하지 마십시오. 사내들끼리 서로 시합을 하다 보면 이런 일은 수시로 생길 수 있는 법이니 너무 괘념치 마십시오."

"아니 되겠습니다. 얼른 집안으로 드십시다. 공께서 이처럼 뜯겨진 옷을 입고 계실 수야 없는 일이지요."

유신은 서둘러 춘추의 소매를 잡아끌었다. 그때까지도 춘추는 유신이 오늘따라 유난히 하찮은 일에 신경을 쓰고 있다는 사실을 미처 깨닫지 못하고 있었다. 더구나 어인 일인지 그렇게 찢어진 옷에 연연하면서도 오히려 만족한 웃음을 짓고 있는 유신의 태도에 의아심조차 갖지 않았다.

"아닙니다. 괘념치 마시라는데도……."

춘추는 대수롭지 않다는 듯 사양했다.

"아닙니다. 귀하신 분이 그런 차림으로 뭇 낭도들을 대하시면 아니 되십니다. 더구나 다음 차례에 풍월주가 되실 귀한 몸이십니다."

유신은 한사코 춘추를 잡아끌었다.

"부제님, 유신공의 말씀에 따르시지요."

주위에 있던 낭도들 역시 유신을 거들고 나섰다.

그러자 유신이 다시 나섰다.

"춘추공과 나는 잠시 빠질 것이니, 시합은 낭도들끼리 계속하도록 하시오."

"예, 염려 놓으십시오."

"우리끼리 시합을 계속할 것이니 마음 놓고 다녀오십시오."

남은 낭도들에게 시합을 속행하도록 이른 유신은 춘추와 함께 뒷마당을 빠져나왔다. 춘추로서는 옷이 찢어진 것이야 시합을 하다 보면 얼마든지 있을 수 있는 일이었기 때문에 그냥 계속했으면 하고 바랐지만 한사코 유신공이 서두르니 그의 뜻을 따르지 않을 수 없었다.

뒷담을 끼고 돌아 대문을 통해 안으로 들어섰을 때였다.

"아해(阿海)야! 아해는 방에 있느냐?"

유신이 큰소리로 누군가를 불렀다.

'아해라?'

춘추는 유신이 하는 일에 다소 의아함을 감출 수 없었지만 어정쩡하게 그를 따를 수밖에 없었다. 무슨 연유인지 모른 채 유신 공의 뒤에 머뭇거리며 서 있을 뿐이었다.

'누구를 찾는 것일까?'

춘추는 궁금했지만 자신이 나서야 할 마땅한 계제가 아니었기에 잠자코 서 있었다. 가족들이 모두 만노군에 머물러 있다는 것을 알고 있는지라 자연 의구심이 솟구칠 수밖에 없었다. 안채의 건넌방 문이 열리고 한 처자가 나와 마루 끝에 섰다. 그 순간, 춘추는 숨이 막힐 정도로 정신이 멍해졌다. 눈을 둬야 할 마땅한 곳을 찾지 못해 허둥거릴 뿐이었다. 아리따운 처자를 보자 정신이 혼미해졌기 때문이다. 연두색 비단 치마에 노란 저고리를 받쳐 입은 처자의 모습은 밤하늘에 뜬 보름달처럼 아름다웠다. 뿐만 아니라 춘추 자신을 완전히 제압하고도 남음이 있었다.

'그렇다면 저 처자가 바로 유신공의 누이동생이란 말인가?'

춘추는 새삼스럽게 놀란 눈을 들어 겨우 그녀를 올려다봤다.

'어렸을 때 더러 대한 적이 있었지만 오늘에 이르

러 저처럼 아름다운 여인으로 성장했는지는 참으로 몰랐구나.'

유신의 아버지인 김서현과 자신의 아버지 역시 깊은 우정으로 맺어져 있었기 때문에 두 집안은 스스럼없이 왕래하곤 했다. 더구나 어머니이신 천명부인과 유신의 모친이신 만명부인은 서로 자매 사이였으므로 집안끼리 빈번한 왕래가 있는 것은 어쩌면 당연한 일이었다. 유신의 동생인 흠순(欽純)만 하더라도 춘추와 자주 만나 술잔을 나누며 호형호제하는 사이이기도 했으니, 이때에 이르러 크게 놀랄 일이라고는 거의 없었다. 그러나 그것은 선대의 바깥양반과 마나님들의 일이었을 뿐. 유신의 누이라면 어렸을 적에 잠깐씩 스쳤으나 그녀가 저처럼 장성한 후에는 서로 만나지 못했다. 더구나 김서현의 임지가 만노군으로 옮겨진 후로는 양가 집안이 서로 어울린 일이 없다시피 했기 때문에 아름다운 처자로 성장한 유신의 누이를 눈앞에 대하자 눈이 자연 커지고 놀랄 수밖에 없었던 것이다.

춘추는 새삼 자신을 돌아다보았다. 찢어진 의복을 걸치고 있는 자신이 더할 수 없이 원망스러웠다. 떨어진 옷고름은 유신공의 손에 들려 있을 뿐 아니라 저고리 동정 부분이 길게 뜯겨 나간 채 너덜거리니 흡사 술에 취해 행패를 부리다 망신을 당한 불량배처럼 행색이 흉측해 보일 것은 뻔한 일이었다. 춘추는 이런 행색을 몇 년 만에 처음 대하는 처자에게 보였다는 점에서 쥐구멍이라도 찾고 싶은 심정이었다.

"큰 오라버니, 무슨 일입니까?"

처자가 춘추를 곁눈질하며 유신에게 물었다.

"오, 마침 집안에 있었구나."

"네."

"춘추공, 저의 큰 누이동생입니다. 어렸을 때 이후로 서로 만난 지 오래됐을 것이니 인사를 나누도록 하십시오."

유신이 춘추를 돌아보며 말했다.

"그간 안녕하셨습니까? 저는 김춘추라 하옵니다."

춘추가 허리를 굽혀 예를 갖추며 말했다.

처자는 말없이 고개를 숙여 보일 뿐이었다.

그때 유신공이 손에 들고 있던 춘추의 옷고름을 내밀며 말했다.

"아해야, 얼른 이 어른의 옷을 좀 기워주어야겠다."

그러나 처자는 망설이기만 할 뿐 유신공의 손에 들린 옷고름을 얼른 받지 않았다. 다소 차갑게 느껴지는 시선을 들어 춘추를 잠깐 동안 스쳐 보았을 뿐 입을 열어 말조차 꺼내지 않았다. 잠시 어색한 침묵이 세 사람 사이에 흘렀다. 매우 짧은 순간이었으나 춘추는 방안에서 나온 처자에게서 눈을 떼지 못한 채 가만히 생각을 모으고 있었다. 유신이 자신보다 일곱 살이 많으니 그의 누이동생이라면 적어도 넷이나 다섯 살 터울이 날 것이었다. 그렇다면 지금 마루에 서 있는 처자는 자신과 두 살 정도 차이가 난다는 얘기였다.

“제가 처녀의 몸으로 어찌 외간 남자의 옷을 기워 드릴 수 있겠습니까?”

처자가 입을 열어 말했다. 춘추는 그녀의 말을 들으며 뭔가 잘못돼 가고 있음을 느꼈다. 한편으로는 냉정하고 당차다는 생각이 들기도 했다.

“하하, 걱정하지 마라. 이분이 바로 용춘 어른의 자제 되시니 굳이 따지자면 어찌 남이라 할 수 있겠느냐? 어렸을 때는 흉허물 없이 친하게 지내더니 새삼 내외를 하다니 부끄러운 모양이구나. 축국을 하다 이렇게 된 것이니 괘념치 말고 어서 옷고름을 달아 드리도록 해라."

유신이 다시 아해에게 말했다.

"그분이 누구라는 것은 제가 이미 짐작하고 있는 일이오나 심히 어려운 일이옵니다. 더구나 오늘은 몸이 좋지 않아 쉬고 있는 중이었습니다."

"몸이 아프다 하였느냐?"

"그렇습니다."

대답을 마친 처자는 몸을 돌려 방안으로 들어가 버렸다. 미처 말릴 틈도 없었다.

"허~어! 참으로 낭패로다!"

"저는 괜찮으니, 그만 축국 마당으로 돌아가십시다."

더욱 어색해진 춘추는 어쩔 줄 몰라하며 혀를 차는 유신에게 그만 돌아갈 것을 청했다. 까짓 옷고름이 떨어졌기로 대단한 일도 아니라고 생각했기 때문이다.

"아니오, 잠시 기다리시오."

그때였다. 마주 보는 방의 문이 살짝 열리더니 또 다른 처자가 나왔다.

이번에도 춘추의 눈이 화등잔만큼 커졌다. 좀 전의 처자에 비해서 더욱 뚜렷한 아름다움을 지니고 있었기 때문이다. 상아로 다듬어 놓은 듯 곱게 뻗어 내린 콧날은 끝 부분에서 살짝 들린 것 같아 오히려 매력적이었으며, 눈빛은 마치 가을 호수의 물속처럼 깊어 보였고, 복사꽃처럼 발그레한 볼에, 입술은 싱그럽고 탐스런 붉은 앵두를 물고 있는 듯 신비스러워 보이기까지 했다. 더구나 얼굴에 살짝 머금은 미소는 은은하고 기품이 있어 보여 저절로 가슴이 뭉클해졌다. 좀 전의 처자에 비해 약간 덜 조숙해 보였으나 볼수록 사근사근하고 현명해 보인 나머지 뭔가 알 수 없는 정겨움까지 느껴졌다.

'원래 유신공에게 누이동생이 둘 있다는 것을 내 모르는 바는 아니었으나 모두 참으로 어엿하고 참한 규수들로 자랐구나.'

춘추는 비로소 유신의 가족들에게 관심을 가졌다. 그동안 유신과 교우(交友)하면서 밑으로 남동생과 여동생들이 있다는 정도는 알고 있었으나 차례로 나타나는 두 누이동생은 실로 아름다운 자태를 가지고 있었다. 더구나 저처럼 훌륭하고 과년한 처녀가 되어 있을 것이라고는 미처 생각지도 못했다.

'저처럼 아름답고 현명해 보이는 규수들이라니, 참으로 내 눈을 의심하지 않을 수 없구나.'

두 처자는 서로 자매 사이인 것을 증명이라도 하듯

닮아 있었다.

키뿐만 아니라 얼굴 또한 비슷하다는 것을 여실히 느낄 수 있었으며, 눈이 부실 정도의 미색과 함께 함부로 범접할 수 없는 수려한 기품까지도 닮아 있었다. 한집안의 울타리 안에서 같이 숨을 쉬고 있다는 사실마저 새삼스럽게 몸을 떨리도록 하고도 남음이 있었다.

춘추는 자신도 모르는 사이에 처자를 훔쳐보고 있었다. 아니, 저절로 눈이 처자를 향해 옮겨가는 상황을 말릴 방도가 없었다. 마루 위에 선 처자는 내외를 하느라 눈길을 내려 깔고 있었지만 춘추는 그녀의 모습을 훔쳐보느라 여념이 없었다.

초승달처럼 가늘고 검은 눈썹이 마치 그려놓은 것처럼 선명했으며 이마 또한 백옥처럼 번듯한 나머지 오히려 차가운 느낌을 주었다. 마루 위에 서 있는 처자가 마치 하늘에서 내려온 선녀(仙女)처럼 느껴질 뿐이었다.

"아지(阿之), 네가 나왔느냐?"

유신공이 물었다.

"네, 오라버니."

처자는 눈을 들어 스치듯 춘추를 쳐다보았다. 순간

춘추는 가슴이 철렁 내려앉을 수밖에 없었다. 호수처럼 맑은 눈동자가 자신의 눈과 마주침과 동시에 저릿한 충격이 전신을 관통해 내달렸던 것이다. 끝을 헤아리기 어려울 정도로 깊어 보이는 눈길이 그윽하게 자신의 전신을 훑고 지나갔다.

"이분이 바로 용춘공의 자제이신 춘추공이시다. 어서 인사를 올려라."

유신공의 말에 처자가 마루에서 천천히 내려와 섰다. 그리고 조용히 머리를 숙여 보였다. 단정하게 빗어 곱게 따 넘긴 검은 머리가 길게 흘러내려 있었으며 끝부분에 자주색 댕기가 매달려 있었다. 이마 또한 시원스럽게 보인 나머지 오히려 눈이 부실 지경이었다.

"김춘추라 하옵니다."

춘추는 얼떨결에 이름을 말했다. 참으로 제정신이 아닐 정도로 혼미하기만 했다.

'유신공에게 이처럼 훌륭한 동생들이 둘씩이나 있었구나.'

춘추는 새삼 유신을 다시 바라볼 수밖에 없었다.

그녀는 머리를 숙인 채 가만히 서 있을 뿐이었다. 그러나 얼굴에 알 듯 모를 듯 미소를 머금고 있었는데 그 모습 또한 천상의 선녀가 지어낸 것인 듯 인간은 결코 만들어낼 수 없을 것 같았다.

"춘추공, 이 아이가 제 둘째 여동생이옵니다."

유신이 춘추에게 말했다.

"아, 예."

눈길을 고정시키지 못한 채 춘추가 어색하게 대답했다.

"아지야, 얼른 이 어른의 옷을 좀 기워주어야겠다."

"예, 오라버니."

유신의 말에 처자는 조용히 대답을 하고는 다시 방안으로 들어갔다.

처녀의 뒷모습에 정신을 팔고 있던 춘추에게 유신이 재촉을 했다.

"어서 안으로 드시지요."

유신이 처자가 사라진 방을 가리키며 말했지만 춘추는 쉽게 오를 수 없었다. 스스럼없이 유신의 말에 따를 처지가 되지 못한다고 생각했던 것이다.

"아, 저는……."

'어찌 이런 행색으로 마음 놓고 아녀자의 방안으로 들 수 있겠는가?'

춘추는 망설였다. 더구나 유신공의 방이 아니라

여인의 방이 분명해 보였기 때문에 더욱 발길이 떨어지지 않았다. 뛰쳐나가 다시 축국판으로 돌아가고 싶은 마음이 간절했다.

“아닙니다. 얼른 방안으로 드십시오.”

유신이 재촉했다.

“우선 주안상부터 봐 올리도록 해라.”

유신은 방안에 있는 처자가 들을 수 있도록 이르고는 춘추가 방안으로 들기를 거듭 청했다.

춘추는 유신이 뭔가 서둔다는 느낌이 들었다. 다른 때 같으면 절대 이런 일이 없을 것이다. 무슨 연유인지 궁금하기 짝이 없었지만 차마 무슨 사연인지 물어볼 수 없었다.

처자가 방에서 나와 부엌이 있는 쪽으로 나가고 난 뒤 춘추는 유신을 따라 겨우 방안으로 들어갔다. 방안은 아녀자의 방답게 정갈하게 정돈돼 있었다. 여자들이 쓰는 지분 냄새가 은은히 풍기고 있었으며 다섯 짝 서랍 나전칠기 장롱에 장렴(粧匳: 경대)이 옆에 놓여 있었고 이부자리 또한 장롱 위에 얌전히 개켜진 채 올려져 있었다.

‘나를 저처럼 장성한 처자의 방안으로 들여놓은 까닭은 과연 무엇이란 말인가?’

춘추는 유신공의 처사가 당연히 아리송하기만 했다. 작은 봉창을 통해 2월의 늦은 햇살이 비켜 들었다. 방안은 군불을 넉넉히 지폈는지 따뜻했다.

"옷을 벗으시지요."

유신의 말에 춘추는 할 수 없이 저고리를 벗었다. 잠시 후 방문이 열리고 처자가 술상을 들고 들어왔다. 상을 내려다보니 굳이 갖춰야 될 음식들이 빠지지 않고 가득했다. 마치 미리 준비라도 해뒀던 듯 음식들이 따뜻했다.

'미처 준비할 시간도 없었을 터인데 이게 어찌 된 일인가?'

춘추는 자신의 처지와 유신의 고집스러울 정도의 무모함을 생각하느라 다른 것은 아예 머릿속에 떠오르지도 않았다.

'도무지 모를 일이로다.'

마치 꿈속을 헤매는 듯 묘한 기분이 든 나머지 춘추가 마음속으로 고개를 연신 갸웃거리는 사이, 상을 내려놓은 처녀가 춘추의 벗어놓은 저고리를 들고 조용히 몸을 일으켰다.

"어디를 가려 함이냐?"

유신공이 그녀를 향해 물었다.

“아해 언니 방으로 가서 기우도록 하겠습니다.”

그녀가 고개를 숙인 채 머뭇거리며 대답했다.

“아니다, 그럴 필요 없느니라. 게 앉아서 기우도록 해라.”

흡사 주인이 노비를 부리듯 단호한 말이었다. 토를 달아 대꾸할 수도 없을 정도로 엄했다. 이에 처자는 고개를 숙여 보이고 장롱 위에서 바느질고리를 내려 등을 보이고 돌아앉았다. 춘추의 눈에는 처자의 모든 몸가짐 하나하나가 마치 하늘에서 갓 내려온 천사의 움직임처럼 자연스러워 보여 눈을 뗄 수 없었다.

“자, 춘추공! 집에서 가용(家用)으로 담근 모과주(木瓜酒)입니다. 우선 한 잔 받아서 목을 축이십시오.”

유신이 토기 술을 따라 잔을 채워주었다.

“이거 너무 송구스럽소이다.”

춘추는 잔을 받고 나서 술병을 넘겨받아 유신의 잔에도 술을 따라 주었다. 너무 황망한 나머지 술을 따르는 손이 덜덜덜 떨리기까지 했다.

“우리 사이에 그런 말씀을 하시면 제가 오히려 섭섭합니다.”

“하오나 이처럼 결례(缺禮)를 끼쳐 면구스럽기 그

지없습니다."

"하하, 춘추공께서는 오늘따라 별말씀을 다 하십니다."

두 사람은 서로 잔을 들어 술을 마셨다.

술 맛 또한 일품이었다. 방안 가득 모과 향기가 가득해졌으며 새콤하고 얼큰한 맛이 입안에 오래도록 남았다.

처자는 여전히 바느질에 정신을 쏟고 있었다. 새침하게 돌아앉은 채 두 사람의 수작에는 아예 관심도 없다는 듯 자신이 하는 일에만 신경을 쏟고 있었다.

두 사람은 서로의 잔이 빌 때마다 잔을 채워주며 권하곤 했다. 가끔씩 뒷마당의 아스라한 함성이 담을 넘어 춘추의 마음을 설레게 했다.

석 잔째 술잔을 비웠을 때였다.

"내 이제 춘추공과 함께 삼배를 마셨으니 낭도들에게 가봐야겠소. 춘추공께서는 안심하시고 옷을 깁고 있으시오. 나는 나가서 하던 축국이나 다시 해야겠소."

누이동생에게 춘추의 옷을 깁는 것을 일별(一瞥)한 유신은 곧장 몸을 일으켰다.

"아니? 공께서 이처럼 가시면……."

당황한 춘추가 물었지만 유신을 막을 방법이 마땅

치 않았다.

“하하하, 이제 춘추공께서 맡으신 우방대화랑 낭도들은 술값을 톡톡히 치를 각오나 하십시오. 틀림없이 춘추공 편에서 질 것 이니 말이오.”

“어찌 그런 말씀을 하십니까?”

춘추는 황망한 와중이었지만 유신이 하는 말에 그대로 가만히 있을 수 없었다.

축국이라는 것이 워낙 변수가 많을 수밖에 없었으므로 길고 짧은 것은 서로 견주어봐야 알 수 있는 일이었기 때문이다. 더구나 유신이 은근히 자신이 시합에서 빠지게 된 것을 기회로 이용해 지게 될 것이라고 엄포를 놓고 있으니 참을 수 없었다.

“그야 보나 마나 뻔한 일 아니겠소. 춘추공께서 빠졌는데 우방대화랑 낭도들이 우릴 이길 수 없지 않겠소.”

흡사 놀리기라도 하듯이 유신이 미소까지 지으며 말했다.

“진다면 당연히 술값이야 치르면 되겠지만. 아직 결판이 나지도 않았는데 어찌 그런 말씀을 미리부터 하신다는 말씀이오?”

춘추는 당황한 나머지 손을 뻗어 유신의 옷자락을

잡으려 했다. 어느 편이 지고 이기든, 또 술이야 누가 사게 되든, 그것이 문제가 아니었다. 아무리 유신의 동생이라고 하나 남녀가 유별한데 방안에 처자와 단둘만이 남게 된다는 사실이 우선 황당해서 견딜 수 없었다. 그러나 유신은 벌써 몸을 돌려 문을 열고 문밖으로 나서려는 중이었다.

"하하하, 심려치 마십시오. 설마 술값이 아까우신 건 아니실 터인즉, 마음 놓으시고 옷이나 마저 기우도록 하시지요."

그리고는 뒤도 돌아보지 않고 밖으로 나가버렸다.

결국 방안에는 유신의 여동생과 춘추 두 사람만이 남게 됐다. 꿩 떨어진 사냥매 신세가 된 춘추는 난감하기 짝이 없었다. 바늘방석에 앉은 듯 불편했으며 한편으로는 유신의 심사가 애꿎기 그지없었다.

'유신공이 내게 이미 처자식이 있다는 걸 모르는 바는 아닐 것이로되…….'

아무리 생각해도 도무지 이해가 되지 않았다.

'어찌 이처럼 처자 혼자 있는 방에 나를 남겨두고 자리를 비울 수 있단 말인가?'

다시 또 생각해 봐도 알 수 없기는 마찬가지였다.

'참으로 괴이한 일이로구나.'

혼자 남은 춘추는 한편으론 황당했으며 또한 마땅치 않기가 바늘방석과 같았다. 아무리 어정쩡하게나마 인사를 나누었다 하지만 어린 처자와 단둘이 방안에 남아있다는 사실에 기가 막히고 어안이 벙벙해왔다.

'혹시?'

그 순간 이 일이 처음부터 유신의 계획된 바에 따라 진행되고 있는 것은 아닌지 의심이 들었다. 그러나 이내 고개를 가로 저었다.

'아니다. 그럴 이유가 무엇이란 말인가?'

다시 고개를 저으며 부인을 해봤지만 어차피 영문을 알 수 없기는 마찬가지였다.

춘추는 원래 말수가 많은 편은 아니었지만 한 번 입을 열면 말에 조리가 있고 입담이 좋았다. 얼굴은 백옥처럼 허여멀건 했으며 이목구비가 반듯해 잘 생긴 귀공자 같았다.

몸집이 커서 하루에 쌀 서 말과 꿩 아홉 마리를 능히 먹을 수 있다는 소문이 날 정도로 식욕 역시 왕성했다. 그러나 결코 경망스럽지 않았으며, 행동에도 법도가 있었다. 또 포부가 남달리 컸을 뿐 아니라 어디를 가든 주눅이 들거나 자신의 의사를 분명히 나타내지 못하는 일도 없었다. 그러나 아무리 포부가 큰들 이런 난처한 지경에 처하고 보니 아무런 소용이 없었다.

유신이 오늘은 어찌 자신의 심사를 헤아려주지 않는지 원망스러울 뿐이었다.

"어~흠!"

쑥스럽고 당황해 헛기침이 저절로 나왔다.

'이 일을 어찌하면 좋단 말인가.'

춘추는 빈 잔에 술을 따라 한잔 들이켰다.

기우는 햇살 그림자가 문에 스며들어 호젓한 분위기를 자아내고 있었지만 여전히 난감하기만 했다. 저고리를 벗어버리고 내의 바람으로 젊은 처자(處子)와 단둘이 앉아 있으려니 민망하기도 했거니와 쑥스럽기 그지없었다.

'와~!'

어느 편이 다시 울 안에 공을 차 넣었는지 뒷마당 쪽에서 낭도들의 함성소리가 아스라이 들려왔다. 춘추는 바느질에 정신을 모으고 있는 처녀의 뒷모습을 가만히 살펴보았다. 문득 호기심과 함께 처자에 대한 애틋한 연정이 솟아올라 견딜 수 없었다.

'하늘에서 왕림한 여인인지고.'

뒷모습만 보이고 있을 뿐이었지만 볼수록 자태에서 귀한 맵시가 흐르고 있었다.

집안은 텅 빈 것 마냥 조용하기 그지없었다. 그 탓에 춘추는 점점 야릇한 기분 속으로 빠져들었다. 혼자서 술잔을 기울이다 보니 자신이 처해있는 상황에 헛웃음이 나오기도 했고, 한편으로는 민망하기 그지없어진 탓에 돌아앉은 처녀를 유심히 살펴보기를 마다하지 않았다. 보면 볼수록 아리따운 모습이었다.

'유신공에게 저처럼 아리따운 누이동생들이 있었다니 실로 놀라운 일이다.'

그러다가 문득 집에 있을 아내가 떠올랐다.

아내인 보라궁주는 통통하고 아담했으며 귀여운 얼굴을 가지고 있었다. 또한 딸아이의 어미로서나 부모를 모신 집안의 며느리로서 한 치의 흐트러짐도 없는 현모양처에 다름 아니었다. 그런 탓에 춘추는 지금까지 아내에 대한 불만을 전혀 느낄 수 없었다. 보라궁주의 아버지인 보종은 또 누구인가. 진흥왕과 진지왕, 그리고 백정왕으로 이어지는 삼대에 걸쳐 대왕들에게 총애를 받으며 왕실 위에 군림한 미실궁주가 7세 풍월주인 설원랑(薛原郎)과 사통해서 낳은 막내아들이었다. 그 때문에 보라궁주를 아내로 맞이하고 난 뒤 다른 여인은 넘보지 않고 지내 왔었다. 굳이 처가의 권위를 의식해서가 아니라 자신의 마음을 움직일만한 여자를 아직 만나지 못한 탓이기도 했다. 그러나 지금 눈앞에 앉은 처자는 선이 뚜렷하고 이목구비가 분명한 얼굴이었다. 짙은 눈썹 아래에 깊고 서늘한 눈빛이 춘추의 가슴을 두근거리게 했으며 마냥 설레도록 만들었다. 더구나 유신과 흠순의 여동생이라면 나이가 자신과 서로 엇비슷할 것이라는 지레 짐작까지 있는 마당인지라, 춘추는 마음이 온통 그녀에게 쏠리는 것을 어쩔 수 없었다.

설(雪)중 매화(梅花).

춘추는 그녀가 참으로 풍성하게 내린 소담한 흰 눈 속에 갓 피어난 한 떨기의 매화꽃에 다름이 아니라고 생각했다.

그때였다.

"낭자."

춘추는 자신도 모르는 사이에 그만 은근한 음성으로 그녀를 부르고 말았다. 넘쳐 오르는 자신의 격정과 설레는 감정을 숨길 수 없었던 것이다. 그러나 그녀에게서는 전혀 반응이 없었다. 들은 듯 못 들은 듯 다소곳이 앉은 채 바느질에만 열중하고 있었다.

"낭자, 이름이 무엇이오?"

춘추는 결국 참지 못하고 다시 처녀에게 말을 걸었다.

그녀의 이름이 물론 아지라는 것은 알고 있었다. 그녀의 언니 역시 아해라는 것도 알고 있었다. 그렇다고 그녀의 이름을 굳이 알고 싶어서 물은 건 아니었다. 아무리 궁리를 해봐도 처녀에게 말을 붙일 구실이 없었기 때문에 할 수 없이 던진 질문이었다.

"문희(文姬)라 하옵니다."

그제서야 그녀의 대답이 건너왔다. 목소리가 또렷했다. 더구나 고개를 살짝 들고 돌아다보는 자태는 여느 여인들과 달리 당돌하게 여겨지기까지 했다. 눈가엔 살짝 미소까지 머금고 있었다. 춘추는 살포시 미소 짓는 그녀의 눈길이 몹시 곱다고 생각했다. 더불어 자신의 어설픈 수작에 쉽게 반응하는 그녀의 순진함이 오히려 고맙기만 했다.

"문희라 하였소?"

"예."

"허나 유신공께서는 낭자를 다른 이름으로 부르지 않았소?"

춘추는 유신이 그녀를 부르던 이름을 떠올리며 되

물었다. 그렇지 않아도 대화를 계속할만한 핑계거리를 찾아야 했다.

"오라버니께서 부르신 '아지'라는 이름은 소녀의 아명(兒名)이 옵니다."

그녀가 설명을 했다.

"그렇다면 문희가 처자의 정식 이름이란 말이오?"

"그렇사옵니다."

그녀의 대답에, 춘추는 서로의 말문이 열렸다는 사실만으로도 기뻤다.

그러나 아직 그의 마음이 완전히 채워진 것은 아니었는지라 마치 허기가 찾아오듯 갈증이 느껴졌다.

'내가 벌써 술에 취했음인가?'

대낮에 독주를 몇 잔 들이켰기 때문인지 전신으로 열이 났으며 얼굴이 후끈하게 달아올랐다. 또한 입안이 버석거릴 정도로 말랐으며 가슴이 두근거렸다.

춘추는 자신을 이기지 못한 채 앉은걸음으로 그녀에게 다가갔다. 결코 술 탓만은 아니라며 머리를 흔들어 마음을 안정시킨 후였지만 그렇다고 해서 자신의 심사를 이해할 수 있었던 건 아니었다. 다만 치밀어 오르는 열정을 스스로 다스리지 못해 안간힘을 쓸 뿐이었다. 생각 같아서는 뒤에서 와락 껴안은 뒤 그녀의 고운 손을 잡고 싶었다. 그러나 그럴 수는 없었다. 어찌 그런 짓을 할 수 있겠는가. 비록 지금은 왕권과 멀어졌지만 그래도 왕족이라는 체면을 생각하지 않을 수 없는 일이었다.

"술을 한 잔 드시지 않으시려오?"

겨우 한다는 말이었다. 여염집 규수에게 결코 해서는 안될 방자한 제의였으나 대화를 계속 이어나가고 싶은 마음만 가득할 뿐 마땅한 방법이 없었던 것이다.

"소녀는 술을 마시지 못합니다."

부끄러운 듯 그녀가 얼굴을 붉히며 말했다.

"허~어, 그렇다면 낭패가 아닐 수 없소."

춘추는 탄식을 뱉었다.

"어인 연유로 낭패라 하십니까?"

바느질을 하다말고 그녀가 고개를 들어 물었다. 그윽하게 올려다보는 그녀의 눈길과 마주친 순간 춘추는 본능의 밑바닥을 치솟아 오르는 열정으로 정신마저 혼미해졌다.

"낭자께서는 찬찬히 생각해보시오. 내가 비록 어렸을 때 이후로 오늘 처음 낭자를 만났지만 어쩐지 계속해서 말씀이라도 나누며 간절한 마음을 전하고 싶은 생각으로 머릿속이 꽉 차 있소. 헌데, 어찌 사내의 뜻을 일언지하에 거절한단 말이오."

춘추는 주정을 부리기라도 하듯 하고 싶은 말을 쏟아냈다. 도무지 자신의 심사를 적절히 가눌 방법이 없었던 것이다. 처자는 한동안 조용히 앉아 있을 뿐이었다. 그러나 곧 길게 한숨을 내쉬고 난 후 이윽고 입을 열었다. 얼굴엔 여전히 부끄러운 듯 미소까지 곁들인 채였다.

"춘추공께서는 과연 듣던 대로 호한 남아이십니다."

그녀의 말에 춘추가 놀라며 되물었다.

"아니, 소인에 관한 얘기를 진즉에 누구에게서 듣고 계셨단 말씀이오?"

"그러하옵니다."

"과연 누구에게서 저에 대한 말씀을 미리 들었단 말씀이오?"

그녀의 대답에 춘추는 차오르는 기쁨을 억누를 수 없어 다시 물었다.

문희가 자신에 대한 얘기를 들었다면 그것은 유신을 통해서일 것이라는 것은 능히 짐작할 수 있었다. 하지만 유신이 과연 여동생들에게 어떤 식으로 자신에 관한 얘기를 했는지에 대해서는 전혀 짐작조차 할 수 없었다. 그러나 어쨌든 그 사실만으로도 충분히 고마울 따름이었다. 설마 유신공이 천하에 몹쓸 놈이라며 자신을 비하하고 매도하지는 않았을 것이라는 믿음이 용기를 북돋아주었다. "오라버니 두 분들께서 몇 번이고 춘추공 말씀을 하셨나이다. 특히 유신 오라버니께서는……."

역시 유신과 흠신에게서 자신의 얘기를 들은 것이다.

"허허, 이거 참으로 큰 낭패로다."

"어찌 낭패라 하십니까?"

"원래 남의 말에는 칭찬이 궁한 법이거늘 좋은 말은 없었을 것 아닙니까?"

춘추는 장난기가 솟구쳐 일부러 농을 던졌다.

아니나 다를까. 그녀가 즉시 정색을 하고 나왔다.

"아닙니다. 큰 오라버니께서는 춘추공에 대해서 좋은 말씀만 하셨나이다. 천하의 호걸이라며 입에 침이 마르지 않으셨습니다."

"그게 정말이오?"

"그러하옵니다."

"하하, 내 유신공께서 이 아우를 끔찍이 아낀다는 점은 이미 알고 있었지만 그렇게까지 생각하고 있는 줄은 몰랐소."

그 말에 용기를 얻은 춘추는 절호의 기회를 놓치지

않으려고 얼렁뚱땅 문희의 손을 덥석 잡았다. 참으로 있을 수도 없는 일이었지만 도무지 자신을 억제할 수 없었다. 그러자 문희는 고개를 외로 꼬며 부끄럽다는 듯 얼굴이 발갛게 달아올랐다. 그러나 결코 손을 내치지는 않았으니 그것만으로도 춘추에게는 천만다행이었다.

그녀의 손은 따뜻했으며, 한편으로는 말할 수 없을 정도로 부드러웠다. 춘추는 가슴 가득 안타까움과 함께 연모의 마음이 무럭무럭 차올랐다.

"낭자, 오늘 밤 나를 만나주지 않겠소?"

춘추는 다시 용기를 내 그녀의 얼굴을 바라보며 물었다. 내친김에 그녀에게 자신의 마음을 그런 방법으로나마 표현하지 않고는 견딜 수 없었다. 비록 그녀를 만나게 됨으로써 장차 자신의 앞길에 어떤 난관과 수모를 받게 될 것인지 짐작조차 할 수 없었으나, 제아무리 자신의 처지가 모질게 변하는 일이 생긴다 하더라도 할 수 없는 일이라며 마음을 다잡은 것이다.

"……."

문희는 아무 말이 없었다. 얼굴이 홍당무처럼 붉어진 채 고개를 외로 꼬고 있을 뿐이었다.

"부탁이오, 낭자. 오늘 밤 꼭 나와주시오. 뒷마당의 가장 큰 수양버들 나무 밑에서 기다리겠소."

지금 축국이 벌어지고 있는 뒷마당에 몇 그루의 수양버들이 늘어져 있다는 걸 알고 있었기 때문에 춘추는 그곳에서 만나기를 청했다.

"……."

여전히 대답이 없었다. 고개를 숙인 채 부끄러운 듯 외면하고 있을 뿐이었다.

"대답해주시오, 낭자."

"……."

"대답을 안 하신다면 저와 낭자의 약속이 이루어지는 것으로 알겠소."

"……."

문희는 끝내 대답을 하지 않았다.

그러나 춘추는 자신이 제의한 약조를 그녀가 잘 깨닫고 있으며 기꺼이 그것을 지키리라는 걸 알 수 있었다. 그녀가 약속을 부정하는 어떤 몸짓도 결코 하지 않았기 때문이다. 양갓집 규수로서 스스로 만나겠다는 대답을 할 처자가 어디 있겠는가.

그 사이에 춘추의 옷은 말끔하게 기워져 있었다.

"저고리를 다 기웠나이다."

문희는 새침한 얼굴로 저고리를 춘추 앞으로 밀어 놓았다.

"이거, 참으로 폐를 끼쳤소이다."

"……"

"그럼 오늘 밤 다시 만나도록 합시다."

춘추는 다시 그녀의 얼굴을 보며 확인하듯 다짐을 주었다.

그녀는 못 들은 척할 뿐이었다. 그러나 춘추는 문희가 비록 모른 척 시치미를 뚝 떼고 있지만 이미 그녀의 속마음을 읽은 뒤라 만족한 표정을 지으며 옷을 입고 밖으로 나왔다.

그날 밤.

춘추는 술에 취해 있었다. 대낮부터 유신공과 함께 마신 모과주에다 축국이 끝난 후 낭도들과 어울려 술판을 벌였기 때문에 거나하게 취하지 않을 수 없었다. 축국은 춘추가 걱정했던 대로 우방대화랑이 졌다. 그러니 술판은 춘추가 주선을 해야 했다.

"하하하, 오늘 술은 춘추공께서 사신다 하시니 맘껏 마십시다."

유신이 호쾌하게 웃으며 좌중을 이끌었다.

"여러분! 대신라의 화랑 낭도들이여! 오늘은 비록 우리 편이 축국에서 졌다 하나 절대 실망해서는 안 될 것이오! 승패란 언제나 갈릴 수 있는 법이니, 우방대화랑 낭도 여러분들께서는 결코 오늘의 시합에서 졌다 해서 연연해 하지 말고, 또한 좌방대화랑 낭도들도 이겼다 해서 자만해서는 안 될 것이오. 자, 마음 놓고 술잔을 드시오."

술자리가 깊어 갈수록 춘추는 점점 취해갔다. 춘추는 자신이 빠졌기 때문에 축국에서 졌다는 따위의 변명을 늘어놓는 성격이 아니었다. 승부를 걸어 지고 난 후에는 깨끗이 승복할 줄도 아는 호방한 성격이었다. 그는 기분 좋게 마시며 점차 취해갔다. 그러나 문희와의 약속을 잊지 않았다. 자신이 그녀를 한 번이나마 더 만나고 싶어서 그처럼 힘든 약조를 억지로 했는데, 스스로 그걸 어긴다면 도리에 어긋날 뿐만 아니라 자신으로부터도 용서받을 수 없는 일이라 생각했다. 그는 누구도 눈치채지 못하도록 조용히 술자리를 빠져나왔다.

늦은 시간이었지만 휘영청 밝은 달빛이 은가루를 뿌린 듯 지상의 온갖 만물을 비추고 있었다. 다행히 바람이 불지 않아 매서울 정도로 춥지는 않았다.

"어~허, 험!"

춘추는 일부러 인기척을 내며 유신의 집 뒤 담을 따라 걷다가 으슥한 나무 밑으로 얼른 몸을 감추었다. 문희에게는 자신이 왔음을 알려야 했지만 혹시 집안의 다른 사람이 자신을 발견하면 아니 될 일이었다. 달이 너무 밝은 나머지 버드나무 잔가지 위에 달빛이 분분히 내려 덮여 있었으며 축국을 하던 빈터를 하얗게 비추고 있었다.

잠시 시간을 지체하며 기다리는가 싶었을 때 뒷마당으로 통하는 유신의 집 뒷문이 열렸다. 달빛 사이로 등촉(燈燭)을 밝혀 든 여인의 모습이 보였다. 자신이 낸 인기척을 그녀가 알아들었음이 분명했다. 일방적으로 했던 약속이지만 그것을 지키기 위해 그녀가 나온다고 생각하자 춘추는 쾌재를 부르짖으며 기쁨을 감출 수 없었다. 여인은 담을 따라서 조심스럽게 다가오고 있었다.

이윽고 여인의 그림자가 달빛 아래에서 나무 그늘 밑으로 들어왔을 때 춘추는 그녀의 손을 덥석 잡았다. 그리고 그녀의 손에 들린 등촉을 받아 땅에 내려놓았다. 달빛이 너무 밝은 나머지 등불이 굳이 필요 없었다. 환희에 들뜬 나머지 미처 어떤 행동을 해야 할지 생각할 겨를조차 없었다.

집안에 있었던 탓인지 그녀의 손은 따뜻하기 그지없었다. 그리고 낮에 느꼈던 대로 여전히 부드러웠다. 마치 지신의 마음속 깊은 곳까지 따뜻한 부드러움이 전해져 오는 것 같았다.

"이처럼 나와 주시니 참으로 감사할 따름이오."

"……."

"춥지 않으시오?"

"괜찮사옵니다."

밤 공기가 차가운지라 문희는 머리끝까지 겉옷을 쓰고 있었지만 음성은 또렷했다.

'허, 이 낭자는 자신의 뜻을 분명히 밝히는 편이로구나.'

춘추는 그녀를 더욱 깊숙한 나무그늘 밑으로 이끌었다. 그리고 다시 그녀를 자세히 살폈다. 비록 어두운 나무 밑이라 하지만 이목구비를 뚜렷이 구분할 수 있었다. 춘추는 더욱 설렌 나머지 몸을 부르르 떨었다. 그녀 역시 자신을 만나기 위해 기다리고 있었음이 분명했으며, 일방적인 약속이었지만 그녀가 그 언약을 믿고 나와준 것이 마냥 고맙고 신이 났다.

"오라버니께서 아직 들어오시지 않았사옵니다."

문희가 나무그늘 안쪽으로 끌려오며 말했다. 춘추는 그녀가 자신의 오라버니와 지금까지 같이 있었는지를 간접적으로 묻고 있다고 생각했다.

"하하, 유신공께서는 아직도 객주에 계실 겁니다."

춘추는 들뜬 나머지 시원스럽게 대답해주었다.

"하오면 오라버니와 지금까지 같이 계셨나이까?"

"그렇소. 하지만 내 낭자를 잊지 못해 술자리도 사양하고 달려오는 길이오."

사정을 설명한 춘추는 다시 보채기 시작했다.

"겉옷을 벗어 보시오. 낭자의 환한 얼굴을 다시 보고 싶소."

춘추는 그녀의 두 손을 쥔 채 간곡하게 부탁했다. 그녀와의 모든 일들이 마냥 자신의 뜻대로 될 수는 없는 일이라는 것을 모르지 않았으나 어찌 된 일인지 그 때문에 더욱 조급하고 초조해졌던 것이다. 욕심 같아서는 자신의 넓은 가슴속에 그녀를 안은 채 천하에 떠도는 온갖 미어(美語)를 속삭이고 싶었다. 또한 그녀를 힘주어 껴안고 달빛 쏟아지는 빈터로 나가 빙글빙글 돌며 차오르는 마음속의 환희를 맘껏 노래하고 싶었다.

"아니 되옵니다."

문희는 겉옷을 향해 뻗은 춘추의 손을 피해 몸을 흔들며 말했다.

"허~, 내 낭자의 얼굴을 다시 보고 싶어 이처럼 찾아왔소. 지금 객주에서는 내가 없어진 걸 알고 낭도들 사이에서 한바탕 소동이 벌어졌을 것이오."

춘추는 잡았던 그녀의 손을 놓고 머리에 쓴 겉옷을 벗기기 위해 손을 뻗은 채 다시 부탁을 했다.

"싫사옵니다."

"낭자!"

춘추는 솟구치는 격정과 춘심을 이기지 못해 한발 다가서서 덥석 문희를 품에 끌어안고 말았다. 그녀의 겉옷을 내리기 위해 뻗었던 손을 양쪽으로 벌린 채 아예 그녀를 품 안에 가두어버린 셈이었다. 순간 문희가 훅하고 숨을 들이켰다. 그리고 빠져나가려고 버둥거렸지만 이내 춘추의 힘을 이길 수 없다고 생각했는지 조용해졌다. 다만 품에 안겨 몸을 파르르 떨고 있음을 느낄 수 있었다. 그건 춘추 역시 마찬가지였다. 충만하게 넘치는 열정으로 전신이 불길처럼 바삭바삭 타고 있었으며 자신도 깨닫지 못한 사이에 환희에 빠져 진저리를 쳐야 했다. 그 서슬에 머리에 쓰고 있던 그녀의 겉옷이 흘러내리고 말았다.

달빛 그늘 속에서 그녀의 흰 얼굴이 떠올랐다. 춘추의 눈에는 중천에 뜬 보름달보다도 그녀의 얼굴이 더 환하고 밝아 보였다. 그는 미처 자신의 타는 가슴을 그녀에게 보일 수 없다는 게 아쉬웠다. 비록 장성한 뒤로는 오늘 처음 만났지만 그녀를 향한 자신의 마음을 여실히 알려줄 방법이 있다면 오늘 밤 어떤 일을 당한다 해도 후회할 것 같지 않았다.

"춘추공께서는 이미 성혼을 하셨고 또한 소생이 있다 들었습니다."

문희는 급기야 춘추가 가장 두려워하는 말을 하고 말았다. 그러나 춘추는 오히려 이런 때일수록 대범하게 나가야 한다고 생각했다.

"사내대장부가 처자식이 있다 한들, 그게 무슨 상관이란 말이오?"

춘추는 오히려 큰소리를 치며 더욱 힘을 주어 그녀를 안았다.

순간 보라궁주의 얼굴이 잠시 떠올랐지만 얼른 머리

를 흔들어 떨쳐 버렸다. 오직 문희만을 생각하기 위해 산만해지는 정신을 한곳으로 모으려 안간힘을 쓸 뿐이었다. 나중에 어떤 일을 당한다 하더라도 지금으로서는 오직 눈앞에 있는 그녀에게 마음이 온통 끌렸다.

"소녀는 두려울 뿐이옵니다."

문희가 숨이 차오른 나머지 새근거리며 말했다.

"낭자, 두려워 마시오."

춘추는 그녀의 속마음을 비로소 알 수 있었다. 그녀의 말을 곧이곧대로 믿는다면 그녀 역시 자신에게 마음을 두고 있는 것이 분명했다. 춘추는 구름 위를 걷는 것만 같았다.

"내 낭자의 방에서 나간 뒤로 눈에 낭자의 모습이 어른거려 세상의 다른 것은 전혀 볼 수 없었소. 하늘에 뜬 달도 낭자의 얼굴로 보였고 술잔을 들면 잔 속에 낭자의 눈동자가 나를 보고 있었소. 여러 낭도들의 떠드는 소리도 들리지 않았소. 오직 낭자만을 온종일 생각했으며 낭자의 얼굴과 내내 함께 했소. 부디 내 마음을 헤아려 주시오."

"하오나……."

"다른 건 걱정하지 마시오. 내 비록 처와 자식이

있다 하나 낭자를 얼마든지 책임질 수 있소. 나를 믿어 주시오."

춘추는 평소답지 않게 큰소리를 늘어놓았다. 그러면서도 전혀 망설이거나 머뭇거리지 않았다.

"춘추공을 믿지 못하는 바는 아니오나……."

고개를 숙인 문희가 품 안에서 다소곳한 몸짓을 했다.

"그렇다면 됐소. 나를 믿으시오."

"하오면, 과연 소녀를 어찌 책임지신단 말이옵니까?"

문희가 끝내 춘추의 가장 뼈아픈 약점을 찌르고 나왔다. 춘추로서는 갑자기 말문이 막혀버릴 수밖에 없었다. 그러나 남녀의 관계가 어찌 일반적인 상식으로만 이해될 수 있겠는가. 이처럼 숨이 막힐 듯이 원하는 낭자를 옆에 두고 어찌 체통과 조건만을 따질 수 있을 것인가.

"낭자, 걱정하지 마시오. 차후에 이 몸이 적절하게 조치해 낭자에게 어려움이 없도록 하겠소. 믿어주시오."

춘추는 마땅한 방법도 마련해두지 않은 채 우선 그녀의 마음을 사로잡아 자신에게 향하도록 하기 위해 가진 노력을 마다하지 않았다. 지금은 그 외에 다른 방법이 없었다. 그렇게 해서라도 그녀의 마음을 돌려 자신에게 향하도록 하고 싶을 뿐이었다. 그녀가 이처럼 차후의 문제까지 분명히 짚고 넘어가려 하는 것으로 봤을 때, 그녀 역시 이미 자신에게 마음의 일단을 열어놓고 있는 것이 분명했다.

"낭자, 날씨가 춥지 않으면 서로 마주앉아 길게 얘기를 나누고 싶지만, 이처럼 야기(夜氣)가 차가우니 낭자의 몸이 한기에 젖어 혹 탈이 나지 않을까 염려되오."

춘추는 자연 그녀를 걱정하는 마음이 들었다. 그러나 가능하다면 그녀와 함께 밤새도록 밤길을 거닐며 세상의 온갖 아름다운 얘기를 나누고 싶었다. 이처럼 달이 밝고 세상의 모든 것들이 축복을 받은 듯 저마다 빛을 뿌리니 이 얼마나 운치 있는가. 그러나 강으로 나가기에도, 들로 나가기에도 시간이 적당하지 않았다. 더구나 계절이 계절인지라, 지금으로서는 과감하게 그녀를 이끌고 어딘가로 데려갈 수도 없는 노릇이었다. 가슴속이 까맣게 탈뿐이었다.

"지금이 3, 4월만 됐어도 얼마나 좋겠소."

춘추는 다시 추운 날씨를 원망해야 했다.

"공께서는 지체가 있으신 분입니다. 날씨도 이처럼 추운 야밤에 이처럼 한데에 계실 수는 없는 일입니다."

그녀 역시 춘추의 신변을 걱정해주고 있었다. 그러자 춘추는 더욱 충만한 기쁨에 애가 탄 나머지 심사가 헝클어질 수밖에 없었다.

"허나 이렇게 밤이 깊은데 어디로 갈 수가 있단 말씀이오. 참으로 난감하기 그지없소이다."

춘추가 난색을 표하자 문희가 뭔가 골몰히 생각했다.

잠시 후 고개를 든 그녀가 말했다.

"소녀를 따라오십시오."

문희가 추호도 거리낌이 없는 듯 단호한 표정으로 말했다. 사실 문희로서도 고심하지 않을 수 없는 일이었다. 상대는 신라 왕실을 모두 훑어도 불과 몇 명에 지나지 않는 남정네인데다 성혼해서 아이까지 두고 있지 않은가. 그것을 모르는 바 아니었으나, 한편으로 그를 향한 마음을 속일 수 없었다.

"그게 무슨 말씀이오?"

춘추는 영문을 알 수 없어 되묻지 않을 수 없었다.

"공께서 소녀를 생각해주시는 마음이 이처럼 간절하시지만 방법이 없지 않사옵니까? 저를 따라 조용히 안으로 들어오십시오."

말을 마친 문희는 집을 향해 몸을 돌렸다. 참으로 당돌한 행동이 아닐 수 없었다. 그러나 춘추의 입장에서는 그리 싫지 않은 일이었다.

"아니, 그럼?"

문희가 자신을 집안으로 들이려 한다는 것을 안 춘추는 깜짝 놀랐다. 그러나 다시 생각해보니 그 외에는 다른 방법이 없었다. 그녀와 단둘이 있을 수만 있다면 지옥(地獄)의 불구덩이 속이라 해도 능히 쫓아가고 싶은데, 하물며 그녀가 스스로 자신을 집으로 데리고 들어가려고 마음을 정했다면 그녀의 뜻에 따를 수밖에 없다고 생각했다.

"그럼 앞장서시오."

이윽고 문희가 앞서 걷기 시작했다.

춘추는 조금 떨어져서 문희를 따라 담을 끼고 걸었다. 그러나 여전히 조심스럽기 짝이 없었다. 혹시 누군가의 눈에 뜨이기라도 한다면 큰일이었다.

'과연 어디로 데리고 가려는 것일까?'

문희가 자신의 집 뒷문을 열고 조용히 안으로 스며들었다.

달빛이 환했기 때문에 술에 취해 있었지만 비교적 조용히 집 안으로 숨어들 수 있었다. 그리고 마치 강아지처럼 그녀를 따라 그늘진 모퉁이를 돌자 낮에 자신의 옷을 기워줬던 그녀의 방이 나왔다.

"얼른 안으로 드시지요."

문희가 자신의 방 앞에 선 채 소리 죽여 재촉을 했다.

"하오나……."

춘추는 일순 망설일 수밖에 없었다. 그녀의 당돌함도 그렇지만 선뜻 이끄는 대로 따르기에는 민망하고 불안했던 것이다.

"누군가 보기라도 하면 아니 될 일이옵니다. 얼른 드시지요."

춘추는 할 수 없이 신발을 벗고 마루로 올라섰다.

문희는 춘추가 벗어놓은 신발을 집어 들고 방안으로 들어갔다.

춘추는 그녀의 치밀함과 조심성에 놀랄 수밖에 없었다. 그러나 여유를 부릴 계제가 아닌지라 즉시 그녀를 따라 방안으로 들어섰다. 마치 기척에 놀란 갯벌의 게가 구멍 속으로 얼른 모습을 감추는 것 같았다. 방안엔 봉창을 통해 달빛이 스며들고 있었으며 아랫목에 이불이 깔려 있었다.

"춘추공께서는 이쪽으로 앉으시지요."

문희가 이불자락을 걷어 올리며 속삭이듯 말했다.

춘추는 문희가 이르는 곳에 앉았다. 이불 속은 이미 군불을 지폈는지 따뜻하고 아늑했다. 그렇게 잠시 앉아있으니 한기가 가시고, 이윽고 그녀에 대한 열정이 솟구쳐 올랐다. 주위가 마치 물속처럼 조용하기 그지없었다. 그래서일까. 춘추는 또 다른 욕심이 생겨 견딜 수 없어졌다.

"이쪽으로 조금 가까이 오시오."

저만큼 떨어져 앉은 문희를 가까이 오도록 하기 위해 춘추는 애가 탔다.

"거기에 앉아서 말씀하십시오."

문희가 여전히 움직이지 않은 채 대꾸했다.

"어허, 가까이 오셔야 얘기를 나눌 수 있지 않겠소?"

"춘추공을 이처럼 방안에 들인 것은 밖의 날씨가 차가운지라 이렇게 안으로 모신 것뿐이옵니다. 하오니……."

"낭자의 깊은 뜻은 내 잘 알겠소. 허나 이처럼 떨어져 앉아서 서로 얘기를 나누면 목소리가 밖으로 새어나갈 것이니 그것이 걱정이오. 자, 이쪽으로 내려오시오."

아직 술에서 깨지 않았음에도 춘추는 오히려 정신이 맑아졌다. 새록새록 피어오르는 문희에 대한 연정을 감출 수 없었다. 그는 초조한 가운데 몸을 일으켜 문희의 손을 잡아 아랫목 쪽으로 끌었다. 그녀가 못 이기는 척 딸려와 엉거주춤 앉았다. 비로소 두 사람은 나란히 앉아 서로의 숨소리를 확인할 수 있었다.

"혹시, 유신공이 집안에 들어왔다 낭자를 찾는다면……."

춘추는 경황 중에도 유신이 돌아와 그녀를 찾지 않을까 두려웠다.

"걱정하지 마십시오. 오라버니께서 늦은 시간에 저희를 찾는 일은 없답니다. 불만 밝히지 않는다면 자는 줄 알 것이옵니다."

"그것 참으로 다행스런 일이오."

춘추는 비로소 마음이 놓였다. 그리고 다시 물었다.

"헌데 낭자께서는 원래 부모님과 함께 만노군에 머무르지 않으셨소?"

그녀 자매가 이처럼 서라벌에 있었다는 것은 꿈에도 생각하지 못한 일이었다. 고달픈 상수살이를 하는 유신을 제외하고는 그의 동생 흠순까지도 서라벌에 머물지 않고 부모님과 함께 만노군에 있었던 것이다.

"지난 정초에 오라버니의 안위를 보살펴 드리기 위해 이곳에 왔다가 아직 귀가하지 못한 처지였습니다."

문희는 이미 서른이 가까워진 유신의 홀아비 아닌 홀아비 생활을 걱정한 나머지 살림을 보살펴주기 위해 이르러 왔다고 했다.

'참으로 묘한 인연이구나. 어찌 낭자가 이처럼 서라벌에 머물러 있을 때 생각지도 못했던 축국판이 벌어졌으며, 또한 유신공이 이 몸의 옷을 어찌 그처럼 찢어 놓을 수 있었단 말인가?'

춘추는 문희와 자신이 이처럼 호젓한 시간을 서로 나누어 가질 수 있게 된 내력을 따져보고는 이 또한 하나의 인연이 이르러 닿았음이 아닌지 곰곰이 생각해보았다.

'좋은 일은 겹친다더니 이를 두고 이르는 말이로구나.'

춘추는 비로소 안심이 됐다. 그리고 새롭게 용기가 치솟음을 느낄 수 있었다. 아울러 치밀어 오르는 열정을 이기지 못하고 문희를 덥석 끌어안고 말았다.

"아니, 어찌 이러십니까?"

놀란 문희가 눈을 크게 뜨며 말했다. 달빛에 비친 그녀의 커다란 눈은 참으로 아름다워 보였다. 이에 춘추는 온몸에 차오르는 충동과 조바심을 이겨낼 수 없을 지경이었다. 그러나 문희는 몸을 빼 물러나지는 않았다.

"낭자께서는 몰라서 물으시는 게요?"

"공께서 이러시면 아니 되는 일이옵니다."

문희가 품에 안긴 채 고개를 돌리며 말했다.

"얼굴을 이쪽으로 하시오. 어찌 그리 외면을 하시오?"

마음이 다급해진 춘추가 문희를 쳐다보며 말했다.

"술 냄새가 싫사옵니다."

"하하, 내 비록 술을 마셨다 하나 정신은 이처럼 멀쩡하오. 내 이제부터는 낭자께 술 마시는 법을 가르쳐줘야겠소. 오늘처럼 달이 밝은 밤에 서로 마주앉아 술잔을 기울일 수 있다면 그 얼마나 운치가 있겠소."

춘추는 그녀와 둘이서 호젓하게 술잔을 기울일 수 있다면 어떤 희생을 치르더라도 결코 후회하지 않을 것 같았다.

"소녀는 아직 술을 입에 대본 적이 없사옵니다."

"알겠소. 그러나 내 필히 낭자에게 술 마시는 법을 가르치고 말 것이오."

춘추가 초조한 표정으로 문희에게 말했다.

"내 비록 처자 있는 몸으로 낭자에게는 염치없는 일이긴 하나 진심이오. 어찌 내 심사를 이처럼 헤아리지 못한단 말씀이오?

"소녀가 남정네의 심사를 어찌 알 수 있을 것이며, 더구나 춘추공의 마음을 어찌 헤아릴 수 있겠사옵니까?"

"낭자께서 아직 남정네의 마음을 헤아리지 못한다는 건 낭자의 처지로 봤을 때 맞는 말씀이오. 허나 잠시……."

춘추는 더 이상 참지 못하고 문희를 자신 쪽으로 끌어당겨 얼굴을 가까이 가져갔다. 그리고 문희의 입술을 찾았다. 고갯짓으로 몇 차례인가 거부하던 문희가 결국 다소곳해졌을 때 그는 이윽고 그녀와 입을 맞출 수 있었다. 그녀의 입술은 부드러울 뿐만 아니라 마치 오이를 베물었을 때처럼 상큼했고 농익은 복숭아처럼 달콤했다. 두 사람은 힘껏 안고 안긴 채 서로의 입술을 탐하기에 정신이 없었다.

"끙!"

춘추는 전신을 엄습해오며 사로잡는 격정을 이기지 못해 계속해서 마른 헛기침을 했다. 또한 문희의 입술을 계속 탐하는 중에도 손을 놀려 그녀의 치마말기에 두른 끈을 찾아 풀었다. 허리까지 내려 덮는 문희의 당의(唐衣)가 거추장스럽기만 했다. 서툰 솜씨로 어렵게 끈의 매듭을 찾아 풀자 비로소 억눌려 있던 젖가슴이 드러났다. 춘추는 즉시 그녀의 가슴을 옷 위로 감싸 쥐고 마치 허기진 어린아이가 음식을 탐하는 것처럼 다급하게 다가섰다.

법민의 출생

춘추는 문희와 사통(私通)을 맺고 난 후에도 얼마 동안 그 사실을 보라궁주에게 털어놓지 못했다. 양갓집 처자와 내밀한 관계를 맺은 일을 어찌 떳떳하게 털어놓을 수 있겠는가? 이제나저제나 하고 자꾸만 미루는 사이에 문희가 임신을 하기에 이르렀다. 그러나 이때도 춘추는 감히 아내에게 실토를 하지 못한 채 세월만 죽이고 있었다. 그러던 중 여동생의 임신 사실을 눈치챈 유신이 크게 분노한 나머지 문희를 태워죽이겠다며 난리법석을 피웠다. 그제서야 춘추는 보라궁주의 양해를 얻어 간신히 사당과 문중에 고하고 문희를 가문에 들일 수 있었다. 그러나 공교롭게도 보라궁주 역시 임신을 해 아이를 낳다가 극심한 산통으로 인해 어린 핏덩이만을 남기고 목숨을 잃고 말았다. 춘추의 가슴은 찢어질 듯 아팠다. 그러나 슬픔 속에서도 문희와 정식으로 혼인을 하고 아울러 풍월주의 자리에까지 올라 명실공히 신라 화랑도 최고의 실력자가 됐다.

문희 역시 그즈음 첫아들을 낳았다. 그가 법민으로 을유년(乙酉年: 625년), 백정왕 47년 늦가을이었다.

한편, 당시 주변 정세를 살펴보자면 일찍이 삼한(三韓) 땅에서 고구려, 백제, 신라가 비슷한 시기에 서로 다투어 나라를 세운 이후 세 나라는 주변의 작은 나라들을 끊임없이 정벌하여 병합하면서 국력을 키워왔다. 이 때문에 급변하는 주변 정세에 자연 민감하게 반응할 수밖에 없었다. 또한 서로 살아남기 위해 계속해서 상대와 싸움을 벌여야 했다. 살얼음판 같은 위기가 톱니바퀴처럼 끊임없이 되풀이되고 있었던 것이다. 결국 삼한 삼국은 서로 살아남기 위한 동물적인 본능이 정치와 군사의 모든 논리를 지배하는 이념으로 정착됐으며, 그러한 과정에서 배신과 책략과 술수가 해질 무렵의 하루살이처럼 난무해 마치 난장판처럼 되풀이되고 있었다.

수백 년 동안 계속해서 이르러 온 크고 작은 싸움을 치러내면서 적과 우방이 바뀌기를 반복했으며,

비록 우방이지만 하찮은 실리나마 얻을 수 없다고 생각되면 하루아침에 돌아서서 날카롭게 대치하기를 마다하지 않았다.

당시 신라는 백제와 고구려 두 나라와 서로 날카로운 이빨을 드러낸 채 싸움이 끊이지 않는 위기의 연속이었다. 견아상착(犬牙相錯: 개의 이빨이 서로 어긋나 맞물려 있는 현상)의 현상으로 한 치의 앞도 바로 분간할 수 없을 지경이었다. 서로를 멸하고 자신이 살아남기 위해서 누구와도 손을 잡아야 하는 절체절명의 순간들이 계속 됐다. 그야말로 이전투구(泥田鬪狗)요, 당동벌이(黨同伐異)에 다름 아니었다. 중원의 당(唐)나라와 바다 건너 왜(倭)까지 감안하면 진흙 구덩이 안에서 싸우는 늑대의 숫자는 세 마리가 아닌 다섯 마리가 한데 겨루는 모습과 같았으며, 작은 이익만 있어도 같이 무리를 만들고 자신이 살기 위해서는 언제든 서로 동맹을 맺어 나머지 한 나라를 멸하려고 드는 각축장과 다를 바 없었다.

고구려를 멸하기 위해서 신라와 백제가 서로 손을 잡기도 했으며, 백제를 치기 위해서 신라와 고구려가 연합 동맹을 맺기도 했다. 그야말로 한순간이나마 제대로 정신을 차리지 않으면 순간적인 서슬에 그 존재가 영원히 사라져버릴 정도로 아슬아슬한 줄다리기가 이어지고 있었다. 단 한 번의 실수로 하루아침에 700년 사직이 뿌리를 잃고 흔적조차도 남기지 않은 채 흩어져버릴 위험한 순간들이 정족(鼎足) 삼국에 상시 존재하고 있었다. 특히 서쪽으로 백제와 북쪽으로 고구려에 둘러싸인 신라의 처지는 더욱 곤궁하기 짝이 없었다. 더불어 동쪽으로는 백제를 지원하는 왜국이 호시탐탐 신라를 치려고 기회를 엿보고 있었으며, 대륙의 중원에서는 당나라가 삼한 전체를 집어삼키기 위해 야욕을 불태우고 있었다.

그해 가을, 조정은 당나라에 사신을 보내 조공을 바치고, 변경을 자주 침범하는 백제와 고구려의 행패에 대해서 낱낱이 적시(摘示)해 알린 후 군사를 일으켜 그들을 멸하여 주기를 청하였다. 이에 당나라에서는 주자사(朱子奢)를 사신으로 삼아 고구려와 백제에 차례로 보내 칙명으로 서로 화목하게 지내도록 했다. 그러나 신라가 당이 점잖게 일러 요구하는 것처럼 고구려와 사이좋게 지낼 수는 없는 상황이었다. 그건 백제와의 사이에 있어서도 마찬가지였다. 서로 먹히고 먹어야 하는 약육강식의 논리가 처음부터 상존해 있었기 때문에 서로가 서로를 멸할 수 있을 때까지 싸울 수밖에 없는 처지였다.

신라는 문제의 근본을 바로 세우지 않은 당의 소극적인 개입에 실망했다. 당의 태도는 얼렁뚱땅 얼버무려 주변국에 대한 영향력만을 행사하려는 속셈이었다. 이는 비단 신라뿐 아니라 백제나 고구려 역시 간파하고 있었다.

서기 630년 춘 3월.

왕경(王京) 서라벌은 바야흐로 봄볕이 따스했다.

얼마 전에는 담 옆의 붉은 목련이 탐스럽게 꽃망울을 터트렸다. 그 꽃봉오리가 지면서 토기 장독 뚜껑 위에 떨어지는 툭! 하는 소리가, 마치 과부를 사모한 나머지 그리워하는 홀아비의 가슴이 내려앉을 때처럼 요란스럽기 그지없어서 뭇사람들의 밤잠을 설치게 만들었다.

남산 자락을 붉게 물들이며 아름다운 자태를 자랑하던 짙은 보랏빛 진달래도 이미 지고 없었다. 완숙한 봄의 정취로 흠뻑 물든 산자락에서는 아지랑이가 피어오르고 있었으며, 곱게 치장을 한 채 봄나물을 캐는 처녀와 나뭇짐을 진 총각들의 어깨를 봄볕이 따뜻하게 내려 비추고 있었다. 살랑거리는 봄바람이 지난겨울의 얼었던 땅을 녹일 듯 훈훈하게 불어왔다.

나라 안은 작년 가을에 있었던 고구려와의 싸움에서 크게 이겨 모처럼 평화스런 날들이 계속되고 있었다.

"때는 바야흐로 따뜻한 봄이로세."

"요즘 세월만 같으면 과연 세상도 살아볼 만한 것이로다."

저잣거리의 상인들도 따뜻한 날씨만큼이나 느긋해져 있었다.

"백제, 고구려의 원수들이 우리 땅을 침범하지 않고 이처럼 조용하니 모처럼 나라 안에 걱정 근심이 없구나."

"우리가 저들의 핍박만 받지 않는다면 과연 걱정할 일이 무엇이겠는가?"

아낙들도 마음이 푸근하기는 마찬가지였다. 그동안 백제와 고구려가 번갈아 가며 수시로 쳐들어와 백성들을 도륙(屠戮)하고 노략질을 일삼았으니, 자연 지금의 평화를 백성들에게 새삼 귀하게 여겨졌던 것이다.

춘추는 앞에서 아장거리며 걷고 있는 법민을 바라보았다.

이제 다섯 살이 된 법민은 제법 의젓해진 나머지

다섯 살 위 누이인 고타소와 한 살 위인 지소의 손을 잡은 채 호기심 어린 눈으로 이곳저곳을 둘러보고 있었다. 어린 소견에도 눈에 보이는 모든 생물들이 스스로 자라서 생성하고, 더러는 꽃을 피우고 무성해지며, 또한 수명이 다해 끝내 소멸하는 과정과 이치(理致)가 자못 신기한 모양이었다.

"야, 꽃이 피었다."

법민의 손을 쥐고 걷던 고타소가 쪼르르 달려가더니 길가에 핀 민들레 무더기 쪽으로 다가갔다. 그리고 꽃 한 송이를 꺾어서 춘추에게 뛰어왔다.

"아버지, 봄꽃이옵니다."

고타소가 밝은 햇살에 드러난 민들레만큼이나 밝은 웃음을 지으며 춘추에게 꺾어온 꽃을 내밀었다.

"음, 과연 꽃이 활짝 피었구나."

고타소가 건네준 민들레를 받으며 춘추가 말했다. 그리고 몸을 돌려 뒤따르는 문희에게 그 꽃을 다시 건네주었다.

"어머, 참으로 곱기도 해라."

문희가 탄성을 지르듯 말하며 노란 꽃을 받았다. 그리고 코끝에 대고 상큼하고 향긋한 꽃 냄새를 맡았다.

"향기가 매우 깊사옵니다."

"들에 피는 꽃 한 송이도 저마다 나름의 향기를 가지고 있는 것 아니겠소?"

문희의 말에 춘추가 고개를 끄덕이며 점잖게 대꾸를 해주었다.

"그러하옵니다."

문희가 춘추의 말에 동의했을 때 고타소가 앞으로 나가 법민과 지소의 사이에 섰다. 그리고 다시 두 동생의 손을 잡은 채 걷기 시작했다.

고타소는 법민에 비해 훌쩍 키가 커 보였다. 법민도 나이에 비해서 키가 작은 편은 아니었지만 고타소가 다섯 살이나 많은 데다 조숙했기 때문에 훨씬 커 보였던 것이다. 세 아이를 지켜보는 춘추 내외의 눈빛은 한없이 따스하기만 했다.

춘추는 어린 고타소와 지소가 어미도 없이 자라는 모습을 볼 때마다 가슴이 저릿해지곤 했다. 보라궁주가 해산(解産) 도중 산통이 극심해져 갑자기 죽어버리자 어린 고타소와 핏덩이인 지소의 처지를 생각해 울적한 날들을 보내야 했다. 그러나 지금에 이르러서는 오직 두 딸들을 그늘지지 않고 바르게 키워야 한다는 책임감에 문희에게도 각별히 부탁을 해서 고타소 자매가 밝고 명랑하게 자랄 수 있도록 배려를 아끼지 않고 있었다.

“봄이 무르익은 나머지 바람이 오히려 여름 같이 훈훈해졌구려.”

춘추가 아내를 돌아보며 말했다.

“그러하옵니다, 서방님.”

문희가 활짝 웃으며 말했다.

춘추는 새삼스럽게 문희의 얼굴을 빤히 쳐다보았다. 밝은 햇살 아래에서 드러난 그녀의 얼굴은 아름답기 그지없었다. 이제는 완숙한 여성으로서만이 아니라 아이들의 어머니다운 깊은 모성 역시 느낄 수 있어 춘추의 마음을 더욱 뿌듯하게 해주었다.

“부인”

춘추가 걸음을 멈추고 문희를 불렀다.

“부르셨나이까?”

문희가 눈을 크게 뜨며 춘추를 올려다보았다.

“오늘따라 부인의 모습이 더욱 아름답소.”

“서방님께서도 별말씀을……. 소첩이 부끄럽사옵니다.”

문희의 얼굴이 빨갛게 물들었다.

“하하하, 하오나 부인이 아름다운 것은 사실이니 어찌하겠소.”

춘추는 수줍음에 얼굴을 돌리는 문희를 보며 호탕하게 웃음을 터뜨렸다. 그리고 다시 마음속으로 유신에게 감사했다. 자신을 배려해준 유신의 마음씀씀이가 고마웠던 것이다. 만일 유신이 자신을 아끼고 배려하는 마음이 없었다면 지금쯤 어디에서 문희와 같은 반려자를 만날 수 있었을지 생각하자, 그의 존재가 더욱 소중하게 생각됐다.

사람의 관계라는 것이 그처럼 얽히고설키는 것이 원래의 이치라고는 하지만, 유신과의 관계는 참으로 질기고 깊은 것이라고 생각됐다.

"부인, 저기 법민을 좀 보시오."

춘추가 저만큼 앞서 고타소 자매와 나란히 걷고 있는 법민을 보며 말했다.

"보고 있사옵니다, 서방님."

문희가 법민과 고타소를 쫓던 눈길을 살짝 들어 춘추를 보았다. 그녀의 커다란 눈은 마치 호수의 물속처럼 맑고 깊었다.

"저 애가 장성하면 장차 이 나라의 동량지재(棟梁之材)로서 크게 쓰이게 될 것이오."

춘추가 흐뭇한 표정으로 다시 말했다.

"지당하신 말씀이옵니다."

"내 저 아이를 기필코 훌륭하게 키울 것이오. 부인께서도 내 뜻을 저버리지 마시고 아이들이 장차 이 나라의 큰 인물로 자랄 수 있도록 당당하게 키워주시기를 부탁드리오."

"여부가 있겠나이까."

그때 뒤에서 어린아이의 칭얼거리는 소리가 들렸다.

문희가 돌아서서 뒤따르는 유모에게서 인문을 받아 안았다.

"아이가 배가 고픈 모양이옵니다."

문희가 품을 열어 젖을 먹일 준비를 하며 말했다.

화사한 봄 햇살과 함께 아지랑이가 피어오르는 남산 자락에 춘추 일가족의 웃음소리가 맑게 메아리치고 있었다.

덕만(선덕)여왕

춘 2월.

조정에서는 하슬라주(何瑟羅州: 강원도 명주)를 북소경(北小京)으로 삼고 사찬 진주(眞珠)에게 명하여 그곳을 지키도록 했다.

그동안 나라 안에 커다란 변고가 있었다. 백정왕(진평왕)이 친동생인 갈문왕(葛文王) 백반의 손에 의해 유명을 달리한 것이다. 그러나 왕실에 마땅한 후계자가 없었으므로 덕만(德蔓) 공주로 하여금 왕위를 잇도록 했다.

이즈음, 춘추는 첫 부인인 보라궁주(寶羅宮主)에게서 얻은 딸 고타소의 혼기(婚期)가 꽉 찼음을 알고 좋은 신랑을 구해 맺어주려고 마음먹고 있었다. 친어미를 일찍 여의고 외롭게 자란 딸들인지라 춘추가 고타소 자매에게 가지고 있는 연민의 감정은 각별하기 그지없었다. 따라서 사윗감을 고르는 일에도 신중을 기할 수밖에 없었다.

비록 문희가 자신의 뜻을 잘 헤아려 고타소 자매를 그늘 없이 훌륭하게 키웠다지만, 자신의 딸들에 대한 가슴 저리는 안쓰러운 심정을 금할 수 없었다. 그 때문에 딸들이 장성해 이윽고 혼인할 시기가 되자 서둘러 짝을 맺고 좋은 날을 정해 남부럽지 않게 예식을 올려주려고 했던 것이다. 여러 군데 은밀히 소문을 내어 신랑감을 수소문했다. 이윽고 매파가 나타나 넌지시 문희에게 의향을 물었다. 매파를 통해 상대편 집안을 자세히 알아보니 바로 일길찬(一吉飡: 신라 제7위의 관등) 김품석(金品釋)이라는 젊은이였다.

품석은 원래 문벌이 높은 진골 귀족 출신으로 경사에서 두루 평판을 얻고 있었을 뿐 아니라 이미 조정에서 관직을 받아 일찍이 벼슬길에 나섰고 총명하고 여러 방면에 소질을 갖춘 젊은이였다. 이에 품석의 됨됨이를 수소문하여 알게 된 춘추가 집에 돌아와 문희에게 말했다.

"신랑 자리가 모든 것이 무난하니, 이참에 고타소의 혼사를 서두르는 것이 어떻소?"

"서방님께서는 그가 고타소에게 마땅한 사람이라고 생각하시옵니까?"

문희가 큰 눈을 더욱 크게 뜨며 물었다.

"소문을 듣자하니 지금 조정에 출사해 있는 인물 중에 품석이라는 청년을 따라갈 만한 인물이 없으며, 또한 성격이 진중할 뿐만 아니라 제 앞가림은 능히 감당할 수 있는 훌륭한 인품을 지녔다 하오."

"그처럼 무난한 사람이라면 서둘러 매파를 넣어 혼사를 진행시키도록 하시지요."

"고타소에게 좋은 신랑감을 물색해 짝을 맺어주고 싶던 차에 매우 반가운 일이옵니다. 즉시 고타소를 불러 뜻을 물어보는 것이 어떻겠습니까?"

"사람으로 친다면 서라벌에서 그보다 더 잘난 배필은 구하기 힘든 일이오. 참으로 아까운 신랑감임에는 틀림없지요."

"하오나 고타소의 성미를 살펴보건대 사뭇 당찬 구석이 없지 않습니다. 그 애의 마음이 어떤지 묻는 것이 순서일 듯싶습니다."

부부는 고타소의 의향을 묻기 위해 급히 그녀를 불러들였다.

"아버님, 어머님, 부르셨습니까?"

방안에 들어온 고타소가 무릎을 꿇으며 조심스럽게 앉았다.

"네 나이가 올해 몇이더냐?"

춘추가 온화한 음성으로 물었다.

"소녀, 금년에 열아홉이 되옵니다."

"허허, 벌써 꽃다운 나이가 되었구나."

춘추는 어느덧 훌쩍 자라버린 딸아이의 모습이 대견스러워 웃음을 지었다.

"너도 이제 나이가 찼으니 성혼을 이뤄 가정을 가져야 할 때가 됐구나. 그러니 마땅한 혼처를 구해야 하지 않겠느냐?"

"……."

고타소는 말이 없었다. 고개를 숙인 채 묵묵히 앉아 있는 것으로 볼 때 부모의 뜻에 따르겠다는 뜻인 듯싶었다.

문희가 그녀를 찬찬히 살피며 입을 열었다.

"마침 적당한 혼처가 나와 지금 네 얘기를 하고 있는 중이란다. 네 생각은 어떤지 말을 해보거라."

문희가 나서서 고타소에게 말했다. 어머니의 말에 용기를 얻었음인지 그녀가 대뜸 물었다.

"저와 혼인을 하겠다는 집안이 어느 집안이옵니까?"

"일길찬 벼슬에 있는 김품석이라는 청년이니라. 혹시 소문을 들어본 적이 있더냐?"

"소녀도 그에 관한 소문은 이미 들은 바 있사옵니다."

춘추가 설명을 해주자 고타소가 즉시 또렷하게 말했다. 아마도 또래의 처녀들끼리 모이면 장안의 여러 신랑감들에 대해서 자연 소문이 옮겨 다니게 될 것이므로 딸아이 역시 품석에 대해서 듣고 있었음이 분명해 보였다.

"그렇다면 그와 혼처를 정하는데 있어서 너도 찬성하는 것으로 알아도 되겠느냐?"

"……."

고타소는 아무 말이 없었다. 제아무리 당차다고 한들 스스로 성혼하겠다는 의사를 밝힐 수 없음은 당연할 터였다.

"네가 대답을 하지 않는 것으로 미루어 짐작하자면 굳이 반대하지는 않는 것 같으니 저쪽 집안과 의논하여 너의 혼사를 서두르도록 하겠다."

춘추가 말하고는, 그날로 즉시 혼사를 서둘렀다.

양가의 뜻이 서로 들어맞는지라 혼담은 급히 이루어졌다.

이윽고 춘 3월 길일을 택해 고타소는 혼례를 치르고 부모 슬하를 떠났다. 아울러 품석에게는 춘추가 직접 나서서 임금께 품신(稟申)을 올려 대야성 성주의 직책을 맡도록 했다.

춘추는 고타소를 시집보내며 마음속 깊이 고타소가 일생동안 행복하기를 진심으로 빌었다. 문희는 물론이고 지소와 법민, 그의 동생들에게 이르기까지 가족 누구를 막론하고 바라던 바였다. 어미를 일찍 여읜 탓에 성장과정이 순탄하지는 않았지만 가정을 이루어 행복한 삶을 살기를 진심으로 바랐던 것이다.

그해 초가을 7월, 동쪽 바닷물이 벌겋게 변한 일이 일어났다.

크고 작은 물고기들이 죽어 허옇게 배를 드러낸 채 떠올랐다. 사람들은 괴이한 일이라며 수군거리기를 마다하지 않았다. 이 소식은 서라벌까지 전해져 갖가지 유언비어가 난무했다.

이 소식을 들은 법민은 혼자서 말에 올라 동쪽을 향해 달렸다.

'과연 바닷물이 저절로 붉게 된 원인이 무엇일까?'

어린 마음에도 괴이쩍은 일이 생긴 나머지 나라의 변고로 이어지지 않을까 두려웠다. 한편으로는 백성들이 그로 인해 동요를 일으켜 마음고생을 하고 있다고 생각하니 안타까움을 금할 수 없었다. 한 시진(時辰) 동안 쉬지 않고 달리다 보니 이윽고 동해 바다가 보이기 시작했다.

'마음속이 온통 후련해지는구나!'

끝도 없이 아스라하게 펼쳐진 바다는 법민으로 하여금 장부의 기개와 호연지기를 느끼도록 하기에 충분했다. 한편으로는 드넓은 창해를 대하게 되니 답답한 마음이 확 트여 모처럼 후련함을 만끽할 수 있었다.

법민은 바닷가에 이르러 말에서 내렸다. 과연 바닷물이 붉게 변한 채 넘실거리고 있었다. 비록 절기상 가을이라고는 하지만 아직도 뜨거운 여름이나 마찬가지인지라 땡볕이 내리쬐고 있었으며, 온갖 만물들이 마치 더위에 지쳤다는 듯 움직임을 멈춘 채 늘어져 있었다.

'푸르러야 할 동해의 물빛이 저처럼 붉게 변한 원인은 뭘까?'

아무리 생각해봐도 그 이유를 알 수 없었다. 온통 적토(赤土)를 뿌려놓은 것처럼 붉게 변한 파도만이 밀려왔다가 밀려가기를 반복할 뿐이었다.

그때 깨끗한 승복을 걸친 승려가 법민 나이 또래의 남자아이 하나를 데리고 지나가다가 법민을 발견하고는 문득 걸음을 멈추었다. 법민은 지나던 길손이 걸음을 멈춘 채 자신을 유심히 바라보는 것도 모른 채 바다만 바라보고 있었다. 자신의 짧은 생각으로는 아무리 머리를 싸매고 궁리를 해봐도 바다 색깔이 갑자기 변하게 된 원인을 알 수 없어 애가 탈 뿐이었다. 과연 떠도는 소문처럼 나라에 큰 변고가 있을 조짐인지도 모른다는 생각에 자못 걱정이 된 나머지 어찌하면 물빛이 제 모습을 찾게 될까 골몰히 생각하기에 여념이 없었다.

그때였다.

"참으로 귀한 얼굴이로다."

뒤에 서 있던 승려가 감탄했다는 투로 말했다.

"네? 무슨 말씀이옵니까?"

고개를 든 법민이 그에게 물으며 쳐다보니 삿갓 안에서 뚫어지도록 자신을 살펴보는 눈길이 형형(熒熒)했으며, 나이는 자신보다 10여 세 정도 많아 보였지만 승복을 걸친 모습이 수려했다. 승려는 투박해 보이는 박달나무 지팡이를 짚고 있었다. 그 옆에 있는 소년 역시 밝은 눈빛에 해맑은 얼굴을 하고 있었다. 자연 호기심이 이는 것을 금할 수 없었다.

"이 땡초가 보아하니, 소년은 필시 범부(凡夫)의 상이 아니로다."

승려는 법민을 다시 찬찬히 살폈다.

법민은 그가 예사 승려가 아니라는 생각이 들어 두 손을 모은 채 합장하고는 고개를 깊이 숙여 보였다.

"어디에 사는 누구의 자손이던가?"

이에 법민은 의젓하게 대답했다.

"저는 서라벌에 살고 있으며 춘자 추자 어른이 저의 아버님이 십니다."

"뭐라?"

법민의 깍듯한 예를 갖춘 대답에 승려는 깜짝 놀란 얼굴을 했다. 그리고 되물었다.

"춘추공의 자제라니, 그것이 참이더냐?"

"그러하옵니다."

"어쩐지, 귀한 집 자손이라 생각은 했지만 설마 춘추공의 아들인줄은 몰랐었구나. 오늘에 이르러 너를 보니 과연 장차 크게 쓰일 인물이 틀림없구나."

승려가 법민을 그윽한 눈길로 바라보며 말을 했으나 그로서는 알아듣기 힘들었다.

"스님께서는 존함이 어찌 되십니까?"

"내 이름이야 첩첩산중에 깊이 묻힌 땡초로서, 이미 불문에 들어 득도 성불하겠다는 다짐을 세웠기로 일러주어도 알 수 없을 것인 즉, 굳이 알려고 할 필요 없다."

승려는 끝내 이름을 밝히지 않았다.

"헌데 서라벌에 있어야 할 네가 어찌 이런 한적한 곳까지 왔느냐?"

"동해의 물빛이 갑자기 붉어져 고기를 잡아 연명하는 어부들과 백성들이 걱정한다는 소문에 과연 무슨 연유인지 알아보기 위해 이처럼 나왔습니다. 부디, 바다 빛이 저처럼 붉어진 이유를 깨우쳐주십시오."

"갸륵하고 신통한지고. 어린 소년의 심기가 이렇듯 백성들을 위하는 마음이 가득하다면 역시 대성할 재목이로다. 장차 한 나라의 명운(命運)을 두 어깨에 짊어진다 해도 크게 잘못되는 일은 없겠구나."

"소인은 알아듣기 어렵습니다. 과연 무슨 말씀이십니까?"

법민으로서는 미처 헤아릴 수가 없는지라 묻지 않을 수 없었다.

"아니다. 장래의 일을 말한 것일 뿐……. 아직은

때가 이르지 않았으니, 너는 지금 내가 일렀던 말을 듣지 못한 것으로 해라.”

이에 법민은 아까부터 궁금해 있던 질문을 꺼내보았다.

“하오면 어르신, 푸르러야 할 바다의 물빛이 저처럼 붉게 변하게 된 이유는 과연 무엇이옵니까?”

“그건 어린 네가 굳이 걱정할 필요가 없는 일이다. 지금은 비록 저렇게 바다의 색이 변한 나머지 우매한 백성들 사이에 여러 가지의 소문이 뜻도 없이 돌고 있으나, 시일이 흘러 찬바람이 불기 시작하면 본래의 모습을 되찾을 것인즉, 과히 염려치 말거라.”

한참 후 승려가 다시 입을 열었다.

“그보다 저 넓은 바다를 다시 쳐다보아라.”

승려는 지팡이를 들어 바다 전체를 휘둘러 가르쳤다.

“네, 어르신.”

법민은 넓은 바다에 눈길을 돌렸다. 비록 붉게 변했다고는 하나 역시 동해인지라 출렁이는 파도가 밀려가고 밀려올 때마다 사뭇 웅장하기 그지없었다. 마치 끝이 없는 듯 아스라하게 펼쳐진 수평선이 눈에 들어왔다. 더불어 바다를 쳐다보는 것만으로도 용솟음치듯 의기와 기개가 치솟아 올랐으며 맺혔던 속이 시원해졌다.

"저처럼 넓은 바다를 쳐다보니 뭐 생각나는 것이 없느냐?"

승려가 물었다.

"저의 좁은 소견에도 무릇 사람이란 저 대해(大海)처럼 큰마음을 가져야 하고 또한 큰 뜻을 가득 품어야 한다고 믿사옵니다."

"바로 그것이니라. 무릇 인간이란 저처럼 넓은 마음과 커다란 뜻을 가져야 한다. 하해(河海)와 같다는 말이 과연 무슨 연유로 백성들에게까지 회자되겠느냐?"

그러면서 승려는 혼잣말처럼 중얼거렸다.

"너는 장차 신라 땅뿐만 아니라 삼한 땅을 두루 경략(經略)하는데 모자람이 없을 듯싶으니 빈승(貧僧)으로서는 장래에 걱정할 일이 없구나."

그의 말뜻을 미처 헤아리지 못한 법민이 다시 물었다.

"네? 그게 무슨 말씀이신지……. 어르신께서는 저의 좁은 소견을 부디 크게 열어주시기 바랍니다."

법민은 승려의 나이를 전혀 짐작할 수 없었지만 어르신이라며 깍듯이 예를 갖춰 물었다. 그러나 스님은 더 이상 자세한 말을 하지 않았다.

"머지않아 내가 한 말의 뜻을 깨닫게 될 것이니라."

이에 법민이 다시 고개를 숙여 보이고 나서 물었다.

"어르신께서는 어떤 분인지 존함만이라도 일러주십시오."

"떠도는 땡초에게 무슨 이름이 있겠느냐. 허나 너희 둘은 앞으로도 숱한 인연이 겹쳐 있으니 서로 인사를 나누어 부처님께서 맺어주신 인연을 길이 잇도록 해라."

승려가 옆에 있던 소년에게 말했다.

이에 처음부터 또래의 동자에게도 관심을 가지고 있던 법민이 인사를 건넸다.

"나는 서라벌의 남산 자락에 살고 있는 법민이라고 한다."

"나는 이 길로 여기 계신 스승을 모시고 불문에 귀의할 것인즉, 속세의 이름을 버리려 하는 중이기에 네게 일러줘도 필요없는 일이다. 다만 스승께서 말씀하셨듯이 다음에 인연이 닿아 다시 만나게 된다면 그때 내 이름을 알려주어도 늦지 않을 것이다."

소년이 말하고 난 후 손을 내밀었다.

두 소년은 사뭇 묘한 감정을 느꼈다. 그렇게 얼마

나 지났을까?

"갈 길이 바쁘니, 그만 헤어지도록 하자."

옆에 있던 승려가 말했다.

"알겠습니다."

소년이 대답하고는 두 사람 모두 휘적휘적 멀어지기 시작했다. 마치 아무런 미련도 아쉬움도 없다는 듯 훌훌 털어버리는 모습이 법민에게 오히려 신선한 느낌을 주었다.

그 소년이 바로 후에 이름을 드높인 신라의 의상대사(義湘大師)로 당시 나이 15세였으니 법민과는 동갑이었다. 그는 4년 후 19세의 나이에(일설에는 29세의 나이에 비로소 불문에 입도(入道)했다는 설도 있음.) 불문에 들어 당나라에 건너가 종남산(終南山) 지상사(至相寺)에서 주석(主席)하던 지엄(智嚴)법사의 입실 허락을 받아 그의 문하에서 화엄종(華嚴宗)을 연구하게 된다. 그리고 문무왕 즉위 10년(670년)에 신라로 돌아와 문무왕 16년(676년)에는 왕명을 받들어 태백산에 부석사(浮石寺)를 짓고 해동(海東) 화엄종(華嚴宗)을 창시했으며, 전국 각처에 10여 개의 화엄종 사찰을 건립해 화엄의 교종(教宗)을 확립했다.

또한, 그 스승이었던 원효대사(元曉大師)는 속성이

설(薛)씨며 이름은 '새돌'이었다. 어렸을 때의 아명이 서당(誓幢), 신당(新幢) 등으로 불렸으며 압량(押梁: 경산군) 출신이었다. 진덕여왕 2년(648년) 황룡사(皇龍寺)에 출가해 불문에 들어가 수도에 정진했다. 그 후 분황사(芬皇寺)에서 독자적으로 통불교(通佛教: 원효종(元曉宗), 분황종(芬皇宗), 해동종(海東宗) 등으로도 불림.)를 제창해 불교의 대중화를 이끌었다.

그 역시 의상과 함께 당에 건너가 추앙받는 승려가 된 뒤 돌아와 서라벌의 저잣거리에 나가 "누가 내게 자루 없는 도끼를 주려는가? 내 하늘을 능히 떠받칠 수 있는 기둥을 깎으리라! [誰許沒柯斧 我斫支天柱]"며 노래하는 소리를 태종무열왕이 전해 듣고 요석공주(瑤石公主)와 잠자리를 갖도록 해 설총(薛聰)을 낳기도 했다. 그리고 고려 숙종에 이르러 뒤늦게 원효대사를 대성화정국사(大聖和靜國師), 의상법사를 원교국사(圓敎國師)로 각각 시호(諡號)를 내려 추증했다.

신라의 희망

덕만여왕 11년(서기 642년) 8월 중순.

법민의 나이 17세가 됐다.

검고 윤기 흐르는 수염이 코밑과 턱 언저리에 가득한 채 훤칠한 대장부의 면모를 이미 과시하고 있었다. 늠름하고 수려한 용모에 눈은 총기를 머금은 채 빛을 뿌려 영롱하게 빛났으며, 이마 또한 그 아비를 닮아 고귀하고 시원스러워 보였다. 더구나 이미 오래전에 화랑도에 투신해 이제 우방대화랑 산하의 소화랑 3명 중 한 사람으로 풍월주를 지낸 아버지의 뒤를 잇고 있는 중이었다. 글을 읽어도 또래의 낭도들 중에서는 비교할만한 인재가 없었으며, 검과 궁술에도 조예가 깊어 문무를 함께 겸비한 인재로 손꼽히고 있었다.

점심을 먹은 후 법민은 활(弓)과 살(矢)을 챙겨 들고 집을 나섰다.

뒷문을 통해 밖으로 나온 그는 산을 타고 잠시 올랐다. 그에게는 심신을 단련하는 자신만의 장소가 따로 있었다. 혼자서 무예를 연마할 때면 언제나 그곳에 가서 갖가지 병기를 가지고 심신을 단련했다. 산길을 타고 조금 오르자 이윽고 제법 넓은 빈터가 나타났다. 주위는 고즈넉하기 짝이 없었다. 태양 볕은 땅을 녹여 버릴 듯 뜨거웠지만 나무들이 우거진 숲 속인지라 오히려 서늘하고 청량(淸凉)한 느낌을 주었다.

법민은 우선 들고 온 활을 내려놓고 심호흡을 했다.

산의 정기와 더불어 온갖 나무들이 품어내는 신성한 초록의 기운이 자신의 몸속 깊이 스며들어오도록 하기 위해서였다.

"신이시여! 저에게 백제와 고구려의 무리들을 물리칠 수 있는 힘과 용기를 주소서!"

법민은 진심으로 기도를 드렸다. 자신의 기구(祈求)를 듣는 상대가 누구라 해도 상관이 없었다. 오직 바라는 것은 나라가 편안해지고 적으로부터 침략을 받아 뭇 백성들이 고난을 당하는 일이 없기만을 바랄

뿐이었다. 그 때문에 자신도 이처럼 밤낮을 가리지 않고 무예 익히기를 마다하지 않는 것이라 믿었다.

궁술(弓術)은 어려운 시기를 맞아 나라를 지키는 무기로서 깊은 역사와 유래를 가지고 있었다. 아울러 심신을 단련하고 정신 수양을 쌓아 스스로의 성취를 위한 기회를 얻을 수 있었기 때문에 항상 그치기를 마다하지 않았다.

법민은 부린 활(시위를 풀어놓은 활)에 시위를 맸다. 과녁으로는 1백 보(步) 정도 떨어진 숲 속의 나무에 부착시켜놓은 사람 형상의 모형을 정했다.

이곳은 육신을 단련하는 그의 개인 수련장이며 동시에 끊임없는 사색과 성찰을 통해 정신적인 완성을 도모하기 위한 보물과 다름없는 장소였다. 수많은 나무들이 밀집해 있는 숲 사이로 멀리 떨어진 과녁이 보였다.

법민이 지금 쓰는 활은 얼마 전에 새로 구입한 각궁(角弓)이었다. 각궁은 1개의 목편(木片)이나 죽편(竹片)으로 제작된 환목궁(丸木弓)에 비해 크기는 조금 작았지만 정교하고 강력했기 때문에 적의 목숨을 위협하는 치명적인 병기였다. 따라서 복합궁(複合弓)이라고도 일렀는데 잘 다듬은 박달나무 목편에 물소뿔을 붙여 만들어진 일종의 단궁(檀弓)이었다.

궁법에 말하기를 활쏘기는 장부(丈夫)의 호연지기(浩然之氣)를 길러줄 뿐만 아니라 사람의 심기(心氣)를 집중할 수 있으며 활을 쏜다는 의식 자체도 느껴서는 아니 된다고 했다. 때문에 정신을 가다듬고 마음자리의 심연에 이르러 스스로를 능히 돌아볼 수 있기를 잠시 기다렸다. 일순 온갖 사위가 몸서리쳐질 정도로 냉엄히 멈춰버리고 적요하고 맑은 기운이 주위에 가득해져 저절로 입정(入靜)의 경지에 들었다.

마음을 한곳으로 모으는 정신통일이 무엇보다 중요하다는 것을 법민은 이미 여실히 깨닫고 있었다. 이윽고 활을 들어 사대(射臺)에 섰다. 아울러 천천히 숨을 모아 단전에 기를 모으고 주위에 널려 있는 온갖 만물이 내뿜는 신성한 서기(瑞氣)를 맘껏 흡수했다. 왼발의 발끝이 멀리 떨어진 과녁의 왼쪽 아래끝의 선과 일직선이 되도록 자세를 잡은 후 오른발을 왼발에 기준으로 삼아 어깨 너비로 벌렸다. 그리고 몸의 중심점을 양발 사이에 모았다. 상반신을 약간 기울인 채 심신을 가라앉혀 과녁의 사람 형상을 노려보았다. 상대가 백제의 무리라 해도 상관이 없었으며 고구려의 흉측한 북적(北狄)이라 해도 상관 없었다. 국경을 침범하고 백성들을 괴롭히는 원수라 생각해 버리면 그것으로 족했다.

살을 시위에 메우고 활 전체를 머리 위까지 치켜들어 거궁(擧弓)자세를 취했다. 더불어 아랫배에 힘을 주며 전신의 균형을 잡아 과녁을 노려보았다. 온갖 만물이 스스로 뿜어내는 정기를 흡입하기 위해 깊이 숨을 들이켰다.

다음 순간 법민은 전신으로 흐르는 충만한 기와 맥의 흐름을 분명히 느낄 수 있었다.
숨을 멈춘 채 과녁을 겨냥해 살을 날렸다.

"쉬~쉭!"

화살이 날아가는 소리가 경쾌하게 들렸다.

"탁~!"

경쾌한 소리가 과녁에서부터 날아들어 가볍게 정적을 깨뜨렸다. 그러나 법민은 살이 시위를 벗어난 뒤에도 또 과녁을 꿰뚫은 명쾌한 소리를 들은 후에도 처음의 방사(放射) 자세가 흐트러지지 않도록 기력을 끝까지 유지하고 있었다. 시위를 떠난 살이 과녁에 이르는 순간을 놓치지 않기 위해서였다.

무릇 궁술을 익힌다는 것은 방사에 이르는 모든

과정도 물론 중요하지만 방사 후의 수습하는 과정에 이르기까지도 흐트러지지 않는 심신을 끝까지 유지하는 데 그 목적이 있었다. 활쏘기를 통해 더욱 완전한 인간이 될 수 있는 도(道)를 닦아 나가는데 그 목적이 있었으므로, 궁술을 연마한 사람은 사심(私心)없이 활을 당겨 심기를 집중할 수 있어야 했다. 따라서 그 점을 스스로 깨우치기 위해 법민은 잠시도 노력을 게을리하지 않았다. 관중(貫中: 과녁에 명중함)인지 또는 부중(不中)인지에 대해서도 신경 쓰지 않았다. 오직 궁술의 기본에 따라서 충실하게 자신이 해야 할 소임을 다할 뿐이었다.

또 하나의 살을 시위에 메었다. 그리고 머리 위로 높이 들었다 천천히 신중을 기해 아래로 향하면서 궁현(弓弦)을 힘껏 잡아당겼다.

법민은 왼손의 하삼지(下三指)로 줌통을 가볍게 쥐고 반바닥(엄지손가락의 뿌리)과 등의 힘으로 부드럽게 밀면서, 범아귀(호구(虎口: 엄지와 검지의 사이)는 다물고 검지의 첫째와 가운데 마디는 높고 엄지손가락은 낮게 쥐었다. 줌손(활을 잡은 손)은 흘려 잡으라며 예로부터 일렀는데, 이 말은 활과 손가락이 직각(直角)이 되지 않고 예각(銳角)이 되도록 잡으라는 뜻이었다. 즉 반바닥으로는 줌통 안을 받쳐 올리고 하삼지로 바깥을 끌어내리는 형국이었다. 다음엔 각지손(오른손 엄지에 깍지를 낀 손)으로 시위를 끌어당겨 화살의 오늬를 건지 아래로 누르면서, 검지와 중지로 엄지를 확실하게 감아 쥐었다. 시위를 당길 때는 귀를 스치듯 끌면서 팔꿈치로 당겼다가 이윽고 발시(發矢)를 했다.

"쉬~쉭!"

시위를 떠난 살은 역시 과녁을 향해 날아갔다.

살을 날릴 때마다 몸과 마음이 혼연일체(渾然一體)가 돼 무심의 경지에 이르렀다. 그러기를 몇 차례 하면서 이미 안정돼 있던 마음을 더욱 차분하게 가라앉혔다.

이윽고 법민은 1순(巡: 5발의 화살)을 쏘아 보내기를 마쳤다. 그리고 다시 뜸을 들이며 신중하게 2순과 3순을 연이어 쏘았다. 도합 15대의 살을 날린 셈이었다. 이윽고 살을 걷기 위해 연전길(화살을 걷기 위해 다니는 길)을 통해 과녁에 다가갔다. 15발의 화살 중 14발이 사람 형상의 얼굴과 가슴에 명중해 있었다. 나머지 하나의 화살은 과녁을 벗어나 아래쪽의 나무 둥치에 박혀 있었다.

'마음이 흐트러진 탓인가!'

법민은 자신의 정신 상태를 꾸짖었다. 단 한발이 빠졌을 뿐이었지만 다른 때보다 결코 좋은 성적이라고 볼 수 없었기 때문에 순간적으로 불길함이 스쳐지났던 것이다. 그러나 여기서 단련을 멈출 수는 없었다. 법민은 모두 9순의 살을 더 날렸다. 매 동작마다 신중을 기해야 했기 때문에 꽤 오랜 시간이 흘렀다. 더구나 사대에 오른 사람으로서 서두르는 것은 결코 금물이었기 때문에 스스로 마음을 진정시키기를 마다하지 않았다. 어느덧 뜨겁던 태양이 지고 주위의 숲이 어둑어둑해졌다.

그날 저녁을 먹은 후 방안에 앉아 서책을 읽던 법민은 한여름 무더위를 잠시 피하기 위해 안채의 마당으로 나갔다. 부모님을 위시해서 지소 누이와 동생 등 온 가족들이 마당에 나와 평상(平床)에 앉은 채 더위를 식히고 있었다.

"어서 오시게."

춘추와 나란히 앉아 있던 문희가 법민을 반갑게 맞아주었다.

"아버님, 어머님, 편안하십니까?"

법민은 두 분 부모님에게 고개를 숙여 안부를 여쭈었다.

쑥을 말려 피운 모깃불 타는 냄새가 매캐한 냄새를 풍기며 가족들이 둘러앉은 평상 주위를 감돌고 있었다. 절기는 이제 가을에 접어들었지만 아직 오뉴월의 늦더위가 남아있어서 모기가 극성을 부리고 있었다.

"더위 탓에 글공부가 제대로 되지 않으시던가?"

문희가 물었다.

"소자 별로 덥지는 않았사옵니다. 하오나……."

법민은 말끝을 맺지 않은 채 문희의 옆자리에 앉았다.

"시절이 편안하지 않으니, 이런 때일수록 각별히 심신을 가다듬어 글공부와 무예에 매진을 해야 할 것이니라."

춘추가 다짐을 받기라도 하는 양 말했다.

"소자 아버님의 말씀 명심하겠습니다."

효심 또한 극진했던 법민은 부모님 앞인지라 몸가짐을 반듯이 하며 자식으로서 예를 한껏 갖추었다.

"아직도 백제의 무리들을 내쫓지 못했다 하더이까?"

옆에서 듣고 있던 문희가 춘추를 올려다보며 물었다.

법민은 그 말을 들으며 마침 화제가 그쪽으로 흐르게 된 것을 다행으로 생각하고 있었다. 기실 나라 안의 여러 가지 사정이 궁금하기도 해서 나왔기 때문이다.

"지난번 우리 땅을 짓밟은 백제의 무리들을 아직도 물리치지 못하고 있다 하오."

문희의 걱정에 춘추가 사정을 말해주었다.

7월 중순에 백제의 의자왕이 직접 군사를 거느리고 신라 땅을 침공해 미후(獼猴: 지금의 충남 금산군 진산면) 등 크고 작은 40여 개의 성을 삽시간에 빼앗겨버린 일이 있었다.

법민은 아직 국사(國事)에는 직접 관여할 수 없었지만 화랑의 낭도들 사이에서 오가는 소문은 충분히 듣고 있었으므로 나름대로 비분강개해 당장 전장으로 달려가고 싶은 심정이었다.

"무예는 진전을 보았느냐?"

춘추가 물었다.

"꾸준히 연마하는 중이옵니다."

법민이 자세를 바로잡고 대답했다. 그러나 오후에 사정에 나갔던 일을 아뢰지는 않았다. 혼자서 내실을 쌓으면 될 뿐, 부모님 앞에서 장황하게 설명할 필요는 없다고 생각했기 때문이었다.

그때였다.

"나리 마님! 나리 마님! 큰일 났습니다."

늙은 가노(家奴) 하나가 호들갑을 떨며 들어왔다. 법민은 숨이 턱에 닿아 허덕거리는 그의 목소리를 들으며 갑자기 불길한 느낌을 떨쳐버릴 수 없었다. 낮에 활터에서도 막연하게 덮치던 불길함으로 인해 화살이 과녁에서 빗나갔던 기억이 떠올라 자못 두려움이 일었다.

"허어, 무슨 일이냐?"

춘추가 꾸짖듯 물었지만 나이 지긋한 하인은 안절부절못한 채 같은 말만 되풀이하고 있었다.

"나리 마님, 큰일 났사옵니다."

"무슨 일인지 자초지종을 소상히 아뢰어라."

옆에 앉은 법민이 침착하게 하인에게 일렀다. 불길한 가운데에서도 가능하면 침착함을 잃지 않으려 노력하는 그의 모습이 사뭇 어른스러워 보였다.

"소인이 아뢰옵기는 너무 난감하와 차마 아뢸 수가 없사옵니다. 밖에 대야성(大倻城: 지금의 경남 합천)에서 사람이 내달아 와 있사옵니다."

"대야성?"

법민이 되묻는데 뒤이어 춘추의 놀란 음성이 뒤따

랐다.

"지금 대야성이라 했느냐?"

법민은 춘추의 부릅뜬 눈을 쳐다보며 역시 좋지 않은 예감에 몸을 떨어야 했다.

대야성이라면 누이인 고타소가 혼인을 한 뒤 남편인 품석(品釋)을 따라가 머물고 있는 곳이었다. 법민의 매부인 품석은 대야성의 도독(都督)으로서 성내(城內)는 물론 성외(城外)를 모두 관장하는 이른바 성주(城主)였다. 만일 대야성에 무슨 일이 생겼다면 그건 누이 부부에게 무슨 일인가가 생겼다는 뜻이었다. 그렇다면 과연 큰일이 아닐 수 없었다.

법민은 춘추와 문희의 표정을 번갈아 살피며 사뭇 긴장할 수밖에 없었다.

"그렇사옵니다, 나리 마님."

"즉시 그를 들라 해라."

춘추의 명령에 하인은 재빨리 대문 쪽으로 내달았다. 그리고 잠시 후 한 사람을 데리고 들어왔다. 하인이 데리고 들어온 사람은 대야성에서 한달음에 허겁지겁 내달아온 듯 지치고 피곤한 기색이 역력했다. 수염이 길게 자란 몰골을 보며 법민은 자신의 불길함이 맞아 들어가는 것 같아 한기가 전신으로 흘렀다.
"네가 대야성에서 온 자이더냐?"
춘추가 그를 보자마자 대뜸 물었다.
"그러하옵니다."
"너는 누구냐?"
"이 몸은 나마(奈麻: 신라 11위의 관등)직에 있는 보직(補直)이라는 자이옵니다."
"사실대로 이르도록 하라."
춘추의 재촉이 마치 빗줄기 휘몰아치듯 했다. 그도 그럴 것이 지금 이 자는 가장 소중하고 귀한 큰딸 고타소가 머물고 있는 대야성에서 위급한 소식을 전하러 온 자였기 때문이다.
"으흐흑, 나리 마님! 대야성이 백제 무리들 손에 들어가고 말았습니다."
"뭐라고?"
춘추는 놀란 나머지 양손을 연신 떨었다.
법민 역시 입을 떡 벌린 채 미처 말이 밖으로 새나오지도 않았다.
"자초지종을 소상하게 이르도록 하라."
춘추의 재촉이 다시 그에게 떨어졌다.
"윤충(尹忠)이라는 백제 장수가 군사 1만여 명을 이

끌고 몰려와 대야성을 공격해왔나이다.”

“그래서?”

대야성은 예로부터 낙동강 서안의 영토 중에서도 이른바 비옥한 땅으로 이름이 났으며 군사적으로도 매우 중요한 요충지였다. 따라서 만일 대야성이 적의 수중에 들어가면 지형상으로 노른자위 군사적 요지를 잃게 될 뿐만 아니라, 왕도인 서라벌이 적나라하게 노출되는 위기를 맞게 되는 셈이었다. 더구나 고타소 부부의 생명까지도 위험해지는 탓에 춘추가 놀라는 것도 무리가 아니었다.

“차마 소인의 입으로 아뢰옵기 송구스럽사오나…….”

“성주 품석 내외는 어찌 됐느냐? 아니 고타소는 어찌 됐느냐?”

춘추는 너무 놀란 나머지 말까지 더듬거리고 있었다.

“두 분 내외께서는 결국 슬하의 자식과 함께 스스로 자진하고 말았습니다.”

“뭐라?”

춘추가 깜짝 놀라 비명처럼 소리를 내질렀다.

“아니! 그게 참이더란 말이오?”

문희의 외침이 뒤를 이었다.

"누이가?"

동시에 법민도 역시 놀라 소리를 질렀다.

"고타소가 죽다니."

춘추의 절망에 쌓인 탄식이 다시 흘렀다.

청천벽력과 같은 소리에 정신이 아찔해질 뿐이었다.

보직이라는 자가 더듬거리며 설명한 바에 따르면, 고타소 부부는 백제의 무리들에 의해 성이 함락되는 과정에서 적에게 잡혀 수모를 당하고 가문의 체면에 누를 끼치느니, 스스로 자결의 길을 택했다는 내용에 다름아니었다.

'그처럼 아버님께서 아끼시던 누이가 아니었던가.'

집안은 일시에 곡지통이 터지며 울음바다가 되고 말았다.

"애고, 애고, 불쌍한 고타소야. 이 일을 어찌한단 말이냐?"

문희의 애타는 울음소리에 이어 동생들도 모두들 목 놓아 울기 시작했다.

'모친도 없이 외롭게 자란 큰누이가 어린 자식과 함께 스스로 목숨을 끊다니. 얼마나 심사가 참혹했을까?'

법민은 슬픔에 젖어 탄식을 할 수밖에 없었다. 누이가 받았던 고통스러움을 능히 짐작할 수 있었기에 더욱 애통하고 서글펐다.

'눈에 넣어도 아프지 않을 정도로 부모님의 사랑을 받으며 고이 키워 혼인을 한 지 이제 몇 해 되지도 않았는데. 누이가 저들의 손에 죽다니.'

법민은 미처 정신을 차릴 여유도 없이 슬픔에 잠겼다.

"그걸 삶이라고 겨우 스무 해 남짓을 살고 갔단 말이냐?"

춘추의 입에서 절망한 나머지 탄식이 저절로 흘러나왔다.

"불쌍한지고."

"애를 낳은 뒤 겨우 몸을 추슬러 건강을 찾기를 바랐건만, 참으로 불쌍한지고. 그 허망하고 시린 삶이 애가 끊는구나. 혼인한 것이 이제 4년도 넘지 않았는데 어린 것과 함께 참혹하게 죽음을 선택하다니. 참으로 애가 끊는구나."

법민은 춘추의 가슴이 찢어지고 메어지는 듯해서 차마 지켜볼 수조차 없었다.

"애석한지고, 애석한지고……."

문희의 통곡소리 또한 처연하고 애처롭기 짝이 없었다. 누이가 어렸을 때부터 당신의 손으로 곱게 키웠으니 고운 심성은 말할 필요도 없는 일이요, 장성해 시집을 보낸 딸의 죽음에 이르러서 복받치는 슬픔을 견딜 수 없는 듯 흐느끼고 계셨다.

법민 역시 마찬가지였다.

'이 참담함을 어디에 견주리.'

"성도 빼앗기고 품석과 고타소도 죽다니. 나라의 손실이고 우리 집안의 슬픔이로구나. 이 일을 과연 어찌하면 좋단 말이냐."

춘추의 탄식은 비참함 그 자체였다. 당시 품석은 관등이 계속 승차한 나머지 이찬(伊飡) 벼슬에 올라 있었을 뿐만 아니라 조정으로부터 대야성을 맡아 다스리도록 명을 받아 도독(都督)의 임무를 수행하고 있었다. 그런 와중에 이런 일이 일어나니 나라의 크나큰 손실이라는 점을 누구도 부인할 수 없었다.

옆에서 같이 슬퍼하며 기다리던 보직이라는 자는 자신이 간신히 살아 돌아오게 된 자초지종을 말하기 시작했다.

"품석 도독의 보좌관인 아찬(阿飡: 신라 제6위의 관등) 서천(西川)이 성 앞까지 압박해온 적의 수괴인 윤충이라는 자에게 성루 위에서 말했나이다."

"뭐라 했단 말이냐?"

춘추가 얼굴이 붉다 못해 대춧빛으로 변한 채 물었다.

"우리의 성이 싸움에 졌고 또한 함락되기 직전이므로 만약 그대들의 장군이 우리를 죽이지 않으면 성을 바치고 항복하겠다."

"그랬더니?"

춘추의 고함이 보직의 말을 가로챘다. 춘추는 보직이 순서를 따지며 차분히 말할 때까지 기다릴 수 없었다. 법민 역시 자신을 이기지 못한 채 그냥 머물러 있을 수 없어 몸을 일으켜 마당으로 내려섰다.

"윤충이 대답하기를, "만일 그대들과 내가 이렇게 굳게 약속을 하고도 함께 만족하지 못하는 결과가 생긴다면, 그때는 밝은 태양이 저처럼 높이 떠있으니 저 해를 두고 맹세를 합시다."라고 말했습니다."

"그런데? 그런데 어찌 품석과 고타소가 죽을 수 있단 말이더냐?"

춘추가 힘없이 물었다. 본인 생각으로는 어찌 됐든 품석 내외가 목숨만 부지하고 있으면 무슨 수를 쓰든 살려낼 수 있을 것이라고 믿은 나머지, 이처럼 어긋나

버린 결과가 한스럽고 기막히기 짝이 없는 듯 했다. 그러나 고타소의 죽음을 이미 확인한 처지였기에 작은 희망이나마 가질 수 없는 탓에 더욱 맥이 풀린 듯 힘조차 전혀 느껴지지 않았다.

"그 말을 전해 들은 서천이 품석 성주와 여러 장병들에게 권고하여 성 밖으로 나가려고 했나이다. 그러나 죽죽(竹竹)이라는 우리 측의 장수가 이를 제지했습니다."

"……."

"그는 "백제의 무리들은 원래 말을 번복하는 자들이므로 그들의 약속을 믿을 수 없소. 저 백제 수괴의 말이 달콤한 것은 필시 우리를 유인해 성을 빼앗고 우리 모두를 죽이려는 술책에서 비롯된 것이오. 만약 우리가 저들의 말을 믿고 성 밖으로 순순히 걸어나간다면 틀림없이 적의 포로가 돼 끌려가거나 아니면 그 자리에서 죽음을 면치 못할 것이오. 쥐새끼처럼 저들에게 목숨을 구걸하느니 차라리 호랑이처럼 용감하게 싸우다 죽는 게 상책이오."라며 한사코 말렸습니다."

"그래서 어찌 됐느냐?"

안절부절못한 채 마당을 거닐던 법민이 그에게 물

었다. 춘추는 기운이 쇠해 멍하니 앉아 있을 뿐이었다.

"하오나 품석 성주께서는 이 말을 듣지 않고 적장의 말을 믿으신 나머지 성문을 열었사옵니다. 설마 항복하는 자들을 무참히 죽일 리야 있겠느냐 하시며 적장(敵將)의 달콤한 약조를 믿은 것이지요. 이에 우리 측 사졸 몇 명이 성문을 열고 먼저 나가자 백제의 무리들이 복병을 일으켜 모조리 죽이고……."

"저런 죽일 놈들이 있나. 적장으로서 그런 약조를 하고도 우리 병사들을 그처럼 죽였단 말이냐?"

"그러하옵니다."

"저런 천하에 버리지 같은 놈들!"

춘추의 비통한 외침이 밤하늘을 울렸다.

"낱낱이 아뢰도록 하시오."

춘추가 씨근덕거리는 사이에 법민이 다시 물었다. 상명지통(喪明之痛)의 아픔을 당하신 춘추보다는 자신이 묻는 게 오히려 낫겠다 싶었던 것이다. 법민이 상세한 내막을 자세히 알고 싶었던 것은 정확한 연유를 알고 난 뒤에 원수를 갚아도 갚아야 한다고 생각했기 때문이다.

"몇 명이 먼저 성 밖으로 나가고 난 뒤 품석 성주가 나가려고 했을 때, 밖의 동정을 살피던 수하가 백제군이 복병을 일으켜 병사들을 모조리 죽였다는 얘기를 듣고 품석 성주께서 그만……."

보직은 당시의 참상을 더 이상 말할 수 없는 듯 치를 떨었다.

"어서 아뢰 보시오!"

춘추를 대신해 법민이 외치듯 재촉했다. 이윽고 그가 다시 입을 열었다.

"품석 성주께서 먼저 당신의 처와 자식들에게 스스로 칼을 휘둘러 죽인 다음 자신도 목을 찔러 자결을 했사옵니다."

"원통한지고, 분한지고……."

춘추가 독백처럼 되뇌었다.

나이 이제 갓 스물을 넘겼을 뿐인 꽃다운 나이의 누이가 슬하에 애지중지하던 어린 자식과 함께 궁지에 몰린 남편의 뜻에 따라 자결을 결심할 수밖에 없었던 사연이 슬프고 애처롭기 그지없었다.

"허면 죽죽이라는 그 장수는 과연 어찌 됐소?"

법민이 다시 물었다. 차라리 죽죽의 말대로 힘껏 싸워보기라도 했다면 슬픔이 덜할지도 모른다는 생각이 들었다.

"그는 남은 군사들을 수습해 성문을 다시 굳게 닫

았사옵니다. 은연중 서천이 말한 대로 항복한 군사들을 죽이기야 하겠느냐 하며 희망을 걸었었으나, 백제의 윤충이 신라의 투항한 군사들을 무참히 죽이는 참상을 목격한 뒤인지라 죽더라도 끝까지 싸우기로 결심한 것입니다. 이에 사지(舍知: 신라 제13위의 관등)인 용석(龍石)이라는 자가 죽죽에게 "지금 전세로 보아하니 우리 편이 매우 불리하기만 해서 필경 성(城)을 보전할 수 없을 것이오. 차라리 항복하고 명을 부지해 후일을 도모하는 것이 낫겠소." 라고 하자, "그대의 말도 일리가 있지만 내 아버님이 내 이름을 죽죽이라고 지어준 것은 날씨가 추워도 대나무처럼 시들지 말며, 비록 꺾일지언정 굽히지 말라는 뜻이니, 어찌 죽기가 두려워 항복해서 명을 부지하려 하겠소?"라며 힘껏 싸우다가 마침내 성이 함락되자 용석과 함께 전사하고 말았사옵니다."

법민은 차라리 자신의 매부인 품석도 그처럼 싸우다 죽었더라면 이처럼 원통하고 억울하지는 않을 것이라 생각했다.

어찌 밤을 지새웠는지도 모를 정도로 크게 상심한 법민이 다음날 아침 일찍 부모님을 뵙기 위해 내실에 들렸을 때, 춘추는 넋이 나간 듯 자신을 알아보지 못하는 것 같았다. 참혹하고 비통한 소식을 듣고 난 후인지라 온종일 기둥에 기대서서 눈도 깜박이지 않은 채 사람이나 물건이 앞을 지나쳐도 분명히 알아보지 못하는 듯했다.

"그 불쌍한 것의 유골마저도 수습하지 못하고, 저들의 수중에 있다니……."

춘추는 차오르는 분노를 참기 위해 이를 악물었다. 자신을 제어할 힘마저 이미 떨어진 듯했다. 치밀어 오르는 참담한 고통과 무지비한 역경을 이겨내기 위해 주위를 전혀 의식할 수조차 없는 듯했다.

'아아! 대장부가 어찌 백제를 꺾을 수 없으랴.'

이윽고 춘추가 스스로 하늘을 우러러 분연히 혼잣말을 하면서 몸을 일으켰다.

"법민아, 나와 함께 대왕 전하를 뵙도록 하자."

"아버님의 분부를 따르겠습니다."

법민 역시 치밀어 오르는 분기를 참을 수 없었으므로, 부자는 즉시 대왕 앞으로 나아가 무릎을 꿇었다.

"이찬 품석과 공의 딸이 백제 간적(奸賊)들이 침공해와 마침내 제명을 다하지 못하고 스스로 자진을 했다니, 아픈 마음을 뭐라 형용할 수 없을 지경이오."

덕만여왕이 먼저 그들 부자에게 위로의 말을 전했다.

"대왕마마, 백제 무리들을 저대로 방치해 둔다면 후에 더욱 커다란 환난을 초래한 나머지 나라의 사직이 더욱 위태로워질 것이옵니다."

춘추가 대왕 앞에 이르러 진언(眞言)을 올렸다.

"과인도 역시 같은 걱정에 어젯밤 잠을 이루지 못했소. 허나 저들을 무찌를 수 있는 절묘한 묘책이 없음에야……."

여왕은 침통한 표정으로 대답했다.

"명을 내려 주신다면 제가 고구려에 가서 군사를 청해 백제에 대한 원한을 갚겠습니다. 허락해 주시옵소서."

춘추가 간곡하게 말했다. 참혹한 심정 중에도 오직 그 길만이 참람한 역경을 헤치고 나갈 수 있는 유일한 방법이라고 생각한 듯했다.

"공께서 직접 적국으로 들겠다는 뜻이오?"

"그렇사옵니다."

"그것은 아니 될 말이요. 공은 없어서는 안 될 나라의 기둥이며 백성들의 희망입니다. 또한 왕실에서는 하나 남은 유일한 남자 인척입니다. 딸을 잃은 슬픔이 제아무리 깊다 해도 어찌 적국인 고구려 땅에까지 가려는 생각을 할 수 있소?"

"소신이 깊이 생각해 보았으나 나라의 환란을 막기 위해서는 그 방법 외에는 없는 줄로 사료되옵니다."

"허나, 고구려가 과연 우리의 뜻을 쉽게 받아주겠소?"

여왕은 고구려의 태도가 어찌 나올 것인지 먼저 걱정하는 것이 역력했다.

"소신이 신명을 다해 진력을 쏟아보겠나이다."

"춘추공은 잘 들어보시오. 공은 그대의 아버지와 김서현공이 고구려의 낭비성(娘臂城: 지금의 충북 청주)을 공략했던 일을 잊으셨소? 불과 13년 전 낭비성을 우리에게 빼앗긴 고구려인지라 그 숙원이 아직 창창하게 남아있을 것이오. 고구려가 우리의 요구를 순순히 들어준다면 그보다 좋은 일은 없을 것이오. 허나 지금까지 고구려가 우리에게 취해온 전례를 봤을 때 우리와 함께 국운을 걸 것인지도 의심스러우며, 더구나 군사를 움직여 백제를 응징하는 일에 선뜻 나서줄 것 같지도 않소. 자칫 무모한 청을 넣으려 북국에 들어갔다가는 춘추공의 신변까지 위태로울지도 모르는 일이오. 그러니 참도록 하시오."

여왕은 할아버지와 김서현공이 함께 도모해 낭비성을 빼앗았던 일까지 거론하며, 잘못되면 춘추의 생명까지 위태로워짐을 경계하고 있었다. 여왕의 염려는 오히려 당연한 것이었다. 그러나 춘추는 뜻을 꺾지 않았다.

"어차피 우리 신라로서는 가능한 모든 방법을 모색해서 죽을 힘까지 동원해 저들을 크게 무찌르고 도모해야 할 처지이옵니다. 어찌 소신의 목숨을 염려해 일을 미루겠습니까?"

춘추의 비장한 표정과 결연(缺然)한 음성을 옆에서 들으며, 법민은 당신의 원한과 슬픔이 어느 정도로 여실한 것인지 능히 짐작할 수 있었다.

"차라리 당이나 왜에 청병(請兵)을 해보는 것이 어떻겠소?"

여왕이 되물었다. 이는 어떻게 해서든 춘추의 고구려 행을 막아보려는 뜻에 다름 아니었다. 이에 춘추가 다시 아뢰었다.

"소신도 깊이 생각을 모아 봤었습니다. 하오나 당은 삼한 삼국을 상대해서 철저한 등거리 외교를 표방하고 있으므로 유독 신라에게만 군사를 내어줄 마음이 없어 보일 뿐 아니라, 지난번 우리의 청병을 외면한 것으로 미루어볼 때 대왕 전하와 당 황제 사이에 이미 좁힐 수 없는 거리가 느껴졌습니다. 무릇 나라 사이의 외교란 서로 주고받음으로써 성사되는 일이기 마련인데, 당나라가 무엇이 아쉬워 백제와 고구려에 등을 돌리면서까지 우리를 도와주려고 하겠나이까? 또한 왜로 말할 것 같으면 현재 왜의 조정을 움직이는 신하들의 면면을 살펴볼 때 본시부터 친백제 인물로 채워져 있을 뿐 아니라 백제와는 오랜 동맹관계를 맺고 있는 긴밀한 처지이므로 어찌 백제를 치겠다며 군사 요청에 응할 수 있겠나이까. 오가는 시간만 허비할 것이 분명한 일이옵니다."

한동안 생각에 잠겨 있던 여왕이 마침내 입을 열었다.

"공은 과인에게는 친자식과 진배없는 중요한 사람이오. 성사가 될 것인지 확실하지 않은 일에 어찌 공으로 하여금 함부로 무도한 적국을 향해 스스로 몸을 던지는 것을 보고만 있을 수 있겠소?"

"하오나 지금 나라의 형편을 생각해보면 그 일은 제가 아니면 마땅히 이룰 수 있는 적임자가 없는 실정이옵니다. 통촉하여 주시옵소서."

춘추는 한사코 자신의 의지를 굽히지 않았다.

이에 한동안 생각을 거듭하던 여왕이 뭔가 결심한

듯 말했다.

“춘추공께서도 깊이 생각을 했을 터이니 짐이 더 이상 말릴 수가 없구려. 공의 생각이 그렇다면 뜻대로 하시오. 허나 만반의 준비를 철저히 하시고 특히 공의 일신에 대한 대비책도 마련해야 할 것이오.”

“소신, 전하의 분부를 명심하여 따르겠나이다.”

여왕 앞에서 물러나 나오며 춘추가 법민에게 일렀다.

“내일 당장 고구려로 떠날 것이니라.”

“진정 북쪽 지경으로 거동하실 것이옵니까?”

법민은 고개를 들어 춘추를 살폈다. 법민의 얼굴엔 이미 하얗게 핏기가 서려 있었다. 고구려라면 결코 믿지 말아야 한다는 생각이 번쩍 든 것이다.

“내 기필코 어떤 수를 쓰든 백제 무리들에게 고타소의 원수를 갚고야 말겠느니라.”

석양빛에 춘추의 얼굴이 붉게 물들어 있었다.

“아버님, 조금 전에 대왕 전하의 염려하시는 말씀을 듣지 않았습니까. 소자도 아버님을 모시고 고구려로 동행하면 어떻겠습니까?”

그러나 한 번 결심한 춘추의 마음을 되돌릴 수는 없었다.

“사람이 많다고 이루어지는 일이 아니니라. 너는

집에 남아 있거라."

"하오나 아버님 혼자서 어찌……."

법민은 끝내 마음이 놓이지 않았다.

"걱정하지 말거라. 대신 내가 없는 동안 네가 집안을 잘 이끌도록 하여라."

"그 점은 염려 놓으십시오. 하오나……."

법민은 끝내 안심이 되지 않았지만 아버님의 뜻 또한 거스를 수 없었다.

"내가 고구려로 들어가거든 가내(家內)의 대소사를 잘 챙기고 집안을 잘 다스려 굳게 지키도록 하여라."

"아버님의 뜻을 잘 따르겠습니다만, 아버님의 안위가 걱정될 뿐이옵니다."

"내 이미 각오한 바가 있으니, 내 뜻에 따르도록 하여라."

"각오라 하시면……."

"걱정하지 말거라."

춘추는 더 이상 말을 하지 않았다.

"아버님의 뜻을 잘 알아 모시겠습니다."

이윽고 법민은 깊이 고개를 숙였다.

"내 그곳에 가면 어떤 일이 닥칠지 나로서도 알 수 없구나."

"그렇습니다. 심히 염려스럽기 짝이 없습니다."

"나는 60일을 기약하고 고구려로 들어갈 것이니라. 만일 내가 60일이 지나도 돌아오지 않거든 때에는 내게 변고가 생긴 줄 알 거라. 내가 이렇게 이르는 것은 그 후의 집안일을 네게 맡긴다는 뜻임을 잊지 말거라."

"참람하신 말씀은 하시지 마십시오. 부디 무사하시길 바라옵니다."

법민은 다른 대안이 없다는 걸 깨닫고 춘추의 안위를 걱정할 뿐이었다.

춘추는 다음 날 아침 일찍 고구려를 향해 서둘러 길을 떠났다. 동행은 조정에서 급히 선발해준 부사(副使) 한 명뿐이었다.

4개월 후.

"끼랴!"

법민은 채찍을 휘두르며 달리는 말에 박차를 가했다.

말은 지치지 않은 채 땅을 박차고 질풍처럼 달렸다. 밤사이에 탐스럽게 내린 첫눈이 온통 산야를 뒤

덮고 있어 말이 뛸 때마다 말발굽에 찍힌 눈 뭉치들이 저만큼씩 뒤로 튕겨나갔다.

법민이 열 살 되던 생일날 춘추가 선물로 구해준 말이었다. 법민은 말에게 청풍(青風)이라는 이름을 붙여주고 애지중지 길렀다. 바람처럼 빠르되 언제나 싱그러운 젊음을 유지하라는 뜻이었다. 그리고 7년이 지난 지금 짙은 적색의 튼튼하고 늠름한 준마가 돼 있었다.

법민은 서책을 읽다 문득 갑갑증이 나거나, 어떤 일이든 자신이 생각한 대로 풀리지 않을 때면 이처럼 청풍과 한몸이 돼 무작정 내달리곤 했다.

오늘도 아침 일찍 고삐를 움켜쥐고 바람처럼 빠르게 달리는 말 위에 엎드린 채 무념(無念)의 상태에서 오직 달리기를 마다하지 않았다. 이는 고구려로 떠난 아버지 춘추로부터 지금까지 아무런 소식이 없어 답답한 마음을 일갈하기 위해서였다.

법민은 뛰는 말에 박차를 가할 뿐 청풍이 어디를 향해서 달리든 개의치 않았다. 온몸이 땀으로 흥건히 젖어왔으며 차가운 바람이 맞받아친 나머지 코끝이 시리고 얼굴이 얼얼했지만 달리기를 멈추지 않았다. 혼신의 힘을 다해 오직 달릴 뿐이었다. 목적지도 없었으며, 시간이 정해진 것도 아니었다. 가슴속에 무겁게 자리 잡은 춘추에 대한 걱정과 조바심으로 인해 무작정 채찍을 내려치며 잠시나마 마음속의 잡념을 털어 버리고만 싶었다.

서라벌을 벗어난 지 한 시진(時辰) 혹은 두 시진이 지났을까. 어디를 향해 가는지, 어디쯤에서 멈추게 될지 도무지 알 수 없었다. 자신의 속내를 스스로 가누지 못해 무작정 나선 마당인지라 거리낄 것도 없었고 또한 망설일 이유도 없었다. 눈에 덮인 겨울 논바닥 옆을 지났고 잎이 떨어진 앙상한 나무들이 수없이 시야를 스쳐 지났다. 오직 달리는 데만 정신을 쏟았다. 가슴 가득 짓눌러오는 춘추의 안위에 대한 온갖 기우 때문이었다.

춘추가 고구려 경계를 넘은 지 오늘로 넉 달이 지났다. 떠나면서 약조했던 60일이 경과한 것이다.

법민은 춘추가 고구려로 들어간 이유를 누구보다도 잘 알고 있었기 때문에 더욱 마음이 놓이지 않았다. 때문에 불길한 상념을 떨쳐 버릴 수 없었다. 고구려를 북쪽에 방치해둔 채 백제와 전쟁을 벌여서는 안 되는 일이었기 때문에, 만일의 경우 백제를 치는 틈을 이용해 고구려가 밀고 내려온다면 실로 양면(兩

面)의 적을 동시에 상대해야 했다. 때문에 어쩔 수 없이 고구려와 먼저 동맹을 맺든 아니면 다독여 달래놓든 선택을 해야 했다.

사직이 결딴나고 백성들이 안정을 얻지 못한 채 뿔뿔이 흩어진다면 백제를 물리친다 한들 무슨 소용이 있을 것인가? 비록 고타소 누이의 갑작스런 죽음으로 인해 아버지 춘추가 백제에 대한 원한을 갚겠다는 결의를 굳히고, 저들을 쳐서 아우르기 위해 고구려로 군사를 얻으려 들어갔지만, 처음의 의도와 정 반대의 결과를 얻는다면 심혈을 기울여 도모한 모든 일들이 모두 물거품이 될 수 있었다. 따라서 누이의 원한이 아니더라도 어차피 백제와는 매듭을 지어야 할 관계가 숙명적으로 상존(常存)해 있었다.

'아! 어떤 형편에 놓이셨는지 소식만이라도 들을 수 있다면 이처럼 초조하고 불안하지는 않으련만…….'

달리는 말 위에서 법민은 생각에 빠졌다.

아버지 춘추가 한 치의 앞도 분간할 수 없는 사지로 떠났지만 자식 된 도리로서 어떤 도움도 줄 수 없는 자신의 처지가 한심스럽고 원망스럽기만 했다. 또 그로 인해 무작정 말에 올라 눈 덮인 산야를 이처림 방황한다 생각하니 자신의 능력에 대한 한계를 뼈저리게 실감할 수밖에 없었다.

'온갖 세상사에서 벗어날 수 있다면…….'

법민은 일시적으로 세상의 온갖 분진을 털어버리고 싶은 마음이 간절했지만, 다음 순간 모골이 송연해질 정도로 놀라며 자신이 처한 엄연한 현실로 되돌아왔다.

문득 고삐를 당기고 주변을 살펴봤지만 어느 지역을 얼마나 달려왔는지 알 수 없었다. 온통 눈으로 덮인 산 중턱이 보일 뿐이었다. 채찍을 내리쳤을 뿐 말이 내닫는 발길에 맡겨 마냥 달렸으니 이곳이 어딘지 알 수 없었다. 때마침 참을 수 없는 갈증이 몰려왔다. 청풍 역시 하얀 김을 내뿜으며 가쁜 숨을 토하는 것을 보면 목이 마른 것이 틀림없었다. 그러나 눈 덮인 산야 어디를 둘러봐도 헐벗은 나무와 마른 잡초들이 겨울바람에 떨고 있을 뿐 물이 있을 만한 곳을 찾을 수는 없었다.

'여기가 과연 어디쯤일까?'

법민은 천천히 말을 몰아 산 중턱에서 되돌아 내려왔다. 다행히 산이 깊지는 않았다. 실개울이라도 찾을 수 있다면 자신과 청풍이 목을 축일 수 있으리 생각했다. 푸른색의 소나무와 잣나무들이 눈을 머리에 인 채 고즈넉한 야산 등성이를 거쳤다.

초라해 보이는 오두막을 발견한 것은 완만한 비탈을 내려온 뒤였다. 초라하고 엉성하게 엮은 움막이나 다름없었기 때문에 과연 사람이 살고 있는 것인지도 의심스러울 지경이었다.

법민은 얌전히 말에서 내려섰다. 그리고 천천히 오두막을 향해 다가갔다. 비록 물 한 모금일 망정 도움을 청하려면 나름대로 예의를 갖추어야 한다고 생각했다. 오두막 가까이 다가갔지만 조용하기 짝이 없었다. 하기야 사람들이 모여 사는 동네와는 멀리 떨어진 곳인지라 인적이 없을 수밖에 없었다. 생나무를 꺾어 얼기설기 엉성하게 엮은 집은 어설프기 그지없었다. 더구나 생나무 송진이 아직도 맺혀 있는 것으로 봤을 때 결코 오래전에 엮은 집은 아니라는 생각이 들었다.

“주인장 계십니까?”

법민은 움막 앞에서 주인을 찾았다. 한참 후 문이 열리고 고개를 내민 사람은 의외로 나이가 젊은 아낙이었다.

"죄송하지만 물 한 모금 얻을까 해서 주인을 찾았습니다."

법민이 정중한 몸짓으로 부탁을 하자 아낙이 뜰 아래로 황급히 내려서며 말했다.

"물은 드릴 수 있지만 보아하니, 귀하신 댁 도령 같은데 날씨가 이리 추우니 밖에 계시게 할 수도 없는지라 심히 난처하옵니다."

"괜찮습니다. 물이나 한 그릇 주십시오."

법민은 우선 목이 마른지라 아낙의 거북스러워하는 기색을 눈치채지 못한 채 말했다.

"잠시 지체하십시오."

아낙은 몸을 돌려 움막에 딸린 초라한 부엌 안으로 들어갔다. 그리고 잠시 뒤 옹기그릇에 물을 떠가지고 나왔다.

"이처럼 매서운 날씨지만 집에 찾아온 손님을 감히 방안으로 모시지 못한 점을 이해해주십시오. 안에 병든 노모가 계신 탓에 손님을 방으로 모시지 못하고 있습니다."

아낙이 깍듯하게 말했다.

"아닙니다. 주인께서는 괘념치 마십시오."

법민은 아낙이 건네주는 물을 받아 겨우 갈증을

면했다.

"잘 마셨습니다."

법민은 곧 돌아섰다. 자신은 비록 목을 적셨지만 말에게 물을 먹이기 위해서는 다른 개울가라도 찾아야 했기 때문이다.

"이런 누추한 곳까지 어찌 이르렀는지 알 수는 없으나 마땅히 모시지 못한 처지를 허물치 말아 주십시오."

아낙이 법민의 차림새와 끌고 있는 청풍을 유심히 살펴보며 말했다. 그러면서도 깍듯이 예의를 차리는 것을 잊지 않았다.

"하하, 말씀만이라도 고마울 뿐입니다. 제가 비록 의식(衣食)에는 곤란을 받지 않는 집에서 태어났다고는 하나, 지금은 한 모금 물을 얻기 위해 이처럼 실례를 무릅쓰는 처지이니 어찌 떳떳하다 하겠습니까? 오히려 제게 허물이 있었으니 마땅히 제 처지를 용서하시기 바랍니다."

그때 움막의 뒤쪽에서 열 살 남짓 돼 보이는 사내아이 한 명이 걸어나왔다. 눈 쌓인 벌판을 하릴없이 헤매다 왔는지 볼이 빨갛게 얼어 있었다. 그러나 추위 따위는 두렵지 않다는 제법 맹랑한 구석이 엿보였다. 법민이 그 아이를 자세히 살펴보니 아이의 눈빛이 자못 영롱해 보였을 뿐만 아니라 총기가 흐르는 모습인지라 호기심이 일었다.

"쇤네의 자식이옵니다."

아낙이 아이를 가리켜 말하고 나서 사내아이에게 자못 엄한 음성으로 일렀다.

"집에 이르러 오신 손님이니 얼른 인사를 올리거라."

"광길(光吉)이라 하옵니다."

아이는 법민에게 고개를 숙여 보였다. 그 모습이 어린아이치고는 의젓하기 그지없었다. 비록 산속에 묻혀 있다 하지만 행동거지가 올바를 뿐만 아니라 말하는 태도 역시 서라벌의 한다하는 명문가의 자제와 별반 다를 것이 없어 보였다.

"광길이라 했느냐?"

법민이 아이의 손을 잡으며 다정하게 물었다.

"네."

"하하하."

법민은 숨이 막힐 것만 같은 자신의 처지도 잊은 채 아이의 하는 짓이 대견스러워 웃음을 터뜨리고 말았다.

"올해 몇 살이더냐?"

“열한 살이옵니다.”

열한 살치고는 제법 몸집이 굵었다.

“오호, 그렇구나. 허면, 우물은 과연 어디에 있느냐?”

“저 등성이 너머에 있사옵니다.”

법민이 묻자 광길이 손을 들어 산등성이를 가리켰다.

“그렇다면 네가 이 말을 끌고 가서 물을 좀 먹이고 올 수 있겠느냐?”

법민이 말의 고비를 끌어다 광길의 손에 쥐여주었다. 아이가 커다란 말에 매우 호기심을 느끼고 있다는 것을 눈치채고 그로 하여금 말에 물을 먹이고 싶었던 것이다.

“알겠습니다.”

광길이 얼른 고삐를 받아 쥐고 등성이를 향해 오르는 것을 지켜보던 법민은 아낙을 향해 물었다. 움막 앞의 좁은 마당엔 햇볕이 따사롭게 스며들어 한결 아늑함이 느껴졌다.

“헌데, 어찌 이런 산속에서 살고 계십니까?”

처음부터 궁금하던 차에 염치불구하고 물었다. 비록 누더기처럼 기운 의복을 걸치고 까칠한 얼굴이었지만 아낙의 눈빛 역시 맑은데다 심성이 고와 보였으며, 무슨 사연이 있는 모양이라고 스스로 짐작했기 때문이다.

"마땅한 거처를 잃었사옵니다."

"거처를 잃다니? 바깥양반께서는 무슨 일을 하십니까?"

법민은 그녀의 말을 듣는 순간 아낙의 남편이 짐짓 변변찮은 위인인 모양이라고 생각했다. 사내가 오죽이나 능력이 없으면 자신의 가족을 이처럼 삭막한 산골에 방치할 수 있단 말인가? 이처럼 허술하게 가족을 단속한다면 변변찮은 인물임이 틀림없을 것이라 생각했다. 이처럼 인적이 드문 산골짜기에서 가족을 건사하는 것도 그렇지만 엉성하기 짝이 없는 움막의 모양만으로도 충분히 짐작할 수 있었다.

"광길이 아비는 죽었습니다."

아낙이 스스럼없이 말했다. 지아비의 죽음을 얘기하면서도 한껏 의연했기에 그녀의 말을 믿을 수 없을 정도였다.

"죄송합니다. 제가 쓸데없는 걸 물어 부인의 심사를 어지럽혔습니다."

그녀의 대답에 깜짝 놀란 법민은 자신의 선부른

속단을 후회하며 서둘러 사과할 수밖에 없었다.

"아니옵니다."

아낙이 다시 허리를 굽히며 대답했을 때 법민이 다시 물었다.

"보아하니 아직 젊으신 부인인데, 어찌하다 그런 일을 당하시었습니까?"

그는 기왕 이렇게 된 일이니 그녀의 남편이 죽게 된 사연이라도 듣고 싶었다. 어차피 아이가 말을 데려오기 전까지는 떠날 방법도 마땅히 없었다.

"백제 무리들이 쳐들어와서 그만……."

"백제놈들에게?"

법민은 그녀의 말에 더욱 놀랄 수밖에 없었다. 백제 무리들 탓에 이처럼 아픔을 겪고 있다는 사실에 새삼 분노가 치밀어 올랐던 것이다.

"그렇습니다."

'나 역시 백제의 무리들로 인해 아버님의 생사를 알 수 없기에 이처럼 방황할 뿐만 아니라 사랑하던 누이까지 비명에 잃지 않았던가? 이처럼 순박한 양민들도 저들에게 피해를 입은 채 살아가고 있구나.'

법민은 동병상련의 아픔에 젖었다.

"그렇다면 남편께서 백제 무리들에게 죽음을 당했단 말씀이오?"

아낙이 할 수 없다는 듯 사연을 말하기 시작했다.

"저희는 늙은 노모를 모시고 농사를 지으며 나름대로 모자람 없이 열심히 살고 있었사옵니다. 광길의 아비는 성을 지키는 군졸로 출사해 군무에 충실하고 있었지요. 헌데 지난 8월에 백제의 원수들이 대야성에 쳐들어왔을 때 남편이 그들을 맞아 싸우다 그만 죽고……."

"가만, 대야성이라 말씀하셨소?"

법민이 깜짝 놀라 아낙의 말을 가로채며 되물었다. 대야성이라는 말을 듣자 비명에 자결한 고타소 누이가 떠올라 오히려 반갑기까지 했다.

"그렇습니다."

"그렇다면 지난 8월 간적들의 우두머리인 윤충의 무리가 대야성에 쳐들어왔을 때 남편께서 돌아가셨소?"

법민은 놀란 나머지 더욱 큰소리로 되물었다.

"쇤네의 남편은 대야성의 군졸로 사지직에 있던 도섭(道葉)이라는 자이옵니다. 품석 성주께서 자신의 가솔들을 먼저 죽이고 자결한 후 남은 군사들이 성문을 닫아걸고 적과 싸웠지만…….”

법민이 다시 아낙의 말을 가로챘다. 바로 자신의 누이와 지금 앞에 있는 아낙의 남편이 대야성에서 함께 희생을 당했다 생각하니, 도저히 그녀의 말을 끝까지 듣고 있을 수 없었던 것이다.

“남편께서 대야성에서 돌아가셨단 말씀이오?”

“그러하옵니다.”

“그렇군요. 이런 기구한 일이…….”

‘백제의 원수들에게 억울한 죽음을 당한 것이 내 누이 내외만은 아니었구나. 참으로 많은 사람들이 저들로 인해 고통을 겪고 있구나!’

새삼 백제에 대한 원한이 다시 뼈에 사무쳐 오는 것과 동시에 아낙이 지아비를 잃은 채 이처럼 산속에 옮겨와 겨우 삶을 연명 한다고 생각하니 측은함을 감출 수 없었다. 은연중 울화가 다시 치밀어 올라 견딜 수 없었다. 그러나 지금에 이르러 이처럼 어딘지도 모를 산속에서 참을 수 없는 분노를 느끼며 주먹을 부르쥔다 한들 과연 무슨 소용이 있겠는가?

겨우 마음을 진정시킨 법민이 다시 물었다.

“허면 언제 대야성에서 이곳으로 오셨습니까?”

“남편이 저들의 손에 죽고 난 후 원수들이 대야성

을 차지했을 때 도저히 그들과 살 수 없어 몸만 피해 겨우 도망왔나이다. 허나 병든 노모와 아이를 데리고 마땅히 갈 곳이 없었나이다. 허나 이곳의 산세(山勢)가 별로 깊지 않을 뿐 아니라 땅이나 일궈 늙은 노모를 모시고 어린 것을 가르쳐 장차 앞일을 도모하고자 이곳에 자리를 잡았습니다. 더구나 백제 무리들의 틈에서 광길이를 기를 수는 없는 일이라 생각했나이다. 서둘러 저들을 피해 쫓겨 오다 보니 그나마 변변찮은 살림살이도 모두 팽개치고 이처럼 산속에 묻혀 지내게 됐습니다."

듣고 보니 자신보다 아낙의 처지가 더욱 딱하기 그지없었다.

'이 엄동설한에 남편까지 전쟁에서 잃고 이런 산속에서 고생을 하는 사람도 있구나.'

법민은 다시 침울해졌다. 무릇 나라의 모든 백성들이 편안해질 수 있는 날이 과연 언제쯤 올지 알 수 없었다.

'더구나 이 여인에게는 아직 성인에 이르지 못한 어린 자식과 병이 들어 자리에 누워 있는 노모마저 있다 하지 않는가?'

법민은 자신이 현재 지니고 있는 금붙이를 헤아려

보았다. 도와주고 싶은 마음이 우러났기 때문이다. 생각 같아서는 급히 서라벌로 돌아가서 아낙의 식구들에게 거처를 마련해주고, 따뜻하게 보살펴 주고 싶었지만 지금은 아버지 춘추의 안위가 궁금한지라 더 이상 아낙의 일에 신경 쓸 여력조차 없는 처지였다. 자신이 가지고 있는 것이라고는 작은 은자(銀子) 한 개가 전부였다. 그러나 비록 한 개의 작은 은 뭉치일 뿐이었지만 아낙에게는 도움이 될 것이 틀림없었기에 법민은 품에 지니고 있던 은자를 스스럼없이 꺼내 놓으며 말했다.

"아직은 일신(一身)을 부모님께 의지하고 있기 때문에 지니고 있는 것이 이것뿐입니다. 생각 같아서는 힘이 미치는 데까지 아주머니께 도움을 드리고 싶지만 그럴 수 없는 형편이니, 우선 이것이나마 받아 주시기 바랍니다."

그러자 아낙이 깜짝 놀라며 말했다.

"아닙니다. 이것은 우리와 같은 서민으로서는 감히 그 값어치를 헤아릴 수 없을 정도로 매우 중한 물건입니다. 어찌 이러한 물건을 함부로 받을 수 있겠습니까? 도령께서는 마땅히 저와 아무런 인연이 없을 뿐 아니라 저 역시 남의 도움을 함부로 받을 수 없습니다."

아낙은 극구 사양하기를 마다하지 않았다. 그러나 법민은 차분하게 설명을 해주었다. 아낙의 심기가 밝고 뜻이 굳센 바가 없지 않았기 때문에 더욱 도와주고 싶은 마음이 일었던 것이다.

"인연이 없다 하심은 앞으로 시일을 두고 더욱 굳게 인연을 맺어 가면 쉽게 해결될 일입니다. 또한 굳이 설명을 드리자면, 실은 대야성 성주였던 품석이란 분은 저의 매부가 되는 분입니다. 아주머니의 남편과 저의 매부와 누님이 같은 시기에 같은 장소에서 함께 죽은 인연이 있습니다. 어찌 그런 공교로운 인연을 없었던 일로 돌려버릴 수 있겠습니까? 오늘에 이르러 이처럼 아주머니를 만나 뵙게 되니 새삼 죽은 누님 생각에 눈물이 앞을 가리게 되는 바, 그러한 인연을 어찌 소홀하다 할 수 있겠습니까. 이 물건은 저의 누님을 생각해 드리는 것이니 거절하지 말고 받아주십시오."

"하오나 쇤네는 이것을 함부로 받을 수 없습니다. 비록 어렵게 살고 있지만 이 물건을 받는다는 것은 당치도 않는 일입니다. 그러니 제발 거두어 주십시오."

아낙은 손사래를 치며 한사코 은자를 밀어 놓으며

고집을 꺾지 않았다.

“제가 이 물건을 감히 아주머니께 드리는 것은 필시 아주머니를 위해서가 아니라 아직 어린 광길의 앞날을 위해서입니다. 부디 거두시어 장차 광길의 앞날을 열어주시는데 작은 힘이 되도록 하십시오.”

법민은 간절하게 아낙을 설득했다. 이에 그녀도 법민의 참뜻을 헤아렸는지 가만히 생각해보는 눈치였다.

“부디 철없는 소년의 사사로운 만용이라 생각지 마시고 받아 주시기 바랍니다.”

“하오나…….”

아낙은 끝내 머뭇거릴 뿐 선뜻 물건 받기를 망설였다.

“저의 뜻을 저버리지 말아 주십시오.”

어느덧 법민이 사정하는 모양새가 됐다.

“이 은혜를 무엇으로 갚겠습니까? 갑자기 이처럼 후의를 입으니 황당하고 망연할 뿐, 마땅히 드릴 말씀이 얼른 생각나지 않습니다. 대야성 성주께서 매부가 되신다 했는데 그렇다면 혹시?”

아낙이 말을 하다 도중에서 멈춘 채 눈을 크게 떴다. 너무 당황한 처지인지라 마땅히 생각을 이을 수 없는 듯했다. 법민이 즉시 다행이다 싶어 서둘러 말했다. 오직 자신의 신분이 들통나려는 아슬아슬한 순간을 모면하기 위해 안간힘을 썼다.

"아니옵니다. 다른 것은 생각하지 마십시오. 다만 제가 가진 것이 더 있다면 더 도와드리고 싶지만 그럴 수 없어서 안타까울 뿐입니다."

"하오면 성함이라도 알려주시기 바랍니다."

아낙이 법민을 올려다보며 말했다. 그녀는 대야성의 성주가 김춘추의 사위라는 소문을 익히 들어 알고 있었지만 두려움이 일어 감히 확인하지 못하고 있는 듯했다. 법민은 얼른 그녀를 향해 돌아서며 말했다.

"아닙니다. 이미 이처럼 인연이 맺어졌으니 언제든 다시 만날 수 있겠지요."

"도령께서 굳이 성함을 밝히지 않으시면 저로서는 더욱 이 물건을 받을 수 없습니다. 저희가 비록 사정이 곤궁하다는 것은 알고 있지만 그 때문에 도령께 이유도 분명치 않는 도움을 받을 수는 없는 일이옵니다. 후에 마땅히 은혜를 갚고자 하나 성함을 모르고서야 어찌 은인을 찾아 이 은덕을 갚을 수 있겠습니까?"

그러면서 기껏 받으려 했던 은자를 다시 법민 앞으로 내밀었다.

"정히 그렇게 말씀하신다면 어쩔 수 없군요. 제

이름은 법민이라 쓰고 있습니다."

"법민이라 하셨습니까?"

"그렇습니다."

아낙은 법민이라는 이름을 입속으로 계속 되뇌었다. 잊지 않고 마음속 깊이 새겨두는 것 같았다. 다행히 법민의 신분에 대해서도 그 이상 묻지 않았다.

"목이 마르던 참에 물 한 잔을 잘 마시고 갑니다. 부디 광길이를 훌륭하고 용맹스런 신라의 사내대장부로 키우시기 바랍니다."

그리고 아낙과 헤어져 산등성이를 올랐다. 때마침 청풍을 데리고 고개를 넘어갔던 광길이 언덕을 넘어오고 있었다.

"네가 수고를 많이 했구나."

법민이 얼른 언덕으로 올라가 광길의 손에서 고삐를 받아 쥐며 말했다.

"이제 가시려는 것입니까?"

광길은 여전히 의젓했으며 또한 한 치의 거북함도 느낄 수 없었다. 법민은 그에게서 친밀감을 느꼈다.

"그래, 어머님 잘 모시고 건강하길 바란다."

"알겠습니다."

광길의 대답을 들은 법민은 천천히 말을 몰아 그곳

을 벗어났다. 이윽고 산을 내려온 뒤 뒤돌아보니 광길이는 그때까지도 산등성이에 서서 법민의 모습을 지켜보고 있었다.

한편, 춘추가 굳이 고구려를 자신의 외교활동의 첫 번째 무대로 삼은 이면에는, 어떤 방법을 동원해서든 품석 내외를 참혹하게 죽인 백제에 대한 깊은 원한도 있었지만 당에 대한 씁쓸한 배신감도 작용했다. 그동안 나라가 위급할 때마다 군사를 요청했지만 번번이 묵살당한 나머지 반응마저 없었기 때문이다. 따라서 이번 일은 당에 대한 공공연한 과시이자 한편으로는 일종의 경고와 견제의 성격이기도 했다.

수나라가 몰락하고 당이 들어선 이래로 백제로부터 침공을 받은 일이 해를 거르며 계속돼 왔다. 그러나 당에서는 이렇다 할 조치를 취하지 않은 채 사신을 보내 달랑 서찰 한 통으로 사태를 마무리 지으려 할 뿐, 대국으로서 변방의 피나는 고통을 강 건너 불구경하듯 해온 것이 사실이었다. 말하자면 대국이라며 영향력을 행사하고 조공이나 받아 챙기고 이익을 챙기는 데만 급급할 뿐 정작 신라가 적으로부터 침략을 받았을 때는 외면하기에 바빴던 것이다. 그로 인해 신라 조정과 춘추는 당에 섭섭한 심사를 가진 지 이미 오래됐다.

기둥을 때리면 대들보가 울린다고 하지 않았던가? 고구려와의 이번 일이 제대로 성사만 된다면 당이 도와주지 않아도 이처럼 양국이 연합해 백제를 물리칠 수 있다는 것을 증명할 수 있기 때문에, 춘추로서는 원수도 갚고 당에 과시도 할 수 있는 일거양득에 나라의 위세도 한껏 치솟을 좋은 기회라고 생각했던 것이다. 이에 춘추는 목숨을 담보로 돌아간다는 보장도 없이 고구려 땅 칠중하(七重河: 임진강)를 건넌 것이다.

예상했던 대로 고구려의 반응은 별무신통할 뿐만 아니라 오히려 춘추의 생명이 위태로운 지경에 빠지게 됐다. 실권을 쥐고 있던 태대대로(太大對盧: 고구려 제일의 관등)인 연개소문(淵蓋蘇文)은 결코 녹녹하지 않았다. 춘추의 운신은 한껏 위험해질 수밖에 없었다. 그러나 춘추가 간신히 위기를 벗어날 수 있었던 데에는 스스로 살길을 찾아 기지를 발휘한 덕도 있었지만, 춘추의 잔꾀를 뒷받침해서 적극적으로 구명에 힘을 아끼지 않았던 선도해(先道解)의 공도 빼놓을 수 없었다.

혼인

법민이 스무 살 되던 을사(乙巳: 645년)년 초봄이었다.

아침을 먹은 후 곧장 청풍과 함께 집을 나섰다. 그의 등에는 2순의 화살을 넣은 통과 시위를 얹은 활이 단단히 묶여 있었다.

법민은 마음껏 말을 달리며 대자연 속에서 호연지기를 만끽하고 싶었다. 바야흐로 새로운 봄을 맞아 변해가는 세상의 온갖 만물의 실체를 피부로 직접 느껴보고자 했다. 굳이 어떤 종류의 짐승을 잡기 위해 세심히 목표를 세운 것도 아니었다.

다만 새롭게 펼쳐지는 약동의 계절을 맞아 위로는 큰 짐승으로부터 밑으로는 작은 미물에 이르기까지 모두 깨어나 기지개를 켜는 자연의 모습을 관찰할 수 있다면 그것으로 족했다. 신의 섭리가 온갖 만물에 대해 어떤 모습으로 영향을 미칠 것인지 잠시나마 탐구하고 자신을 돌아보는 성찰의 기회를 맛볼 수 있다면 그것으로 가치 있는 일이라 생각했다. 무릇 사람으로 태어나 대자연 속에 숨겨져 있는 오묘한 순환의 이치를 파악하고, 경건한 마음으로 자연의 변화에 고마워할 줄 알면 그것만으로도 충분히 의미 있는 일이라고 믿었던 것이다. 아울러 지금의 위치를 스스로 돌아보며 나아갈 목표를 정해 정진할 수 있는 길을 찾고자 했다.

법민은 한 시진이 넘도록 달리던 청풍을 문득 멈춰 세운 채 고개를 들어 눈에 보이는 모든 것들을 기억하고자 노력했다. 따뜻한 봄볕이 벌거벗은 초목들 위에 내려와 있었고 바람의 뒤끝에 아직 쌀쌀함이 남아있었다. 또한 이제 막 피기 시작하려는 진달래와 개나리가 꽃망울을 맺어가며 고운 자태를 자랑하고 있었다.

조정에서는 지난해부터 김유신으로 하여금 백제의 강역으로 쳐들어가 싸움을 벌이도록 했다. 이는 대야성을 빼앗기고 실의에 빠져 있던 백성들의 마음을 위로함과 동시에 저들의 무모한 만행을 끝까지 응징해 결코 물러서지 않겠다는 강한 의지의 표현이었다.

김유신은 백제의 크고 작은 성을 일곱 개나 쳐서 함락하고 돌아왔다. 그가 싸움에 승리한 사실을 대왕에게 복명하기 위해 왕궁에 이르렀을 때 여왕이 그를 향해 다시 말했다.

"나라의 존망(存亡)이 공의 한몸에 달려 몹시 위급하니 마땅히 쉴 틈이 없소. 공께선 수고로움을 사양치 말고 다시 나아가 백제의 무리들을 멸하여 주시오."

이는 유신으로 하여금 다시 몸을 돌려 전장으로 나가달라는 간곡한 명령과도 같았다. 이에 그는 미처 갑옷도 벗어보지 못한 채 다시 싸움터로 향했다. 마침 조정에는 백제의 무리들이 다른 곳에서 전선을 형성해 노략질을 한다는 급보가 날아들었다. 이로 인해 유신은 거의 일 년 가까이 처자를 버려두고 싸움터를 전전해야 했다.

나라의 사정이 이처럼 긴박하게 돌아가는 중이었으므로 법민은 나라와 백성을 위해 자신이 해야 할 일이 과연 무엇인지 깊이 생각해볼 수밖에 없었다. 아울러 어떤 일이든 할 수 있는 기회가 오기를 절실하게 기다렸다.

어느덧 법민이 탄 말은 숲 속으로 들어와 있었다.

그는 말을 멈추고 잠시 주위를 주의 깊게 살폈다.

수목들이 제법 많았지만 잎이 모두 떨어진 채 가지만 앙상한 모습이었기 때문에 제법 먼 곳까지 식별해내는 데는 어려움이 없었다.

그때였다. 부스럭거리는 소리에 급히 눈을 돌리니, 뭔가 튀어 오르는 물체가 있었다. 저만큼 떨어진 그늘진 계곡에 숨어 있던 노루 한 마리가 청풍의 기척에 놀란 나머지 꽁지가 빠지도록 도망치고 있었다.

'하하, 없는 꽁지가 빠지도록 내빼는 모습이 참으로 가관이로구나.'

법민은 혼잣말을 하며 즉시 활에 살을 재었다. 그리고 들어 올렸다가 천천히 내리며 숨을 멈추었다. 노루는 이미 5, 60보 떨어진 지점까지 멀어져 있었지만 법민은 굳이 걱정하지 않았다. 시야에 완전히 넣은 다음 신중하게 눈으로 좇고 있었다. 이리저리 정신없이 움직이는 짐승을 겨냥할 때는 그것이 움직이는 행동반경까지 완전히 파악해야만 명중이 가능하다는 것쯤은 익히 잘 알고 있었다. 짐승을 쫓는 그의 눈길은 침착했다.

"쉭!"

경쾌하고 날렵한 소리와 함께 날아간 화살은 노루의 목을 꿰뚫었다. 노루는 한 길이 넘도록 공중으로 높이 솟구쳤다가 떨어졌다.

급히 다가가 자세히 살펴보니 제법 살이 실하게 오른 수놈이었다.

'미처 생각지도 못했던 짐승을 잡았구나.'

법민은 말 등에 노루를 매달고 천천히 말 위에 올랐다. 그리고 다시 숲을 거닐었다.

공기는 청아하기 그지없었으며, 해가 높이 떠오른 나머지 양지쪽은 포근한 느낌을 주었다. 그 때문에 한결 마음이 편안해지며 갖가지 상념들이 떠올랐다가 사라졌다.

돌아오는 길에는 큰 힘을 들이지 않은 채 꿩 세 마리를 잡을 수 있었다. 푸드득거리며 날아오르는 날짐승을 활을 쏘아 허공에서 잡는 것은 그리 어려운 일이 아니었다.

'이만하면 아버님 점심상을 차릴 만큼은 됐다.'

법민은 욕심을 부리지 않았다. 계속해서 숲 속을 누빈다면 또 다른 짐승을 능히 잡을 수 있겠지만 과욕은 금물이라는 철칙을 지키며 자신을 제어할 줄도 알고 있었다. 더불어 법민은 요즘 들어 춘추의 식사량을 생각하지 않을 수 없었다. 결코 다른 사람에 비해서 많은 양의 식사를 하는 것은 아니지만 언제나 같은 분량의 밥과 국, 그리고 꿩고기 등의 산짐승을 즐겨 드시기 때문인지, 당신께서는 풍채도 좋을 뿐만 아니라 매사를 처리하고 마무리하시는 추진력(推進力)이나 망설임 없는 결단력 등이 눈에 띄었다. 법민은 그것이 바로 일정량의 식사에서 비롯되는 것이 믿고 있었다.

'며칠 동안은 진지상을 풍성하게 차려드릴 수 있겠구나!'

법민은 점심때가 돼서야 집으로 돌아올 수 있었다.

"도련님, 나리께서 찾아 계시옵니다."

마구간에서 말을 묶고 돌아서는데 집안의 노복이 법민에게 말했다.

"알았느니라. 우선 이 짐승들을 안으로 옮기도록 하거라."

"알아 모시겠습니다."

법민은 노복에게 이르고는 안채로 들어갔다.

방안에는 부모님이 나란히 앉아 법민을 환한 미소로 맞았다.

"앉으시게."

법민은 부모님 앞에 무릎을 꿇고 앉았다.

"불러 계시옵니까?"

"어디를 다녀오는 길이더냐?"

아버지 춘추가 하문(下問)했다.

"밖에 나가 봄이 오는 모양을 잠시 살펴보았습니다."

"무릇 행동을 진중(鎭重)하게 해 언제나 가문과 조상들의 명성에 누가 되는 일이 없어야 할 것이니라."

춘추의 말은 부드러웠지만 언제 어디에서나 선조들의 위상과 집안의 명예를 더럽히지 말라는 엄한 분부에 다름 아니었다.

"알아 모시겠나이다."

"그래, 봄이 오는 모양이 과연 어떻더냐?"

"소자가 보기에는 온갖 산천의 변화가 다채롭기 그지없었습니다."

법민은 자신이 느낀 심정을 솔직하게 말했다.

"자연은 원래 무궁무진한 변화를 일으켜 스스로 돌고 도는 것이니라. 언제나 자신을 낮추고 매사를 겸허하게 받아들이도록 각별히 노력해야 할 것이니라."

"명심하겠습니다."

"적들이 나라를 침탈하지만 않는다면 걱정할 일이 없을 터인데……."

춘추는 잠시 침울한 표정을 지었다. 아마 싸움터

에 나가 있는 유신공을 생각하고 계신 것이 틀림없었다. 두 분 사이의 각별한 우의(友誼)를 생각해볼 때 이는 당연한 일이었다.

"짐승을 한 마리 잡았습니다."

법민은 분위기를 돌려야 할 필요가 있다고 생각하며 노루를 잡은 얘기를 꺼냈다.

"하하하, 네 덕에 오랜만에 노루고기를 맛보게 됐구나."

잠시 침울해하던 춘추가 호탕하게 웃으며 기뻐하기를 마다하지 않았다.

"법민아!"

"예, 아버님!"

춘추가 천천히 입을 열었다.

"우리 내외가 네 얘기를 하고 있었느니라."

"말씀하시지요."

"너도 이제는 장가를 들어 가정을 꾸릴 나이가 되지 않았느냐?"

춘추의 말에는 어느덧 훌쩍 장성해버린 자식에 대한 애정이 켜켜이 묻어나고 있었다. 법민은 얼굴을 붉혔다.

"하오나 소자는 아직……."

자신이 벌써 가정을 꾸릴 나이가 됐다고 아직까지 한 번도 생각해본 적이 없었다. 요즘 들어 오직 서책을 가까이하고 무예를 닦아 심신을 수련하기에 바쁜 나머지 다른 일은 미처 생각할 겨를이 없었다. 그러니 갑자기 혼사 얘기를 하는 춘추의 말에 당황할 뿐이었다.

“사람이란 언제나 무슨 일에든 적절한 때와 시기가 있는 법이다. 더구나 혼기(婚期)란 적당한 시기를 놓치면 아니 되는 법이니라. 더 늦기 전에 서둘러야 할 것이다.”

“맞는 말씀이십니다. 법민의 나이도 이제 스물을 넘었사옵니다.”

어머니 문희가 동조했다. 아예 말이 나온 계제에 당신들의 뜻을 밀어붙이겠다는 뜻이 분명해 보였기 때문에 법민은 더욱 긴장할 수밖에 없었다.

“네 생각은 과연 어떠하냐?”

이번에는 직접 묻기를 마다하지 않았다.

“소자는 아직 한 번도 혼인 문제를 생각지 않았사옵니다.”

법민은 솔직하게 말했다.

“그러면 되겠느냐? 자신의 일을 그처럼 무관심해

서는 아니 될 것이다. 마침 파진찬(波珍湌) 김선품(金善品)공 댁에 참한 규수가 있다는 소문이 있느니라. 그 댁에서 매파를 보내와 우리 집안의 의사를 묻고 있으니, 이번 기회에 양쪽 가문의 뜻이 서로 합쳐진다면 서두르도록 하자."

부모님께서는 이미 마음을 정하신 듯했다.

"하오나 소자는……."

"이르는 대로 따르도록 하거라."

아버지 춘추가 그렇게까지 말하자 법민은 더 이상 아무 말도 할 수 없었다.

"……."

사실 법민은 아직 혼인하고자 하는 마음이 없었다. 그 때문에 부모님 앞에서도 흔쾌한 답변을 미루었던 것이다. 그러나 두 분 부모님께서는 이미 마음으로부터 결단을 내리신 모양인지 부쩍 서둘고 계신다는 느낌을 받았다.

"이 애비의 말을 듣도록 하여라."

춘추는 법민에게 뒷말이 없도록 이르고는 다시 문희를 돌아보며 물었다.

"그 댁 규수 이름이 무엇이라 했소?"

"자의(慈儀)라 했사옵니다."

"규수의 인품이 어떠한지 들어 보셨소?"

"소문으로 듣기에는 매우 영민하고 얌전하다 들었사옵니다. 더불어 인물도 그만하면 남에게 뒤지지 않는다 하옵니다."

문희는 당신의 아들을 장가들인다는 일이 무척 기쁜 듯 얼굴에서 웃음이 떠나지 않았다.

"법민은 듣거라."

"예, 아버님."

"생각건대, 내가 이처럼 집에 있으면서 네 혼사를 치르게 된 것을 큰 다행으로 생각한다. 만일 지난번 일처럼 고구려로 갔을 때와 같이 공교로운 때 이르러 네 혼사문제가 있었다면 어찌할 뻔했느냐?"

"아버님의 말씀이 맞사옵니다."

법민은 수긍할 수밖에 없었다. 그렇게 함으로 자신의 혼사를 두 분 부모님의 재량에 맡기겠다는 뜻을 내비친 셈이었다.

그해 3월 법민은 혼인을 했다. 한 사람의 가장이 돼 식솔을 거느리게 된 것이다. 더불어 일 년 동안 자의궁주의 집에서 기거하게 되었는데 이는 당시 풍습에 장가를 든 자는 그 처가에서 일정 기간 동안 거처하도록 정해져 있었기 때문이다.

그해 정월에 당 황제 이세민은 요동도행군총관 이적(李勣)을 앞세우고 자신이 직접 친정에 나섰다. 이는 고구려를 치기 위해서였다. 그동안 삼한에 대한 미온적인 태도에서 벗어나 나름대로 방향을 선회하여 관심을 표시한 것이었다.

"지금 고구려가 차지하고 있는 요동의 여러 땅들은 원래 우리의 영토였는데 수(隋: 수양제)씨는 그 땅을 되찾기 위해 네 차례나 군사를 일으키고도 이를 취하지 못했다. 짐이 이때에 이르러 동쪽을 정벌하려는 뜻은 중국을 위해서는 그 땅에서 죽은 많은 군사들의 원혼을 달래주기 위한 것이며, 고구려를 위해서는 주군과 수많은 백관들을 무참히 살해한 역도의 무리들을 토벌함으로써 그 수치를 씻어주고자 함이다."

요동 정벌에 나선 이세민이 그 취지와 의미를 밝힌 내용은 위와 같다. 또한 신라에도 자신의 요동 정벌을 도우라고 강요한 나머지 신라는 3만의 군사들을 북쪽으로 보낼 수밖에 없었다. 그러나 그의 요동 정벌은 고구려의 끈질긴 저항으로 인해 많은 사상자를 냈을 뿐 아니라, 안시성 전투에서 성주인 양만춘에 의해 이세민의 한쪽 눈까지 잃게 되는 불상사를 남긴 채 끝났다.

승만(진덕)여왕

덕만여왕 16년(서기 647년) 봄.

정월 초 비담(毗曇)이 반란을 일으켜 덕만여왕을 무참히 시해한 일이 일어났다. 그때가 정월 초여드레였다. 진평왕의 딸로 여성 최초로 보위에 올랐던 덕만여왕이 사촌 동생의 손에 의해 비명에 숨을 거두고 만 것이다. 부녀(父女)가 서로 혈육에 의해 최후를 마쳤다는 점에서 사뭇 기구한 운명이라고 할 수 있다. 비담은 진평왕 재위 시절부터 왕위를 탐내다가 죽은 갈문왕 백반의 아들로 왕실을 통틀어 유일한 남자 성골이었다. 그러나 그 역시 아비의 뒤를 이어 왕위를 탐한 나머지 사저(私邸) 주위에 그를 추종하는 무리들이 문전성시를 이루곤 했다. 특히 염종(廉宗) 등 대소의 중신들에 이르기까지 30여 명이 비담을 추종해 무리를 지어 그를 따르고 있었는데, 그들이 부리는 수하의 관군과 비담이 직접 양성한 사병들의 세가 무시할 수 없을 정도였다.

그가 역모를 일으킬 것이라는 소문은 이미 여왕도 들어 알고 있었다. 때문에 그녀로서도 비담을 경계하는 마음이 없지 않았으며, 아울러 그의 끊임없는 불만을 무마하기 위해 재작년 11월에 상대등 벼슬을 내리기까지 했다. 거의 일 년이 넘도록 나라의 가장 높은 벼슬을 차고앉은 셈이었다. 그처럼 여왕의 커다란 후의를 입었으면서도 끝내 더욱 큰 권력에 대한 집착을 버리지 못한 채 결국 누이를 시해하고 그 자신마저도 죽고 말았으니, 무릇 사람의 욕심이란 가히 끝이 없음을 다시 일깨워주는 일이 아니고 무엇이랴. 그러나 비담의 과욕이 낳은 모반은 김춘추와 김유신, 그리고 알천 등의 정확한 상황 판단과 기민한 계책에 힘입어 실패로 돌아갔다.

덕만여왕이 재위 16년 만에 돌아가시니 시호를 선덕(善德)이라 지어 올리고 낭산(狼山)에서 장사를 지냈다. 그러나 진평왕이 붕어했을 때와 마찬가지로 왕실에 왕위를 이을 성골이 아무도 없었는지라, 여러 신하들이 다시 우지암에 모여 의논한 나머지 승만(承曼: 진덕여왕)을 보위에 옹립(擁立)했다. 그녀는 진평왕의 동복(同腹) 동생인 진안(眞安) 갈문왕(葛文王) 국반(國飯)의 딸이었다. 어머니는 박씨로 월명부인(月明夫人)이다.

승만은 자태가 곱고 몹시 아름다웠으며 키가 7척이나 됐다. 팔이 긴 나머지 늘어뜨리고 있으면 무릎을 넘겼다.

"여왕이 천하 미색에 몸집도 클 뿐만 아니라 팔이 또한 그처럼 길다 하나 후사를 두지 못했다는 점이 이상하고 안타까울 뿐이다."

그해 초겨울에는 백제가 많은 군사들을 동원해 무산성(茂山城: 지금의 전북 무주), 감물성(甘勿城: 경북 고령군 지례), 동잠성(桐岑城: 충북 충주) 등 세 성을 공격해 왔다. 이에 김유신이 나아가 저들을 막았는데 이때 비령자(丕寧子)와 그의 어린 아들, 그리고 종까지 나서 적과 싸우다 안타깝게 죽는 일이 일어났다.

또한 이듬해 3월에는 전해에 유신에게 크게 패한 나머지 쫓겨 갔던 백제의 장수 의직(義直)이 다시 군사를 모아 요거성(腰車城: 경북 상주)을 공격해 차지한 뒤 근처의 자성 10여 개를 쳐서 빼앗는 일이 일어났다. 백제로서는 번갯불에 콩 구워먹는 식의 전광석

화와 같은 개가를 올린 셈이었다.

그러자 신라 조정에서는 즉시 당에 원군을 청해 백제의 무리들을 쳐부수자는 중론이 빗발처럼 일었다. 결국 춘추로 하여금 다시 사신으로 삼아 당에 건너가도록 했다.

법민의 셋째 동생인 문왕(文王)과 함께 당에 도착한 춘추는 당의 황제 이세민(李世民)을 만나 의기(意氣)가 투합(投合)한 나머지 혈인(血印)을 찍어가며 두 나라가 서로 백제를 치기로 동맹을 맺은 후, 문왕은 당에 남기고 혼자 돌아왔다. 그러나 다음 해인 기유(己酉)년(649년) 정월 당의 이세민이 병환이 깊어져 위급하다는 소식이 신라 조정에까지 전해졌으니, 피로써 동맹을 맺은 당사자인 춘추는 물론이고 조정의 대소 중신들이 크게 놀라 백방으로 수소문을 하며 그의 병세에 촉각을 곤두세울 수밖에 없었다. 그러나 바다 건너 삼한 땅의 염원에도 아랑곳없이 결국 이세민이 죽고 말았다.

초가을 8월 들어 백제의 무리들이 은상(殷相)이라는 장수를 우두머리로 해서 다시 쳐들어왔다. 적들은 석토(石吐: 지금의 충북 괴산) 등 7개 성을 공격해 삽시간에 점령해버렸다. 이때도 역시 김유신이 나아가

적을 크게 물리치니 승만여왕(진덕여왕)은 기쁨을 감추지 못했다.

"유신공께서 나라와 백성들을 위해 큰 공을 세워주셨소."

승만여왕은 유신에게 각별한 감사의 마음을 표하고 전공이 있는 자들을 두루 포상하기를 마다하지 않았다.

이듬해 4월.

나라 안은 평온하기 그지없었다. 그도 그럴 것이 백제는 2년 전 도살성에서 유신에게 크게 패해 막대한 희생을 안고 물러난 나머지 함부로 국경을 침범하려는 엄두를 내지 못했다. 고구려 역시 숨죽인 채 엎드려 있었기 때문에 모처럼 나라 안과 밖에 편안한 날들이 이어졌던 것이다.

이에 승만여왕은 모처럼 당에 사신을 보내기로 마음먹었다. 몇 해 전 백제와 싸워 크게 이긴 사실을 당의 조정에 알림과 동시에 새로 보위를 물려받은 황제에게 축하사절을 보내 경축의 뜻을 전하기 위해서였다. 마침 당에서는 이세민의 장례가 끝나고 그의 아들 이치(李治)가 보위에 올라 이를 축하하려는 인근 번국(藩國)들의 사절이 모여들고 있었다.

"작년에 백제의 무리들을 크게 물리친 일로 모처럼 나라 안과 밖이 조용해졌소. 이는 저들이 우리의 창창한 위세를 이제야 깨달았음을 증명하는 것이 아니고 무엇이겠소?"

"백 번 지당하신 말씀이옵니다."

여왕의 말에 신하들 역시 기쁨을 감추지 않았다.

"백제의 무리들을 물리친 이후로 주변의 간적(奸賊)들이 지금까지 조용한 것을 보니 과연 이제는 한시름 놓아도 좋을 것 같소."

"모든 것이 대왕 전하의 성은을 입어 비롯된 일이옵니다."

"우리가 백제의 군사들을 크게 무찌른 승전의 소식을 당나라에 알리기 위해 사신을 보내야 하는데, 과연 누구를 보내는 것이 좋겠소?"

신하들은 갑작스런 하문(下問)에 한동안 조용해졌다. 서로의 얼굴만 쳐다볼 뿐 입을 여는 사람이 없었다.

"조정의 여러 중신들의 좋은 의견을 듣고 싶소. 망설이지 말고 허심탄회하게 복중(腹中)의 뜻을 아뢰어 보시오."

여왕은 신하들의 의견을 재차 물었다.

"왕실과 가장 가까운 인물을 골라 당나라에 보내는 것이 좋을 듯합니다."

상대등 알천이 대왕 앞으로 나가 아뢰었다.

"허나 그 마땅한 인물이 과연 누구란 말씀이시오?"

다시 한동안 침묵이 이어졌다.

"여러 경들이 마음속에 품고 있는 마땅한 인물이 과연 누구란 말이오? 누구든 기탄없이 아뢰어 보시오."

알천이 다시 입을 열었다.

"소신의 생각으로는 당연히 당의 사정에 밝은 이찬 춘추공을 사신으로 삼아 보내는 것이 가장 옳을 듯싶습니다. 다만 춘추공을 사신으로 보내게 된다면 선대의 황제와 이미 교분이 두터웠는데, 그의 아들이 또한 보위에 올랐다 해서 축하하겠다며 나선다는 점이 다소 매끄럽지 못한 점이 있사옵니다."

알천의 말인즉, 선황(先皇)의 초상을 치른 지 얼마 되지 않았는데 그의 아들이 보위를 이어받았다 해서 다시 춘추로 하여금 축하하기 위해 사신으로 삼아 보내기가 다소 난처하다는 것이었다.

그때 유신이 앞으로 나서며 말했다.

"차라리 춘추공의 아들 중에서 한 사람을 보내는 것이 가한 줄로 아뢰옵니다. 이는 우리 신라와 당과의 친분을 염두에 두고 생각해볼 때 생판 모르는 사람으로 하여금 사신으로 삼아 보내는 것이 도리에 어긋날 뿐 아니라, 선대의 황제와 각별한 인연을 생각해 볼 때도 춘추공의 자식이라면 마땅할 것인즉, 나라의 체통을 살리는 일이기도 할 것입니다."

"이찬 춘추공의 아들을 말씀이시오?"

여왕이 유신의 말에 눈을 빛내며 물었다.

"그러하옵니다."

유신이 대답을 했다.

"듣고 보니, 과연 유신공의 생각이 묘책이오."

왕의 얼굴에 화색이 돌았다. 현책(賢策)이라 생각됐기 때문이다.

춘추는 문희와의 사이에서 여러 명의 아들을 두었다. 그러나 신라의 대의(大義)를 확고히 밝히고, 새로 당의 황제로 즉위하는 이치를 축하하는 뜻을 가진 축하사절로 당나라까지 보낼만한 아들이란 첫째와 둘째 아들뿐이었다. 그러나 과연 누구에게 막중한 그 임무를 맡겨야 할지 왕으로서도 판단이 얼른 서지 않았다. 넷째 밑으로 이어지는 아들들은 아직 나이가 어렸으며, 셋째 아들인 문왕은 2년 전에 아버지를 따라 당나라에 들어갔다가 그 길로 그곳에 머물며 학문에 몰두함과 동시에 대국의 문물을 배우고 익히느라 아직 돌아오지 못하고 있었다.

"허나 춘추공의 아들이라 하면, 과연 누구를 보내야 좋겠소?"

여왕이 다시 물었다.

"공의 첫째 아들인 법민이 좋을 듯하옵니다."

유신이 다시 여왕에게 말했다.

"대를 이어서 당과 친분을 유지하려는 신라의 뜻을 알리는 데는 유신공의 복안이 훌륭할 듯하옵니다."

집사중시(執事中侍)를 맡고 있는 파진찬 죽지(竹旨)가 유신의 뜻에 동조하고 나섰다.

"경도 과연 그렇게 생각하시오?"

여왕이 죽지를 보며 물었다.

"그러하옵니다."

알천이 다시 나서서 말했다.

"소신 알천, 대왕께 아뢰나이다. 우리의 뜻을 당나라에 알리는 데는 유신공의 복안이 참으로 훌륭하고 마땅한 계책이라 생각하옵니다."

그때 고개를 숙이고 여러 중신들의 말을 듣고 앉아 있던 이찬 춘추가 몸을 일으켜 대왕께 아뢰었다.

"신의 자식은 아직 나이가 어리고 어리석은지라 나라의 중책을 맡길만한 인물이 아닌 줄 아뢰옵니다."

일단 겸손함을 내비치며 고사(固辭)하는 모습을 보였다. 이에 여왕이 춘추를 내려다보며 말했다.

"아니오. 과인이 생각하기에도 유신공의 복안이 참으로 그럴 듯하오. 춘추공이 당에 건너가지 못할 바에는 법민보다 더 나은 적임자는 찾을 수 없음이오."

그리고 나서 여왕은 중시에게 명했다.

"비단 한 필과 지필묵(紙筆墨)을 가져오도록 하시오."

"알겠나이다."

중시(中侍)가 물러가자 여왕이 말했다.

"오늘 당장 이름 있는 문사(文士)를 불러 서찰과 시를 짓고, 아울러 짐이 손수 붓을 들어 시를 비단에 쓰겠소. 준비가 끝나면 즉시 법민을 당나라로 보내는 것이 좋을 듯하오."

"소신 망극할 뿐이옵니다."

여왕이 이미 결정이 났음을 알리자 춘추가 깊이 고개를 숙였다. 왕실에 마땅한 자손이 없으니 어쩔 수 없다 해도 춘추로서는 법민을 사신으로 삼아 당나라에 보낸다는 사실이 기쁠 수밖에 없었다. 왕실 가운데에서도 여왕과 가장 가까운 인척이 자신의 일족일 뿐이라 해도 어쨌든 자신의 아들이 나라의 사신으로 선택된 것은 고마운 일이었다. 춘추는 법민을 천거해준 유신의 뜻이 고마울 수밖에 없었다.

조정에서는 그날 밤으로 새 황제에 등극한 이치를 축하하는 태평가(太平歌)를 짓고, 승만여왕은 이를 받아 비단에 손수 붓을 들어 시를 썼다. 오언시(五言詩)로 적은 태평송(太平頌)에 다름 아니었다.

다음날 법민은 춘추와 함께 여왕 앞으로 나아가 읍하며 말했다.

"소인 법민, 대왕 전하의 부르심을 받고 대령했나이다."

법민에게 대왕은 이모할머니가 되는 셈이었다.

"법민이 왔느냐?"

여왕은 법민을 반갑게 맞았다.

"송구하옵니다, 대왕 전하."

"어느 사이에 이렇게 훤칠한 장부(丈夫)가 되었느

냐? 오랜만에 법민을 대하니, 이 할미도 한눈에 못 알아볼 지경이로구나. 늠름한 대장부로서 추호의 모자람도 없으니, 이제는 나라의 훌륭한 준재로서 막중한 임무를 맡아 처리해도 되겠노라."

여왕은 법민을 칭찬하기에 바빴다. 어느덧 훌쩍 장성해버린 그가 대견스러운 듯 눈길에 더할 수 없는 자애로움과 흐뭇함이 가득 담겨 있었다.

"황공하신 대왕 전하의 말씀에 소인 머리를 들 수 없나이다."

법민은 정청인지라 여왕에게 공적인 존칭만을 사용하며 깍듯이 대할 뿐이었다.

"우리 신라가 백제 무리들을 크게 이겨 물리치고 오래도록 맺혔던 원한을 풀었으니 자축해야 할 일일 뿐 아니라, 이러한 승전 소식을 당에 알리고 더불어 새로 보위에 오른 황제를 축하하기 위해 너를 사신으로 택했느니라. 아무쪼록 네가 당에 건너가 대국과 신라가 서로 한마음으로 굳게 뭉쳤음을 내외에 알리고 더불어 새로운 황제에 대한 축하사절로서 임무를 수행하고 돌아오너라."

여왕이 말했다.

"전하의 어명이 망국할 뿐이옵니다. 어리석고 미

천한 소인에게 나라의 중책을 맡겨 주신다 하니 따르기는 하겠사오나, 소인의 능력으로 대국으로 가서 맡은바 대업을 무사히 처리할 수 있을지 그것이 걱정일 뿐이옵니다."

"그만하면 되었느니라."

여왕은 법민의 늠름한 모습을 살피며 흡족함을 지우지 않았다.

"법민이 이처럼 훌륭하게 장성했으니 춘추공께서는 걱정할 일이 없겠습니다."

여왕은 이번에는 춘추에게까지 사뭇 부러운 눈빛을 보내며 법민에 대한 찬사를 아끼지 않았다.

"과분하신 칭찬이옵니다."

춘추는 여왕의 칭찬이 거북한 듯 더욱 몸을 낮추었다.

"아닙니다, 춘추공. 집안을 이끌고, 나아가 나라를 이끌어갈 훌륭한 재목으로 손색이 없습니다. 이 얼마나 다행스런 일입니까?"

흐뭇한 표정을 지으며 여왕은 옆에 시립(侍立)해 있던 춘추를 돌아보았다.

이윽고 여왕은 어젯밤 문사가 만든 서찰과 손수 글을 올린 비단이 든 붉은 상자를 꺼내 놓았다.

"네가 진력을 다해 이것을 당 황제에게 전하도록 하라."

여왕은 법민을 향해 말했다.

대왕의 명을 누가 감히 거역할 것인가? 하물며 사신으로 이르러 가는 목적 또한 상서로운 일에 다름 아니었으므로 법민은 오히려 기꺼이 맡은 일에 신명을 다할 것을 스스로 다짐할 뿐이었다.

"소인, 대왕의 명을 따르겠습니다."

법민은 고개를 깊이 숙이며 대답했다.

"그리고 이것은 짐이 밤을 새워 황제께 올리는 시(詩)를 적은 것이니라. 고이 간직해서 황제께 전해 드리도록 하여라."

여왕은 손수 붉은 함을 열고 호화로운 비단을 펼쳐 놓으며 말했다. 법민이 일별해보니 아름답게 쓰인 고운 글이 가득했다.

"소인, 대왕 전하의 뜻을 어긋남 없이 받들겠나이다."

법민은 다시 머리를 깊이 숙였다.

"내일 날이 밝거든 출발하도록 하여라."

"망극하옵니다, 대왕 전하."

법민은 아버지 춘추와 함께 대왕전을 빠져나왔다.

"당나라에 들어가거든 황제께 이 아비의 안부를 전해 올리고 나라의 체통에 누(累)가 되는 일이 없도록 처신을 올바르게 가져야 될 것이니라. 더불어 황제를 만나거든 지난번 백제에서 쳐들어온 군사를 크게 물리쳐 쫓아버렸음을 알리도록 해라. 백제에서도 마땅히 숙위하는 자와 사신이 이르러 있을 것인즉, 그들이 먼저 우리 땅에 침범한 사실을 숨긴 채 자신들이 우리에게 패한 일만을 크게 부풀려 황제에게 알린다면 눈으로 직접 확인하지 않은 황제로서는 오히려 우리를 나무랄지도 모르기 때문이다. 무슨 뜻인지 알겠느냐?"

"아버님의 뜻을 잘 알겠습니다."

법민은 깊이 고개를 숙여 대답했다.

"또한 모든 일에는 처음과 시작이 매우 중요한 법이다. 당의 입장에서 본다면 우리와 백제가 하나도 다를 것 없는 변방일 뿐이다. 따라서 언제, 어느 때 당이 우리와 결별을 선언하고 백제와 손을 잡을지도 알 수 없다. 우리 못지않게 백제에서도 있는 정성을 다한다면, 당이 우리와 손을 잡는다는 걸 어찌 보장할 수 있겠느냐? 이러한 여러 가지 사정을 참작해 행동에 신중함을 기하도록 하여라."

집을 떠나는 아들에게 아버지로서 마음이 놓이지 않는 것은 당연한 일이었다.

"잘 헤아려 모시겠습니다."

재작년에 당신께서 당에 들어가셨을 때는 이세민이 황제로 보위에 있으면서 당신을 맞았지만, 몇 년 전 있었던 고구려 원정에 실패한 후 그 일이 빌미가 돼 속을 끓이다 죽고, 지금은 황태자였던 그의 아들 이치가 황제의 자리에 올라 여러 가지 여건이 달라졌음을 춘추는 아들에게 강조했다.

"다른 말씀은 없으시옵니까?"

"나라의 사신으로 들어가는데 따로 이를 말이 뭐가 있겠느냐. 아무쪼록 나라의 체통을 생각하며 조정과 가문에 결코 누를 끼치지 않도록 조심하거라."

"명을 추호도 거슬리지 않겠습니다."

법민은 다시 깊이 머리를 숙였다.

다음날 법민은 당나라를 향해 출발했다.

온 가족들이 나와 먼 길을 떠나는 법민을 전송해주었다.

"아버님, 어머님, 부디 편안하십시오."

"오냐."

춘추와 문희는 나란히 서서 법민의 인사를 받았다.

"문왕을 만나거든 집안 걱정은 하지 말도록 안심을 시키도록 하여라."

어머니 문희가 당부했다.

"예, 어머님."

"기왕 네가 그곳까지 갔으니 차제에 문왕도 데려오도록 하는 것이 좋겠구나."

문희는 당에 들어간 김에 아예 문왕도 같이 귀국을 시켰으면 좋겠다는 뜻을 내비쳤다. 이에 법민은 어린 아들을 걱정하는 어머님의 뜻을 충분히 헤아릴 수 있었고, 모정의 끈끈함을 느꼈다.

"제가 문왕을 설득해 같이 나오도록 하겠습니다."

법민은 다소곳이 어머님의 말씀을 따르겠다는 약조를 했다.

"먼 길 가는데 건강에 각별히 유의하도록 하여라."

"염려하시지 마십시오."

이윽고 법민은 먼 여정에 올랐다. 법민과 함께 당에 건너가는 자들은 도합 십여 명에 이르렀으며, 갖가지 진상품을 실은 수레만도 다섯 대나 줄지어 움직였다.

서라벌을 떠난 이틀 후 법민 일행은 아침 일찍 당항성 포구에서 배에 올랐다.

법민은 배를 타고 이처럼 먼 여행을 하기는 이번이 처음이었다. 자연 마음이 설레고 들뜬 나머지 쉽게 안정을 찾을 수 없었다. 밤에 뱃전에 앉아 밤바다를 내려다보노라니 달빛이 교교히 뱃전의 난간에 부서지고 있었다. 잔물결의 조용한 움직임으로 인해 물 위에 뜬 달빛이 헤아릴 수 없이 많아 마치 금가루를 뿌려 놓은 듯 반짝이고 있었다.

'대왕 전하께서 미천한 내게 대임(大任)을 맡기시다니.'

법민은 조정에서 자신을 지명해 사신으로 삼았다는 사실이 믿어지지 않았다.

자신이 생각해도 갑작스런 일이었으며 꿈에도 생각지 못했던 일이었는지라 새삼스러울 뿐이었다. 한편으로는 이번 기회가 스스로의 견문을 넓히는데 좋은 계기가 될 것이라는 기대에 부풀었다. 또한 벌써 스물다섯이나 됐으니 나름대로 큰 뜻을 품는다 해도 결코 넘치지 않을 나이였다. 어찌 됐든 법민은 쉽게 찾아온 기회를 헛되이 보내지 않을 것이라며 스스로에게 여러 차례 다짐을 했다.

전하께서 아버지 춘추에게 보라며 펼쳤던 비단에는 다음과 같은 글이 적혀 있었다.

위대한 당나라 왕업(王業)을 개창(開創)하니
높고 높은 황제(皇帝)의 포부(抱負) 장하여라.
전쟁을 그치니 천하가 안정되고
전 임금 이어받아 문치(文治)를 닦아 백대에 이어지리라.
하늘을 본받음에 기후가 순조롭고
만물을 다스림에 저마다 빛이 나여라.
지극한 어질음은 해와 달과 비기겠고
시운(時運)을 어루만져 요순(堯舜)보다 앞서네.
깃발들은 저다지도 번쩍거리며
징소리 북소리는 어찌 그다지도 우렁찬가.
명을 어기는 자 외방(外方)의 오랑캐여!
칼날 아래에 엎어져 천벌을 받으리라.
순후(淳厚)한 풍속 곳곳에 퍼지니
원근(遠近)에서 다투어 상서(祥瑞)를 바치도다.
사철이 옥촉(玉燭)처럼 고르고
해와 달은 만방에 두루 도네.
산악(山岳)의 정기는 어진 재상(宰相) 내리시고
황제는 충량(忠良)한 신하를 등용(登用)하도다.
삼황오제(三皇五帝)의 덕이 하나로 이룩되니
우리 당나라 황제를 밝게 해주리.

大唐開洪業 巍巍皇猷昌 止戈戎衣定 修文繼百王

統天崇雨施 理物體含章 深仁諧日月 撫運邁時唐
幡旗何赫赫 鉦鼓何鍠鍠 外夷違命者 剪覆被天殃
淳風疑幽顯 遐邇競呈祥 四時和玉燭 七曜巡萬方
維獄降宰輔 維宰任忠良 五三成一德 昭我唐家皇

오언시(五言詩)로 맞춰 지은 태평가였다.

비록 다소 낯 간지러운 면이 있다 해도 법민으로서는 관여할 위치에 있지도 않았으며, 다른 한편으로는 여왕의 섬세한 성품에서 비롯된 것이라 이해할 수밖에 없었다. 그즈음 당의 식자(識者)들 사이에서 이미 오언시가 크게 유행한 나머지 새로 보위에 오른 이치 역시 크게 관심을 가지고 한가할 때마다 스스로 오언시를 짓곤 한다는 소문이 널리 퍼져 있었다. 따라서 법민은 자신이 전해줄 대왕의 시를 받아본 황제의 반응이 과연 어떨지 자못 궁금했다.

멀리 당나라 해안이 보이기 시작하자 가슴이 벅차오르기 시작했다.

"먼 길 오시느라 수고가 많으십니다."

배에서 내리자 당의 관리가 깍듯이 맞아주었다.

"어서 가마에 오르십시오."

다른 짐은 뒤를 따르도록 하고 서찰과 시를 적은 비단이 든 붉은색 함을 소중히 간직한 채 법민은 가마에 올랐다. 가마는 쉬지 않고 길을 재촉했다. 그러나 법민은 가마 밖으로 스쳐 지나는 당나라 사람들과 그들이 거주하는 집이며 논밭과 주위의 풍경을 돌아보느라 지루한 줄 몰랐다.

이윽고 장안성(長安城)에 이르자 많은 사람들을 볼 수 있었으며, 소와 말을 이용해 수레를 끌며 생업에 열중하는 무리들도 훨씬 더 많이 눈에 띄었다.

법민이 출발하기 전에 미리 공부한 바에 의하면, 장안성의 호수는 당시 30만 호에 인구는 거의 500만에 육박했다. 과연 당의 수도로 위세가 성성하여 모자람이 없을 뿐 아니라 크게 번잡하고 융성함을 실감할 수 있었다.

'과연 당의 국세(國勢)가 이렇듯 웅장하구나!'

그건 장안성을 가로지르는 대로(大路)의 규모만을 봐도 알 수 있었다. 그 길이가 과연 어느 정도까지 뻗어 있는지 알 수 없었지만 얼른 눈으로 가늠해 보아도 100보는 훨씬 넘어 보였다. 그 넓은 거리를 메운 사람들 또한 너무 많아서 마치 큰일이라도 생긴 듯 벌집을 쑤셔놓은 것처럼 저마다 부산스러워 보였다.

이윽고 수많은 전각들과 드높은 탑들이 보이기 시작했다. 하늘을 덮을 듯 누각들이 헤아릴 수도 없을 정도로 줄줄이 늘어서 있었으며 호화로움과 웅장함 또한 극에 달해 과히 장관이라 할 만했다. 황제만이 사용할 수 있다는 노란 황금빛 건물들의 위용은 법민이 일찍이 구경하지 못했음은 물론이거니와 능히 입이 벌어질 만했다.

'역시 대국의 위세는 하늘에 닿을 만하다.'

법민은 자기도 모르게 위축이 됐다. 그러나 절대 주눅 들지 않을 것이라며 마음속으로 굳게 다짐했다.

함원전(含原殿: 당의 조정이 있는 대궐)에 닿아 가마에서 내리는 순간이었다.

"형님! 이게 얼마 만입니까?"

갑자기 반가운 음성이 들려 돌아보니 동생 문왕이 뛰어오며 환하게 웃고 있었다. 미리 와서 기다리고 있었던 것이다.

"오, 문왕이냐?"

"예, 형님 접니다. 무사히 도착하셨군요."

법민 역시 오랜만에 만난 동생을 덥석 끌어안았다.

"과연 문왕이로구나! 그동안 별일 없었느냐?"

"저는 잘 지내고 있습니다."

문왕이 손발을 펴보이며 다시 활짝 웃었다.

"그것 참으로 다행한 일이다."

법민은 문왕의 어깨를 두드리며 잠시 해후를 즐겼다.

그때 법민을 안내했던 당의 관리가 다가와 말했다.

"우선 황제를 알현하는 일부터 진행하십시오. 폐하께서 신라 사신이 이르렀다는 소식을 듣고 순번까지 물려가며 기다리고 계십니다."

"그렇습니다, 형님. 우선 안으로 드시지요. 쌓인 얘기는 나중에 나누도록 하십시다."

문왕도 법민을 안내하며 말했다. 이윽고 두 사람은 당 황제 이치 앞으로 안내됐다.

법민이 황제에게 두 번 절하고 그의 등극을 축하하는 예를 표하자, 황제가 물었다.

"경의 부친께서는 그간 무고하시오? 어찌 이번에는 같이 오지 않으셨소?"

"아뢰옵기 송구하옵니다. 신의 아비는 선대의 황제를 잃으신 슬픔과 충격에서 아직 헤어나지 못한 나머지 침식과 거동이 자못 순조롭지 못한 형편이옵니다. 폐하의 등극을 축하드리는 것은 신하된 도리로서 마땅한 것이오나 경축해야 할 자리에 이르셨다가 자칫 슬픔을 가누지 못하는 일이 생기는 사단을 염려한 나머지 저를 대신 보냈나이다. 감히 바라옵건대, 신의 아비가 도리를 기꺼이 갖추지 못함을 너그럽게 살펴주시옵소서."

법민이 대답을 하고는 고개를 살짝 들어 황제라는 자를 쳐다보았다. 그리고는 깜짝 놀라 벌어진 입을 다물 수 없었다. 마치 거대한 비곗덩어리가 앉아있는 듯한 착각을 일으킬 정도였다. 황금빛으로 치장한 용상(龍床)에는 저들이 하늘처럼 떠받드는 황제가 앉아 있었으나 정작 주인공의 모습은 괴물처럼 보이는 살덩이였던 것이다. 저런 모양을 하고 사람이 세상을 어찌 살아갈 수 있을지 의심스러웠다. 황제는 배가 의자 밑으로 흘러내릴 정도로 비대했으며, 숨쉬는 것조차 힘이 드는지 꼬르륵거리는 소리가 법민에게까지 들리는 듯했다.

'숨이 붙어 있는 것이 신기할 정도로구나.'

거대한 살덩이가 실룩거리며 주위에 뭐 묻고 난 후 다시 법민을 향해 말했다.

"경의 아버님께서 도리를 갖추지 못했다니, 당치 않는 말씀은 부디 거두시오. 선제를 여읜 슬픔으로 나 또한 아직 수시로 눈물을 흘리는 형편이니 춘추공의 심사인들 어찌 헤아리지 못하겠소? 짐은 두 어른께서 평생을 두고 나누어온 친분과 또한 피를 나누며 혈맹을 약조한 지난날의 의기를 잘 알고 있소."

이치는 지난날을 들먹이며 선대의 인연을 다시 되새기는 듯했다. 그러나 법민은 당나라 황제라는 자의 몰골이 주는 충격에서 아직 벗어나지 못했다.

'천하에 둘도 없는 욕심쟁이처럼 생겨 먹었구나.'

자연 그런 생각이 드는 것을 어쩔 수 없었다. 저처럼 무지막지하게 생겼다는 사실도 놀라웠지만 그의 이목구비 하나하나를 뜯어볼 때 자비로운 구석이라고는 전혀 느낄 수 없었기 때문에 앞일이 더욱 걱정스럽기만 했다. 쳐진 눈꺼풀은 눈을 과연 뜨고 있는 것인지조차 알아볼 수 없게 했으며, 늘어진 볼은 도저히 사람처럼 보이지 않았다. 목소리 또한 입을 들썩일 때마다 가늘고 높을 뿐 아니라 갈라지는 듯 새된 음성이었다. 마치 여인네와 대화를 나누고 있는 것 같은 착각으로 인해 소름이 끼칠 지경이었다.

"황공하옵니다."

법민이 대답하고는 이윽고 비단과 서찰이 든 붉은 상자를 머리 쪽으로 밀어 놓았다.

내관이 황제 앞으로 상자를 가져가 뚜껑을 열고 우선 비단을 들어 조심스럽게 건넸다.

"이게 무엇인고?"

황제가 물었다.

"신의 임금께서 신하들이 지은 시를 손수 붓을 들어 적으셨습니다. 폐하께 올려 드리는 태평송이옵니다."

이에 이치가 비단을 펼쳐 읽기 시작했다. 그의 작은 눈이 점차 커지더니 안색이 밝아지고 희색이 만연해졌다.

"어찌 이다지도 문장이 수려하고 장하며 또한 절묘하단 말인가? 근자에 들어 이러한 미문(美文)을 대하게 된 건 참으로 처음이며 뜻밖이로다! 문장도 정교하고 수려하지만 글귀 또한 천하의 시성(詩聖)이 따라올 수 없을 정도로 완벽하다."

탄성을 뱉으며 좋아하기를 마치 어린아이가 오래 벼르던 장난감을 얻었을 때처럼 기쁨에 넘쳐 웃음이 절로 나온 듯 보였다. 즐거워하는 표정 또한 가관이었다. 늘어진 볼이 실룩거리며 눈은 떴다 감았다 하는 모습이, 차라리 하나의 참혹하고 서글픈 광경을 대했을 때처럼 눈길을 바로 할 수조차 없었다. 법민은 그의 하는 양을 바라보며 웃을 수도 울 수도 없었으므로 정황을 참아 견디는 것만으로도 능히 어려움을 면할 길이 없었다. 그는 한동안 비단을 내려다보며 연신 감탄을 하더니 이윽고 명을 내려 조정의 백관들에게 말했다.

"경들도 여기에 쓰인 문장을 한 번 읽어보시오."

이에 중신들이 서로 돌아가면서 문장을 읽었는데, 황제가 스스로 감동한 나머지 좋아하는지라 뉘라서 감히 왈가왈부하겠는가? 신하들도 저마다 입을 모아 칭송과 찬사를 아끼지 않았음은 물론이었다.

"짐이 이웃 여러 나라의 사신을 접하고 또한 진귀한 선물을 헤아릴 수 없이 받았으나 이처럼 지극하고 충성스런 마음이 깃들어 있는 진품을 받기는 처음이오. 신라로 말할 것 같으면 여러 많은 나라 가운데에서도 가장 으뜸이라 할 수 있소. 어찌 이처럼 짐의 등극을 축하하는데 있어서 예절을 고루 갖추었음은 물론이고, 또 한 형식을 골고루 차렸으되 겉치레에 얽매이지 않은 채 진솔함을 드러낼 수 있겠소? 선제께서 그토록 신라를 아끼고 침이 마르도록 칭찬하셨으며, 신라의 사신이라면 자다가도 벌떡 일어나시어 각별한 마음으로 맞았는지 오늘에야 비로소 알 수 있을 것 같소."

이치는 스스로 흥이 솟구친 나머지 백관들에게 일러 말하기를 주저하지 않았다. 법민이 보기에는 한번 감흥이 솟구치면 이를 어찌 주체할 것인지를 미처 가늠하지 못하고 제왕의 체신까지도 쉽게 잊어버릴 위인으로 보였다.

"이 아름다운 글을 신라의 임금께서 직접 비단에 적으셨단 말이오?"

그가 감탄하는 마음을 이기지 못한 채 다시 물었다.

"그러하옵니다."

"참으로 갸륵한지고……."

이치는 감흥이 솟구친 나머지 기고만장에 가까울 정도의 반응을 보이고 있었다.

"짐이 그에게 우리 대당의 신하로서 어울리는 마땅한 벼슬을 내리고 싶은데, 여러 중신들의 생각은 과연 어떠하오?"

이치가 백관들을 둘러보며 물었다. 이에 여러 중신들이 이구동성으로 찬성해 마지 않았다.

"참으로 지당하신 분부이옵니다. 과연 멀리 떨어진 변방의 백성들이라 할지라도 폐하의 성은을 벗어나기란 결코 쉬운 일이 아니옵니다."

"참으로 폐하의 성은이 만천하에 고루 미치고 있사옵니다. 삼한의 동쪽에 위치해 있는 작은 변방의 나라인 신라에까지 폐하의 드높은 위명이 고루 퍼질 것이며, 백성들을 따뜻이 보살피려는 성군의 세세한 자질이 널리 알려져 있으니 어찌 감축 드리지 않을 수 있겠습니까?"

신하들은 서로 다투어 간언을 올렸다. 그때 한 신하가 이르러 말했다.

"그에게 태부경(太府卿)의 벼슬을 제수하는 것이 어떨는지요?"

"참으로 가상하고 기막힌 생각이오. 신라의 사신 법민경에게 태부경의 벼슬을 내리노라."

즉석에서 법민에게 벼슬을 내린다는 교지가 떨어졌다. 법민은 자신이 벼슬을 받는 일보다 황제가 크게 기뻐하는 것을 보자 비로소 안심이 됐다.

"황은(皇恩)이 망극하옵니다."

법민은 머리를 조아리고 난 후 마침내 기회가 왔음을 깨닫고 입을 열었다.

"이제부터 소신의 나라가 처한 딱한 사정에 대해서 말씀을 전해 올리겠나이다. 고구려와 백제는 입술과 이빨이 서로 의지하듯 힘을 합치고 무기를 갈고 닦아서 번갈아 신라의 땅으로 침범하니, 큰 성(城)과 중요한 진(陣)들이 모두 백제에 병합돼 영토는 날로 줄어들고 나라의 위력 또한 아울러 쇠약해지게 되었습니다. 바라건대, 백제의 의자왕에게 조서를 내려 침략한 성을 우리에게 되돌려 주도록 황제께서 선처를 해주십시오. 만약 백제가 황제의 조서를 받들지 않는다면 대군을 일으켜 백제의 강역으로 쳐들어가 무력을 행사할 것을 알리되, 신라가 다행히 옛 땅을 되찾는다면 크게 다행한 일로 서로의 화해가 오래도록 이어질 것이라는 점을 분명히 밝혀 주시기 바라옵니다."

"참으로 저들의 행패가 그처럼 무지막지하단 말인가?"

이치가 다시 물었다.

"신이 어느 안전이라고 감히 거짓을 아뢰겠나이까? 이는 전날 선대의 황제와 소신의 아비 사이에서도 이미 거론하여 짚었던 일이옵니다. 저들의 무모함으로 인해 우리 신라는 천자의 나라에 조공할 길이 막힌 나머지 마땅히 예의를 갖추고 싶어도 번번이 행할 수 없는 참혹한 지경에 처했사옵니다. 부디 굽어 살펴주십시오."

이에 이치가 한동안 묵묵히 생각을 거듭하더니 지필묵을 들이도록 한 뒤 문신을 시켜 백제에 보내는 조서를 짓도록 했다. 그 내용은 다음과 같았다.

지난날 제(齊)나라의 환공(桓公)은 제후(諸侯)의 반열에 있으면서도 망한 나라를 어여삐 여겨 존속시켰는데, 하물며 짐은 만국에 으뜸이 되는 천자로서 어찌 위기에 처한 번국(藩國)을 구휼하지 않으리오. 지금 백제의 왕이 군사를 일으켜 취한 신라의 성을 모두 그 본국에 돌려줄 것이며, 신라도 또한 사로잡은 백제의 포로들을 그들의 본국으로 돌려보내야 할 것이다. 그러한 연후에 서로 맺힌 환란을 풀고 분규를 해결하여 무기를 거둬들이고 처절한 싸움을 그친다면, 백성들은 어깨의 무거운 짐을 내려 스스로의 짐을 덜어내는 소망을 이루게 되고 세 번국들은 전쟁의 수고로움에서 이윽고 벗어나게 될 것이다. 변경의 군사들이 머무는 곳에서 피를 흘리고 강토에 시체가 쌓이며 농사와 길쌈이 모두 폐하게 돼 사녀(士女)가 의지할 곳이 없게 되는 상황과 어찌 비교할 수 있겠는가? 왕이 만약 나아가고 머무는 것을 마땅히 따르지 않는다면 짐은 신라의 사신 법민이 청한 바대로 왕과 처절한 승부를 결정하도록 군사를 풀어 내맡길 것이고, 또한 고구려를 견제하여 멀리서 그대와 서로 구원하지 못하도록 조치할 것이다.

고구려가 만약 이러한 명령을 받들지 않으면 즉시 거란과 여러 번국들로 하여금 요하를 건너 깊이 들어가 능히 노략질하게 할 것이다. 왕은 짐의 말을 깊이 생각하여 스스로 많은 복을 구할 것이며 좋은 계책을 살펴 도모하여 후회함이 없도록 각별히 조심할 것이다.

이로써 법민은 자신이 여왕의 태평송을 가지고 당에 이르러 온 명분과 책임을 훌륭하게 매듭지었다고 생각했다.

"폐하의 은혜가 망극하옵니다!"

법민은 이치의 발 빠른 조치에 만족하고 감사하는 마음을 표했다.

황궁에게 물러나온 연후 비로소 문왕과 차분히 얘기를 나눌 수 있었다. 몇 년 동안이나 떨어져 있었으니 두 사람 사이에 나누어야 할 얘기가 많았다.

"부모님께서는 모두 편안하십니까?"

"그렇다마다. 부모님께서는 오히려 네가 잘 있는

지 매일 걱정이시다.”

문왕의 물음에 법민이 대답했다. 그리고 문왕의 귀에 대고 소곤거렸는데 이는 아직도 이치의 몰골에 대한 충격이 가시지 않았기 때문이었다.

“그런데 대국의 황제라는 자의 생김새를 오늘에 이르러 확인해보니 소문보다도 훨씬 심하더구나. 그런 모양으로 어찌 국사를 능히 다스릴 수 있단 말이냐?”

법민은 이치를 대했을 때의 놀랐던 마음이 아직 남아있었기 때문에 문왕을 상대로 은밀히 흉을 보는 것을 마다하지 않았다.

“형님, 우리끼리 얘기지만, 이치는 저처럼 비대한 몸을 스스로 이기지 못해 오줌을 눌 때도 혼자서는 도무지 방법이 없다 합니다.”

문왕 역시 귀엣말로 속삭였다.

“하하하, 과연 그렇겠구나. 자신의 몸에 달려있다 하지만 어찌 그것을 붙잡아 급한 볼 일을 볼 수 있겠느냐?”

“하하하.”

두 형제는 마음 놓고 너털웃음을 터뜨렸다.

법민은 장안에서 한 달 정도 머물렀다. 그러나 당 조정의 분위기를 봤을 때 아무래도 군사를 일으키는 일을 논하기에는 때가 이르다는 것을 파악하고는 거론하지 않았다. 다만 시간이 날 때마다 이치에게 나아가 백제가 먼저 군사를 일으켜 신라를 침략했으나 이를 통쾌하게 격파했다는 사실과 신라에서는 문물과 제도를 당나라식으로 고쳐나가는 일을 꾸준히 계속하고 있으며, 그 일환으로 신라의 연호를 영휘(永徽: 당 이치의 연호)로 바꿔 쓰기로 했다는 얘기를 전했다. 그리고는 문왕과 함께 당의 이곳저곳을 두루 살피며 견문을 쌓고 수려한 경치를 찾아 살피며 안목을 새롭게 넓히고 갖가지 경험을 쌓는 일도 게을리하지 않았다. 또한 국학에도 나아가 강론을 들었으며, 여러 나라에서 온 학생들이 과연 어떻게 공부를 하는지도 직접 참관하여 보고, 그들을 하나씩 접해서 그들 나라의 관습과 제도 등에 대해서 상세히 묻기도 했다.

귀국할 날이 되자, 법민이 문왕에게 물었다.

"어머님께서 내게 이르시기를 너도 같이 귀국하기를 애타게 바라고 계신다. 과연 네 생각은 어떠하냐?"

"형님, 그렇다면 마침 잘된 일입니다. 저 또한 오랜

타국 생활에 적적함을 느끼던 중이오니, 이번 기회에 형님과 함께 귀국을 하겠습니다." 문왕은 즉석에서 같이 돌아가겠다는 뜻을 밝혔다. 이에 두 형제가 같이 귀국하게 됐다.

돌아오는 뱃길은 훨씬 마음이 가벼웠다. 그도 그럴 것이 대왕의 명을 받아 자신의 소임을 무사히 끝냈을 뿐만 아니라 당 황제로부터 후한 금은과 비단에 벼슬까지 얻어 귀향길에 오르니 심기가 편안했던 것이다.

배에 오르고 난 뒤 하루가 지났다. 바다 한가운데 뜬 채 쏜살같이 나아가는 뱃전에 앉아 그동안 당나라에서 겪었던 일들을 생각하고 있었을 때였다.

"사신께서는 어서 안으로 드십시오."

사신을 호송하는 장수가 법민에게 말했다.

"바람도 시원하고 앉아 있을 만합니다."

법민은 무심코 대답했지만 호송장수의 표정은 결코 법민처럼 태평스럽지 않았다.

"저쪽을 살펴보십시오."

그가 말했을 때 법민이 고개를 들어 먼 곳을 살펴보니 정체를 알 수 없는 두 척의 배가 쏜살같이 이쪽을 향해 다가오는 것이 보였다.

"백제나 고구려의 무리들이 언제 출몰할지 알 수가 없기 때문입니다."

"듣고 보니 과연 그렇소."

법민은 비로소 긴장이 됐다. 더구나 아버지 춘추가 당에 다녀올 때 고구려 군사를 만나 당했다던 참혹함이 떠올라 간이 서늘해졌다. 만일 그때 일이 잘못돼 불행한 일을 당했었다면 과연 어찌 됐을 것인지 생각하자 머리털이 곤두서고 소름이 돋았다. 얼마나 정신없이 달렸을까. 짧지 않은 시간이 흘렀을 때에야 비로소 쫓아오는 배가 멀리 보이기 시작했다. 두 척의 배를 따돌렸다고 생각하니 비로소 안심이 되었다.

비록 석 달 남짓밖에 흐르지 않았지만 새로운 문물을 접하고 새로운 사람들과 부딪치는 등 항상 긴장하고 있었기 때문인지 마치 일 년도 더 넘게 시간이 흐른 것만 같았다.

부모님은 물론 아내인 자의궁주도 보고 싶었다. 또한 낳은 지 일 년 남짓밖에 되지 않은 첫아들 정명의 모습도 눈앞에 선명하게 떠올랐다.

누가 왕이 될 것인가

세상이 온통 꽃 그림자로 물들은 봄.

승만여왕에게 찾아든 봄은 생의 마지막을 알려주는 전령에 다름 아니었다. 고령의 여왕은 정월 초부터 갑자기 기력이 쇠약해진데다 고열마저 겹쳐 급격히 병세가 악화돼 점차 의식을 잃는 횟수가 늘어나더니, 결국 3월이 되자 자리에서 일어나지 못하는 날이 계속됐다. 그러더니 결국 임금의 쾌차를 비는 많은 무리들의 기구도 외면한 채 3월 그믐께 눈을 감고 말았다. 재위 8년 만의 일이었다.

나라의 임금이 붕어(崩御)했지만 뒤를 이어받을 성골이 없었다. 원래 정해진 후임이 없었던지라 황망한 중에도 여러 신하들이 모여서 우선 여왕의 시호(諡號)를 진덕(眞德)이라 정하고 추증(追贈)해 올린 뒤

사량부(沙梁部)에 장사를 지냈다.

당의 이치가 이 소식을 전해 듣고 영광문(永光門)까지 나와 애도(哀悼)를 표함과 동시에 태상승(太常丞) 장문수(張文收)를 사신으로 보내 부절(符節)을 지니고 조문하도록 했다. 아울러 개부의동삼사(開府儀同三司)를 추증하고 비단 300단을 내려주었다.

조정과 왕실은 난감하기 짝이 없었다. 전대(前代) 선덕여왕이 돌아가셨을 때도 왕실 내에서 왕위를 이을 후임자를 찾을 수 없었기 때문에 할 수 없이 승만공주가 뒤를 이었었지만, 지금도 역시 왕위를 물려받을 마땅한 후계자가 없기는 마찬가지였다. 이에 나라의 원로들이 모여 화백(和白)회의를 열고 후계자 물색을 위한 대책을 숙의(熟議)하게 됐다.

상신 알천공(閼川公)을 위시해서 임종공(林宗公), 술종공(述宗公), 호림공(虎林公), 염장공(廉長公), 금강(金剛)공과 유신, 춘추 등이 남산의 우지암(優知巖)에 모였다. 말하자면 신라 조정 전체를 대표할 수 있는 원로회의가 열린 셈이었다. 따라서 이곳에서 결정되는 사항에 따라 신라의 대왕이 탄생하는 매우 중요한 자리였다. 가장 나이가 많은 상대등 알천이 회의를 주재했다.

원래 신라에는 네 곳의 신령스러운 땅이 있었으니, 그 첫째는 동쪽의 청송산(青松山)이오, 둘째는 남쪽의 우지산(優智山)이오, 셋째는 서쪽의 피전(皮田)이요, 넷째가 북쪽의 금강산(金剛山)이었다. 원로들만 모이는 화백(和白)회의는 갑작스런 국난을 당해 긴히 해결해야 할 문제가 있을 때나 그에 비견할 만한 큰일이 생겼을 때 나라의 신령스러운 땅에 모여 국사를 논하곤 했다. 이번에도 왕위를 이을 마땅한 성골이 없었기 때문에 급히 우지암에 모여 회동한 것이다. 이는 나라의 가장 중대한 일로, 적임자를 골라 왕위를 잇도록 하는 일이니 저마다 긴장할 수밖에 없었다. 여러 원로들의 표정은 굳어 있었다. 신라의 안위는 물론 700년 동안 면면히 이어온 사직의 운명이 걸려 있는 일이었을 뿐 아니라 나라의 위엄과 체통에 관계되는 중대사였기 때문이다.

"나라의 여러 제신(諸臣)들이 이토록 모이게 된 것은 대왕께서 갑자기 승하하시는 불행한 일을 당하였으나 왕실에 마땅한 후계자가 계시지 않는 까닭이오. 따라서 나라의 여러 원로들이 이처럼 한자리에 모이셨으니, 서로 마음속에 접어두거나 꺼리는 일이 없이 허심탄회(虛心坦懷)하게 서로의 의견을 나누도록 하시지요."

상대등 알천이 먼저 입을 열었다.

유신은 다음 순간 눈을 들어 자리에 모인 여러 사람들의 얼굴을 하나씩 일별(一瞥)했다. 과연 누가 먼저 입을 열어 자신의 소회를 밝힐 것인지 궁금했기 때문이다. 그러나 한동안 침묵만 계속될 뿐 알천을 뒤따라 입을 여는 사람은 없었다. 워낙 예민한 문제였을 뿐 아니라 나라의 명운(命運)이 걸린 중대한 일이었기 때문에 눈치를 살피는 것이었다. 속에 품고 있는 생각을 잘못 말했다가는 큰 화를 입을 수도 있었다.

'구귀족 세력들은 전혀 다른 꿍꿍이가 있을지도 모른다!'

유신의 머리에 순간적으로 그런 생각이 스쳐 지났다.

모두들 조용한 정적 속에서 한동안의 시간이 지난 다음 술종공이 눈치를 살피다가 이윽고 침묵을 깼다.

"소신의 생각으로는 지금 당장 후사를 정하기 난감하오니 상대등 알천공께서 당분간 섭정(攝政)의 형식을 빌어서 국사를 돌보심이 어떠할까 하옵니다."

당분간 알천으로 하여금 임금 노릇을 시키자는 것이었다.

"알천공께서는 이미 선대의 선덕 임금이 붕어하셨을 때 몇 가지 이유를 들어 섭정의 직에 오르는 일을 고사(固辭)하신 일이 있었소. 그러나 지금은 당시에 거론했던 이유들이 모조리 사라졌으니 차제에 보위를 맡아 신라의 사직을 더욱 든든히 하는 것이 어떻습니까?"

호림공이 뒤를 이어 말했다. 이는 알천에게 섭정을 맡길 것이 아니라 아예 보위를 넘겨주자는 얘기였다.

유신의 눈빛이 번쩍 빛을 발했다. 마치 불을 품고 있는 듯 활활 타고 있다는 표현이 어쩌면 맞았다. 결코 일이 이대로 흘러 정해져 버린다면 안될 것이라 생각한 나머지 초조하기 짝이 없었던 것이다.

"만조를 아무리 둘러봐도 상신(上臣)을 따를만한 인물은 따로 없지요."

유신은 그들의 말을 들으며 한껏 긴장한 가운데 다시 골몰히 생각을 거듭해 보았다. 비록 섬광처럼 짧은 사이에 스치는 판단일 뿐이었지만 저들이 지금 말한 방법은 교묘한 술수일 수도 있다고 생각됐다. 알천은 맨손으로 호랑이를 때려잡은 적이 있는 괴력의 소유자로 고구려와 백제의 무리들이 쳐들어올 때마다 적지 않는 공을 세운 바 있거니와, 승하하신

선덕여왕의 뒤를 이은 진덕여왕 즉위 초부터 상대등에 올라 있는 인물이었다. 그러나 알천이 비록 나라의 상신으로서 여기 모인 사람들 중 가장 수석의 지위에 있으며, 또한 술종공, 호림공 등이 그를 따르고 있다고는 하지만 저들의 말대로 끌려갈 수는 없는 일이었다. 더구나 이미 백반이나 비담 등의 왕실 실권자들이 모두 죽고 없는 상황이기 때문에, 막상 춘추로 하여금 왕권에 도전토록 하려는 생각에 유신은 몸을 떨며 기회를 살피고 있었다. 춘추 본인도 몇 해 전과는 달리 스스로가 왕권에서 멀어졌다는 인식을 애써 지우고 있음을 유신은 이미 눈치채고 있었다. 그보다도 유신은 여동생을 춘추와 연결시킬 당시에 품었던 기왕의 야망을 지금에 이르러 놓칠 수만은 없다고 생각했다.

"흠!"

유신은 숨을 모아 길게 뱉어냈다.

알천은 이미 늙었을 뿐만 아니라 유신이 알고 있는 바로는 진덕여왕이 살아 있을 때부터 권력에는 뜻이 없고 오직 현재의 위치에 만족한 나머지 일신을 무사히 보존하기에만 급급해온 인물이었다. 따라서 그동안 진덕여왕이 춘추를 견제하기 위해 상대등이라는 높은 벼슬을 주고 대응세력으로 삼으려 했으나, 지금까지 춘추가 대망을 불태우며 철저하게 기회를 노리는 와중에도 나름대로 계책을 마련해 춘추의 의사에 반하는 기색을 보인 일도 없었다. 오히려 음으로 양으로 춘추를 도우며 그에게 힘을 실어 주었던 것을 유신은 너무도 잘 알고 있었다. 때문에 지금 이런 호기를 놓친다면 춘추로 하여금 보위에 오르도록 하는 일이 난망해질 뿐이란 생각이 들었다.

더구나 저들 구귀족세력의 손에 정권이 넘어가 버린다면 다시는 왕위를 계승하는 문제를 거론하며 중론으로 이끌어내기 힘들 뿐만 아니라 과연 자신이 뜻한 바대로 춘추로 하여금 보위에 오르도록 할 수 있을지도 장담할 수 없었다. 차제에 아예 자신의 뜻을 명확히 밝히고 이 자리에서 결판을 내야 했다.

"만일 섭정을 세운다 해도 언젠가는 또다시 마땅한 후계자를 세우기 위해 필히 이런 자리를 마련해야 할 것이옵니다. 어찌 한 번에 처리할 일을 미루다가 또 이런 어려운 자리를 만들려고 하십니까. 이는 옳지 않은 일이 될 것이옵니다."

말을 마친 유신은 형형한 눈을 들어 주위 사람들을

하나씩 둘러보았다.

조바심으로 인해 속이 탔다. 이 기회를 놓치면 영원히 기회가 찾아오지 않을 수도 있었기 때문이다. 마음속으로 생각하고 있는 인물, 즉 춘추를 왕위에 올리기 위해 그동안 얼마나 많은 세월을 기다려 왔던가. 오죽하면 먼 옛날 축국을 하자며 춘추를 불러다 여동생인 문희로 하여금 그와 인연이 맺어지도록 온갖 계책을 썼었겠는가. 오랜 세월에 걸쳐 오직 김춘추를 왕위에 올리기 위해 노력해 왔음에도 이때에 이르러 절호의 기회를 살리지 못한다면 후회와 일패도지의 낭패감만 남을 뿐이라는 것을 그 스스로 잘 알고 있었다.

"허면 유신공께서는 마땅한 대안이라도 있으시다는 말씀이시오?"

술종공이 유신을 바라보며 물었다. 사뭇 못마땅한 기색이 역력했다. 이에 유신은 눈빛 하나도 흐트러짐 없이 그를 마주 보며 분명하게 말했다. 살얼음처럼 섬뜩한 위기의 순간이라고 생각했기 때문에 힘을 주어 여러 사람들이 충분히 들을 수 있도록 분명하게 말했다.

"여러 원로들 앞에서 분명히 말씀드리는바, 소신의 생각으로는 이찬 춘추공을 내세워 나라의 사직을 맡게 하심이 좋을 듯싶소이다."

"춘추공 말씀이시오?"

호림공이 눈을 치뜨고 물었다. 그 역시 늙었으나 눈빛은 불이 붙은 듯 활활 타고 있었으며 얼굴은 벌겋게 달아올라 있었다. 그러나 유신은 주위의 위협적인 분위기에 전혀 굴하지 않은 채 다시 입을 열었다.

"지금 나라가 처한 어려운 처지를 살펴볼 때, 그는 왕실과 가장 가까운 인척일 뿐만 아니라 덕망이 높아 만백성들로부터 추앙을 받고 있습니다. 또한 당조와 긴밀히 협조하여 서적과 북적을 멸하는 데에도 그의 힘과 노력이 절실하게 필요한 때입니다. 아울러 사람의 됨됨이를 살펴볼 때도 역시 일국(一國)을 다스려 끌어나가기에 전혀 모자람이 없습니다. 여러 원로들께서는 일의 중대함을 통촉하시고 이 자리를 빌어서 만대에 길이 남은 명안(名案)을 남겨주시기 바랍니다."

그러자 춘추가 황급히 유신의 말에 팔을 휘저으며 말했다.

"당치 않은 말씀입니다. 여러 원로 제위의 뜻이 이미 알천공에게 왕재(王才)가 있음을 알아보고 보위에 오르시기를 바라고 계시는데, 유신공께서는 어찌 그런 난데없는 말씀을 하십니까? 마땅히 거두어 주십시오."

다시 무거운 침묵이 이어졌다. 아무도 입을 열어 선뜻 말하는 사람이 없었다. 다만 일촉즉발의 위기감과 초조함이 둘러앉은 모든 사람들의 어깨 위에 내려앉아 있을 뿐이었다.

그때였다.

비록 짧은 순간이었으나 알천과 유신의 눈길이 서로 허공에서 마주쳤다. 두 사람의 눈빛에선 상대의 기를 꺾어 기선을 제압하겠다는 의기가 충천한 나머지 안광이 형형(熒熒)함은 물론 처절한 의지가 빗줄기처럼 쏟아졌다.

먼저 시선을 거두어들인 쪽은 알천이었다. 이미 대세가 기운 나머지 새로운 힘의 근원이 저들 쪽으로 기울었음을 인정할 수밖에 없다는 사실을 깨달은 듯했다. 백성들 사이에서 끊이지 않고 나도는 유신의 성성한 위세를 화백회의에 참석한 누구라 해도 감히 꺾을 수 없다는 사실을 순순히 받아들인 듯했다.

이윽고 알천공이 천천히 말했다.

"유신공의 말씀이 옳소이다. 나는 이미 나이가 들어 늙었으며 평소에 이렇다 할 큰 덕을 쌓은 일도 없소. 지금 신라에서 덕망이 높은 것을 따지자면 춘추공을 따를 인물이 없으니, 그는 실로 제세(濟世)의 영웅이라고 할 수 있습니다. 춘추공을 맞아 그로 하여금 보위에 즉위케 함이 가장 옳을 듯싶습니다."

그의 말은 자신이 섭정을 맡아보는 것을 완곡하게 고사하는 것이기도 했지만, 한편으로는 유신의 위세에 짓눌려 현상을 인정하고 세의 불리함을 깨달아 패배를 자인하는 것이었다. 유신과 춘추에게는 다시 얻을 수 없는 절호의 기회를 안겨준 셈이었다. 이는 하늘이 점지해주신 천재일우의 기회였으며 한편으로는 왕권을 거머쥐는 유일한 방편인지라, 유신은 마지막 철주를 내리기 위해 다음과 같이 말했다.

"알천공의 말씀이 옳은 줄로 아옵니다. 춘추공을 내세워 나라를 이끌게 함이 가장 훌륭한 상책이며 마지막 대안이옵니다. 춘추공은 유일하게 단 하나 남아있는 왕실의 적손이며 자질이 영민(英敏)하고 청정한 인품을 타고났소이다. 또한 백성들로부터 칭송이 자자한 나머지 허물을 가지지 않았으니, 어찌 마땅하지 않다고 하겠습니까?"

유신은 춘추에 대해서 드러나는 하자가 없음을 분

명히 밝히고 오직 그만이 위기에 처한 나라의 처지를 구할 수 있다고 또 다시 강조했다.

그때 춘추가 다시 입을 열었다.

"저로서는 대임을 감당할 능력이 없습니다. 처음 호림공께서 말씀하셨듯이 상신으로 하여금 보위를 잇도록 하여 천 년 사직과 백성들을 이끌도록 해주십시오."

두 번째 고사였다.

이에 유신이 춘추를 쏘아보며 말했다.

"공께서는 어찌 무작정 거절만 하십니까? 지금에 이르러 생각해보건대 나라가 흥하느냐 망하느냐의 중대한 기로(岐路)에 처해 있습니다. 마땅히 공께서 나서서 나라의 위급함을 구하지 않는다면 과연 누가 이 나라의 참람한 처지를 돌려 융성의 길에 올려놓을 수 있단 말씀입니까?"

유신은 마지막으로 춘추를 밀어 더 이상 중론이 없도록 하려고 했다.

좌중(座中)은 물을 끼얹은 듯 조용했다. 다시 긴 침묵이 이어졌다. 그들이 앉아있는 우지산 정상의 정자 전체가 무겁게 내려앉은 느낌이었다.

그때를 놓치지 않고 알천이 다시 말을 이었다.

"제가 굳이 보위를 사양하는 까닭은 이렇습니다. 만일 제가 임금이 되면 백성들이 더 나은 삶을 살아갈 수 있을지도 모릅니다. 그러나 당나라와 협력해 양쪽의 적을 물리치지 못한다면 그 또한 무슨 가치가 있을 것이며, 신라의 천하는 또다시 전란에 쌓여 백성들의 참담함이 계속될 것입니다. 근래에 들어 서적과 북적의 침공이 없어 나라가 비교적 조용한 이유는 그나마 우리가 당과 긴밀한 관계를 유지하고 있기 때문인데, 이는 또한 전적으로 춘추공의 노고가 따르지 않고는 가능하지 않은 일이라는 것을 누구나 알고 있습니다. 백성들의 호의호식보다 더욱 중요한 것은 백제를 치고 고구려를 토벌하여 삼한을 한데 어우르는 것에 있습니다. 그리하자면 당연히 춘추공 만한 영걸(英傑)이 다시없을 터이니 그로 하여금 보위를 잇도록 해야 합니다."

그러자 춘추가 다시 입을 열었다.

"제게는 아직 나라를 짊어지고 이끌어갈 만한 힘이 없습니다. 상신께서 나라를 맡아도 저는 마땅히 견마지로(犬馬之勞)를 다해 당과 관계된 모든 국가적 소임을 다할 것인즉, 마땅히 분부를 거두어 주시기 바랍니다."

춘추는 한사코 자신에게 대임을 맡은 능력이 없음을 강조했다. 세 번째 사양이자 고사였다. 동시에 그는 소싯적에 어쩔 수 없이 자신이 품을 수밖에 없었던 무망(無望)의 시절을 반추(反芻)하고 있었다.

'권력이란 과연 무엇인가?'

자신이라 해서 어찌 보위에 뜻이 없었겠는가?

지금은 비록 고타소가 비명에 죽고 없지만 어린 그녀의 고사리 같은 손을 잡고 굳게 맹세했던 바대로, 범부로 살며 평범함 속에서 일상적인 행복을 추구하는 것 역시 중요하고 가치 있는 일이라는 믿음에는 변화가 없었다. 그러나 왕이 된다면, 진평왕 이래로 백반과 작당해 정사를 독단하고 전횡을 일삼던 사악한 중신들을 척결해 부패한 조정을 쇄신하고, 백제와 고구려를 토벌해 삼한을 한데 아울러 전체 삼한 백성이라면 누구나 발을 길게 뻗어 편히 잠들 수 있도록 만들고 싶은 욕망 또한 외면할 수 없었다.

권력을 움켜쥐기 위해 호시탐탐 기회를 노리던 백반의 얼굴도 떠올랐으며, 현무문(玄武門)의 난을 통해 형제를 무자비하게 도륙내고 아비를 윽박질러 가면서까지 권좌를 차지한 당 태종의 모습도 떠올랐다. 무릇, 세상 사람들의 권력에 대한 지향은 본능에 따르는 필연적인 것이라는 생각이 들었다. 그러면서도 권력을 얻으려는 욕심이 결코 자신과 자신의 일가를 편안하게 건사하려는 개인적인 영달을 목적으로 성취하려는 것이 아니라면 괜찮겠다는 생각이 비로소 들었다. 삼한을 일통하여 온갖 백성들이 편안히 살 수 있는 보다 나은 세상을 이루기 위해 자기희생을 마다 않겠다는 각오가 새롭게 피어올랐다.

알천을 정점으로 한 구귀족 세력의 독단과 전횡은 선덕여왕과 진덕여왕 대까지 끊임없이 계속되고 있었다. 그 때문에 춘추는 진평왕이 돌아가신 다음부터 정국이 돌아가는 상황을 예의 주시 하고 있었다. 그리고 마침내 때가 이르러왔음을 믿어 의심치 않았다. 주위의 여건이 변한 나머지 나라와 백성들이 자신이 왕위에 오르는 것을 원하게 됐음을 깨달은 것이다. 따라서 춘추가 무려 세 번씩이나 보위를 고사한 이유는 겸양의 미덕을 과시하려는 형식적인 절차에 불과했다. 또한 이처럼 왕위를 거절함으로써 지금까지 자신을 견제하기 위해 혈안이 돼 있던 세력들을 철저히 굴복시켜 저들에게서 더욱 많은 정치적 양보를 얻어내려는 치밀한 원모(遠謀)가 배경에 깔려 있음을 굳이 부인하지 않았다.

수굿이 앉아있던 염장공이 처음으로 입을 열었다.

"술종공께서는 과연 유신공의 의견을 어찌 생각하십니까?"

조금 전에 술종공이 나서서 알천에게 섭정을 맡기자는 얘기를 했기 때문에 그에게 의견을 묻고 있는 게 틀림없었다.

"저로서야 당초부터 알천공으로 하여금 섭정을 맡도록 할 만큼 궁색한 뜻을 낼 수밖에 없었으니, 반대할 도리가 있겠습니까? 춘추공을 옹립하는데 있어서 추호도 반대할 의사가 없소이다."

그 역시 자신의 뜻을 거둬들였다.

"춘추공에게 보위에 오르게 하는 것은 공으로 하여금 호강하라는 것이 아니었소. 대임을 물려받으면 그날부터 밤잠을 설치며 잡다한 국사를 돌보고 또한 나라 밖의 적들을 멸하기 위해 하루인들 편안한 날이 없을 것이오. 국사가 어렵다는 것은 천하가 다 아는 일이니 우리가 춘추공을 내세워 그것을 맡아달라며 떠넘기는 셈일 뿐이외다."

"춘추공께서는 상신의 아름다운 뜻을 어찌 거절하려 하시오? 지나친 사양은 오히려 나라의 장래와 이

자리에 모인 사람들을 곤경에 빠뜨리는 격이 될 뿐이오."

술종공과 함께 호림공, 임종공이 차례로 나서서 이제는 오히려 춘추를 설득하기에 이르렀다. 마침내 저들이 상황을 직시하게 된 것이 분명했다. 그러자 유신은 마음속으로 회심의 미소를 지었다.

"어찌 됐거나 이제 신라는 서기가 뻗쳐 하늘에 닿고 남을 것입니다. 지난번까지만 해도 보위를 찬탈하기 위해 서로 창칼을 들고 다투었는데 이처럼 서로 양보하니, 어찌 신라의 융성함이 더욱 울울창창하지 않을 수 있겠습니까?"

금강공이 마지막으로 말했다. 이는 전대의 진평왕과 선덕여왕을 염두에 둔 말이었다. 그의 말을 끝으로 임금을 정하는 일이 자연스럽게 결론이 났다.

"이로써 오늘의 일은 결정을 본 셈입니다. 춘추공께서는 한시라도 빨리 보위에 올라 흐트러진 국사를 바로 잡고 젊어서부터 꿈꾸어오던 삼한일통의 대업을 이룩하는데 박차를 가해 주시오. 우리 모두 바라는 건 오직 그것뿐이오. 그리고 공께서는 만인의 윗자리에 올라 제왕의 영광을 누리시는 건 조금 늦춰주시기 바랍니다. 온갖 영화와 일신의 편안함은 대업을 완수한 후에 누리시도록 바라오.”

알천이 결론을 내렸다.

“참으로 난감하옵니다. 저와 같은 하찮은 자질로 어찌 그처럼 막중한 대임을 맡아 능히 나라를 크게 일으켜 세우겠습니까?”

춘추가 한숨을 푹 내쉰 뒤 이르러 말했다.

“여러 제현(諸賢)들께서는 춘추공을 보위에 올리는 일의 내락(內諾)에 반대하는 의견이 있다면 지금 필히 말씀하시오.”

알천이 물었다. 그러나 반대하는 사람이 있을 수 없었다.

화백회의를 마치고 산에서 내려오는 길에 유신은 뒤따르는 알천을 기다렸다가 은근히 입을 열었다.

“참으로 어려운 결정을 내려주셨습니다. 진심으로 고마울 뿐입니다.”

이에 알천이 하늘을 우러러보며 말했다.

“허허허……. 내 비록 처음에는 나 자신도 쉽게 결정을 내리기가 난감한 바가 없지 않았으나, 지금은 오히려 속이 후련해져서 큰 짐을 내려놓은 것 같네.”

그의 웃음소리가 어쩐지 공허하다고 유신은 생각했다. 그러나 알천 역시 오직 나라를 위하고 사직과 백성들의 안위를 생각해 어려운 결단을 내려 준 것임을 알고 있었기 때문에 감사하는 마음뿐이었다.

"이번 일에는 누구보다도 돌아가신 용춘 어른이 가장 기뻐할 걸세. 그 어른이 성골 신분만 그대로 유지하고 계셨던들 춘추공이야 진작 보위를 물려받아 나라를 빈틈없이 다스렸을 것이며, 또한 당 태종과 함께 거사를 일으켜 지금쯤 백제는 흔적도 없는 나라가 됐을 텐데……. 참으로 안타깝기 그지없네. 아니 그런가?"

"옳은 말씀이십니다."

유신이 맞장구를 쳤다.

나라의 운명을 결정짓는 원로들의 회동이 세상에 알려지자 신라의 백성들은 하나같이 기뻐하기를 마다하지 않았다. 흥분과 감동으로 인해 저마다 눈물을 흘리며 두고두고 세간의 화젯거리로 삼았다.

"과연 김춘추일세. 무려 세 번씩이나 왕위에 오르라는 주위의 권유를 물리쳤다지 않는가?"

"그야 알천도 마찬가지지. 임금님 자리가 누구네 집 강아지 이름인가? 누군들 그리 쉽게 양보하며 물려주려 하겠는가?"

"어찌 됐건 이제 살맛이 나네. 그처럼 아귀다툼을 벌이며 서로 차지하려고 싸우던 보위가 아니었던가? 서로 네가 하라며 다툴 지경이었다니 이제야말로 살맛이 저절로 나네."

"이제야말로 삼한의 끝자락에 위치한 신라에 서광이 비치게 된 것일세. 왕권이 순리에 의해 넘어가게 된 것이 과연 얼마 만인가?"

자세한 내막을 알 길 없는 백성들은 그 자리에 모였던 중신들을 칭송하기에 바빴다. 그런 까닭에 춘추를 기필코 옹립하려던 유신과 구귀족 세력 간에 다소 알력이 있었다는 사실은 영원한 비밀로 묻혀버리고 말았다.

김춘추, 왕이 되다

영휘(永徽) 5년 갑인(甲寅: 654년) 4월.

마침내 춘추는 왕위에 올랐다. 그는 우선 돌아가신 아버지 용춘을 문흥대왕(文興大王)으로 추봉(追封)하고, 어머니 천명공주를 문정태후(文貞太后)로 추증(追贈)했다. 더불어 나라의 죄수를 크게 사면하고 내치(內治)에 힘을 쏟았다.

당나라에서는 사신을 보내 춘추를 개부의동삼사(開府儀同三司) 신라왕(新羅王)으로 봉했다. 이에 춘추도 당나라에 사신을 보내 감사하는 마음을 표했다.

춘추는 활기에 넘쳐 의욕적으로 정사를 보살폈다. 우선 골품제를 폐지해 서민 자제 출신이라도 그 재주가 비상하고 뛰어난 자라면 누구에게나 조정의 중책을 맡겨 등용했으며, 그동안 차별이 계속돼 오던 가야인에 대한 관례도 뜯어고쳐 백성들이 서로 거리감을 느끼지 않게 했다. 이는 지금껏 자신이 당해왔던 설움의 근원을 없앤 것임과 동시에 가야 출신인 유신에 대한 배려였다.

이방부령(理方府令) 양수(良首) 등과 함께 머리를 맞대고 잘못되거나 하자(瑕疵)가 있다고 생각되는 율령을 뜯어고친 것만도 무려 60여 조에 이를 정도였다. 이찬으로서 조정에 나아가 그동안 정사를 보필하며 쌓아왔던 경험을 십분 활용해, 백성들이 마음 편하게 생업에 종사할 수 있는 좋은 세상을 만들기 위해 힘을 쏟았다.

법민은 이때 병부령(兵部令: 지금의 국방장관)으로서 군사의 일을 맡아 돌보고 있었다. 그러나 아버지 춘추가 신라의 왕위에 오르고 보니 지금까지 보다 더욱 행동이 조심스러울 수밖에 없었다. 또한 왕자로서의 위신과 체통에 작은 흠이나마 미치지 않도록 처신에 있어서 신중함을 제일로 삼았다.

이듬해인 을묘(乙卯)년 봄.

정월에 이찬 금강(金剛)을 상대등으로 삼고 파진찬(신라 제4위의 관등) 문충(文忠)을 중시로 삼았다. 이로써 선왕 즉위 초부터 상신의 직에 있었던 알천으로 하여금 섭정으로 삼아 나라를 좌지우지하려던, 구귀족세력에 대한 견제를 확실하게 하는 효과를 낳았다. 명실상부하게 신라의 전권을 거머쥐게 된 것이다.

2월에 백제가 고구려, 말갈과 연합해 북쪽 국경을 공략했다. 그들은 무려 33개의 크고 작은 성을 공격해 빼앗아 탈취했다. 왕위 계승 후 아직 안정되지 않은 허점을 이용한 저들의 재빠른 공략이었다.

"저 철천지원수들에게 어찌 앙갚음을 해야 맺힌 원한이 풀릴 것인가?"

춘추는 탄식과 동시에 필히 저들에게 응분의 대가를 치러주겠다며 다짐하기를 주저하지 않았다. 법민은 그 모습을 옆에서 지켜보며 새삼 저들의 행위에 분노를 느꼈다. 신라의 입장에서는 백제와 고구려의 양면 협공을 받았을 뿐 아니라 북쪽의 말갈까지 저들과 연합했으므로 처지가 더욱 옹색해졌다. 더구나 등 뒤로는 백제와 동맹관계를 맺고 있는 왜의 위협을 동시에 받고 있었기 때문에 시급히 대책을 강구하지 않으면 안될 입장에 처했다.

"이는 백성들의 안위는 물론이고 나라의 사직까지

도 위태로운 지경에 몰린 위급한 상황임이 분명하다.”

법민 역시 나라의 군권을 책임진 입장에서 위기를 걱정하지 않을 수 없었다.

그처럼 나라의 운명이 심각한 위험에 노출돼 있는 와중에도 백제와 고구려는 다시 신라와 당나라의 주요 통로인 당항성(黨項城: 지금의 경기도 화성군 남양)을 탈취하기 위해서 번갈아 가며 공격을 해왔다. 두 나라의 신라에 대한 압박은 끈질기고 집요했다. 춘추는 즉시 당나라에 급사를 보내 시급히 군사를 동원해 적들을 치자며 구원을 요청했다.

이에 당의 이치는 즉각 영주도독 정명진(程名振)과 좌우위중랑장(左右衛中郎將) 소정방(蘇定方)을 파견해 고구려의 북쪽 요동을 공격했다. 이는 고구려의 북쪽 변방을 공격함으로써 신라에 대한 저들의 압력을 완화시켜줄 뿐만 아니라 고구려를 치기 위한 야심(野心)을 드러낸 것이었다. 그러나 소정방의 당군은 불과 기천의 군사만으로 공격하는 시늉만 냈다. 때문에 단순히 신라에 대한 적들의 공격을 일시적으로 완화시켜주었을 뿐, 근본적으로 고구려를 멸하기 위해 대군을 크게 일으킨 것과는 거리가 멀었다. 다만 신라를 도와 당이 언제든 군사를 동원할 수 있다는 인식을 고구려에 전달함으로써 저들에게 경각심을 일깨워주었다.

어려운 국사를 처리하느라 바쁜 와중에도 춘추는 법민을 태자(太子)로 삼아 신라의 왕으로서 위엄에 어울리는 마땅한 체제를 갖추고, 만일의 경우에 생길지도 모를 불의의 유고(有故)에 대비하는 등 치밀함을 보였다.

아울러 다른 아들들의 벼슬을 한 단계씩 올려주었다. 문왕(文王)을 이찬(伊湌)으로, 노차(老且)를 해찬(海湌)으로, 그리고 인태(仁泰)를 각찬(角湌)으로 올렸으며, 지경(智鏡)과 개원(愷元)을 또한 각각 이찬(伊湌)으로 삼았다. 그때 법민의 나이 서른이었으며, 자의 궁주와의 사이에 네 명의 아들을 두고 있었다.

9월 들어 춘추는 법민의 누이인 지조(智照)를 대각찬(大角湌)으로 승차한 김유신과 혼인(婚姻) 시켰는데 그 내막은 다음과 같았다.

유신에게는 원래 삼광(三光)과 원술(元述) 두 아들이 있었다.

하지만 다소 껄끄러운 과거의 일로 인해 소생을 두게 됐다. 그는 천관녀와 마지못해 헤어지고 난 뒤 괴로운 심사를 가누지 못하고 매일 정신을 잃을 때까지 술을 마신 나머지 점점 피폐해져 갔다. 시간이 흐르면 점차 잊어질 것이라는 주위의 걱정과는 달리 날이 갈수록 더욱 황음무도(荒淫無道)해진 나머지 점차 폐인에 가까울 정도로 이성을 잃어 갔다. 이에 서현 부부는 물론 보는 사람마다 걱정하기 이르렀다. 결국 동네 사람들이 손가락질까지 하는 지경에 이르자, 그의 어머니 만명부인이 생각다 못해 서현에게 말했다.

"유신이 저처럼 마음을 잡지 못하고 허구한 날 오직 술로 세월을 탕진하니 이 일을 어찌하면 좋겠습니까? 저대로 내버려두었다가는 집안의 장자를 망치게 될지도 모르겠습니다."

"나 역시 그런 생각에 요즘 밤잠을 설치고 있소. 그러다 말겠지 하고, 지금까지 기다려 왔으나 근자에 들어 더욱 걷잡을 수 없으니 마땅히 방법을 강구해야 되지 않겠소?"

서현 역시 아비 된 도리로 크게 걱정을 아끼지 않았다.

"차라리 혼처를 구해 성혼을 시켜봄이 어떨까 싶습니다."

만명부인이 말했다.

"그렇게 해서 유신이 마음을 다잡을 수 있다면 좋

으련만…….”

서현은 아내의 뜻에 반승낙을 했다. 당시 나이 삼십을 넘겼는데도 하루가 다르게 몰락해가는 아들의 모습을 더 이상 지켜볼 엄두가 나지 않아 강구한 방법이 혼사에 다름 아니었던 것이다. 그래서 서둘러 매파(媒婆)를 넣고 중매를 들여 혼처를 구하게 됐다. 당시 서현이 만노군 군주로 나가 있었기 때문에 자연 그 지방의 양갓집 처자를 구해 결국 유신의 혼인을 성사시켰다.

유신은 아내가 된 설(薛)씨 부인을 크게 탐탁잖아 여기는 눈치였으나 신접살림을 차리고 일 년 후 첫아들을 낳았다. 그나마 가정을 갖게 됨으로써 유신이 어느 정도 안정을 찾았다는 증거이기도 해서 서현 내외도 한시름 놓게 됐다.

유신과 설씨 부인과의 부부생활은 그런대로 순탄했다. 결혼한 지 3년 후에는 다시 둘째 아이를 낳았는데 역시 남아(男兒)였다. 이로써 유신은 삼광과 원술, 두 아들을 두게 됐다.

그러나 10년 정도 살았던 설씨 부인이 병을 얻어 세상을 등지고 말았다. 겨우 두 아들만을 남겨 놓은 채 시름시름 자주 병치레를 하더니 급기야 어느 날 눈을 감고 만 것이다. 유신으로서는 10여 년 동안이나 이어져 오던 가정이 졸지에 크게 흔들리고 종심을 잃게 된 셈이었다. 그 후 유신은 다시 장가를 들지 않은 채 20여 년을 견뎌 왔으니 홀아비 생활이 어느덧 몸에 밴 듯 당당해 보이기까지 했다.

왕비가 된 문희가 자신의 친정 식구들에게 새삼스럽게 눈을 돌리게 된 이유는, 둘째 오라버니인 흠순은 그런대로 가정을 꾸리며 자식을 낳고 잘살고 있었으나 큰 오라버니인 유신과 언니인 보희의 처지가 딱해 보였기 때문이다. 부모님이 돌아가신 뒤 유신과 보희가 마땅한 배필을 구하지 못한 채 오라비는 홀아비로, 언니는 처녀 귀신이 될 지경이었으니 신경이 쓰이지 않을 수 없었던 것이다.

유신의 나이 벌써 환갑에 이르렀으며, 보희 또한 이미 마흔이 넘었으니 어찌 친정 일에 발 벗고 나서지 않을 수 있겠는가? 이에 우선 유신이라도 가정을 갖도록 주선을 하고자 했다. 이는 국모가 된 처지로 자신의 집안을 말끔하게 정리해두지 않으면 백성들로부터 입방아에 오르내리며 여러 가지로 득이 될 게 없을 것이라는 염려 때문이었다.

문희는 조용한 날을 잡아 유신을 내전으로 청해 불러들였다.

어느 날 유신이 퇴청을 하기 위해 편전의 문을 나서는 중이었다. 그때 내관이 다가와 유신에게 이르렀다.

“왕비마마께서 유신공께 드릴 말씀이 있으시다며 급히 모셔오라는 분부가 계셨습니다.”

“그래? 무슨 일이라 하시던가?”

유신이 영문을 몰라 물었다.

“연유는 소인에게 말씀하시지 않았사옵니다.”

내관은 다만 고개를 숙일 뿐이었다.

유신은 내관을 따라 들어가 내실 깊숙한 곳까지 안내를 받았다. 춘추는 아직 편전에 있었는지라 문희가 기다리는 내실 주변은 고즈넉할 뿐이었다. 이윽고 조용한 별궁에 마련된 조촐한 주안상 앞에서 문희와 마주앉았다.

“왕후께서는 그간 무양하시었는지요?”

유신이 신하된 도리로 왕비께 뵙는 예를 표하자 문희가 황급히 손을 흔들며 말렸다.

“오늘은 제가 사사로운 일로 오라버님을 뵙는 것이오니 오라버니께서는 마땅히 상좌에 앉으십시오.”

그리고는 서둘러 유신을 상석에 앉도록 한 뒤 마주 앉아 유신의 잔에 술을 따르고는 웃는 얼굴로 말했다.

"오늘은 제가 오라버니를 모시고 저의 본가(本家) 일에 대해서 상의를 나누어 볼까 하고 감히 뫼셨습니다. 버릇없다 책망치 마시고, 오라버니께서는 제가 드리는 말씀을 깊이 숙고하시어 어떻게 처리하는 것이 올바른 것인지를 판단하시기 바랍니다."

유신은 다소 당황하고 긴장된 얼굴로 급히 물었다.

"무슨 연유가 있으십니까?"

비록 동생이었지만 문희가 왕비인지라 사사로이 집안 얘기를 나누면서도 예를 갖춰 존대를 할 수밖에 없었다.

"별다른 일이 있는 것은 아닙니다. 오히려 일이 진행되는 결과를 살펴보자면 경사스러운 일이지요."

문희가 유신을 올려다보며 말했다.

"오라버니께서 홀아비가 되신지 20년이 되도록 혼자 세월을 보내실 뿐이니, 참으로 그 이유를 알 수가 없사옵니다. 어찌 배필을 정해 가정을 꾸리지 않으십니까?"

문희가 물었다.

그러자 유신이 너털웃음을 터뜨렸다.

"하하하, 제가 이미 20년이 넘도록 홀아비로 지내왔는데 새삼스럽게 이제 와서 장가를 들어야 할 일이 무엇이겠습니까? 이젠 홀아비 생활에도 이력과 재미가 생긴 나머지 불편한 점이 없습니다. 굳이 사람을 맞아 배필을 정하든 그렇지 않든 무엇이 다르겠습니까?"

그제서야 그는 마음이 놓인다는 듯 술잔을 들어 비웠다. 다른 문제인 줄 알고 잔뜩 긴장했으나 자신의 일이라서 마음이 놓인다는 표정이었다.

"그러나 주위의 눈도 있고 오라버니께서 이미 왕실 가문과 무관한 처지도 아닌지라, 요즘 들어서 제가 신경이 쓰일 뿐입니다. 더구나 부모님께서 돌아가신 뒤로 마땅히 저의 친정 집안의 일에 발 벗고 나서서 매듭을 지어줄 사람이 전무한 상태인지라 제가 어찌 나서지 않을 수 있겠습니까?"

문희의 말은 친정 가족들의 일을 선후를 가려 처리하려는 마땅한 사람이 없으므로 자신이 직접 나서서 마무리를 짓겠다는 뜻에 다름 아니었다.

"하하하, 환갑이 넘은 신랑한테 시집오겠다는 여인이 과연 있겠습니까? 왕비께서는 과히 소신의 일에 괘념치 마십시오.”

그때까지만 해도 유신은 문희의 말을 가볍게 흘려듣고 있었다.

그러자 문희가 정색을 하며 말했다.

“오라버니, 제 말을 잘 들어보십시오.”

사뭇 표정이 간곡하기까지 했다.

“말씀하십시오.”

“실은 지소공주가…….”

왕비는 몹시 어려운 얘기를 꺼내듯 머뭇거리며 겨우 입을 열었다.

춘추의 첫 부인인 보라궁주가 지소를 낳다 극심한 산통(産痛)으로 세상을 떠난 뒤 언니인 고타소는 일찍이 성혼을 한 후 대야 성에서 품석과 함께 죽고 말았다. 그러나 지소는 문희의 알뜰한 보살핌으로 곱게 성장했으나 성혼할 시기가 돼 혼처를 구해줘도 고개를 흔들 뿐 아직 시집을 가지 않고 있었다. 동생들이 나이가 들어 혼처를 구해 성혼을 하는 등 집안이 온통 법석을 떨어도 아직까지 처녀로 남아 있었다.

“지소공주에게 무슨 사연이 생겼습니까?”

유신이 걱정스럽다는 듯 물었다. 유신으로서는 과거 춘추에게 부인과 소생이 있다는 걸 엄연히 알고 있었으나 문희와 인연을 맺도록 술책을 부린 일이 있었던 탓에 아직까지도 그 일에 부담을 느끼고 있었다. 아울러 춘추가 고타소를 잃고 난 뒤 지소공주를 끔찍이 위한다는 사실을 잘 알고 있었기 때문에 걱정이 되지 않을 수 없었다.

"지소가 큰 오라버니 같은 사람이 아니면 혼처를 정하지 않겠다며 떼를 쓰고 있습니다."

왕비는 매우 조심스러운 듯 유신의 시선을 피했다. 그러나 유신은 미처 눈치를 채지 못한 나머지 한껏 밝은 표정으로 크게 웃음을 터뜨렸다.

"하하하, 그것참 잘된 일입니다. 서른이 넘도록 마땅한 혼처를 정하지 않아 외숙인 저로서도 매우 기묘한 일이라 생각했는데, 비로소 성혼하겠다고 나섰다니 어찌 반갑지 않겠습니까? 즉시, 용맹스럽고 총명한 신랑감을 구해 정혼을 치르면 걱정할 일이 없을 것입니다. 즉시 수소문해보도록 하겠습니다. 아마 부마가 될 출중한 인물들이 줄을 서서 기다릴 것입니다. 왕비께 미리 감축을 드리는 바입니다."

유신은 영문도 모른 채 기뻐하기만 할 뿐이었다.

그러나 문희가 다시 정색을 하며 말했다.

"오라버니 말처럼 일이 간단하지가 않습니다."

"왕비께서는 너무 걱정하지 마십시오."

유신은 여전히 싱글벙글하기만 했다. 그처럼 고집을 부리며 시집을 가지 않겠다던 처녀가 뜻을 바꾸었으니, 걱정할 일이 무엇이냐는 듯 태평한 얼굴이었다. 이에 문희가 한동안 생각에 잠기더니, 이윽고 결심이 선 듯 입을 열었다.

"실은……. 지소공주가 시집을 가겠다며 그 상대로 분명히 점찍어 말한 사람이 바로 오라버니이십니다."

"네?"

문희의 말을 들은 유신은 영문을 알 수 없다는 듯 어리둥절한 표정으로 눈을 크게 뜨고 다시 물었다.

"그게 무슨 말씀이십니까?"

유신은 미처 알아듣지 못했다는 표정이었다. 왕비의 말이라 해서 어찌 쉽게 알아들을 수 있겠는가?

"오라버니께서 듣기에 다소 황당할 것이 틀림없으나, 지소공주가 마땅히 배필로 정하고 싶어 하는 분이 오직 오라버니뿐이라는 말씀입니다."

문희가 다시 차분한 음성으로 설명을 하기 시작했다.

"네?!"

그제서야 유신은 깜짝 놀라 한동안 벌린 입을 다물지 못했다.

"왕비께서는 어찌 그런 터무니없고 맹랑한 말씀으로 소인을 놀리십니까?"

도무지 믿어지지 않는다는 표정이었다.

"사실인 것을 어찌합니까?"

문희가 오금을 박듯 분명히 말했다.

유신이 이윽고 농담이 아님을 알아차린 듯 답답하다는 표정으로 입맛을 쓰게 다셨다.

"제가 장수로서 싸움에서 운 좋게 이기고 돌아오는 것이 필시 지소공주의 눈에 보기 좋게 비쳤을 수도 있습니다. 아마 일시적인 호기심으로 인해 철없는 소리를 할 수 있으니 잘 타이르도록 하십시오."

유신 역시 일의 막중함이 실감되는지라 심각하게 받아들이는 모양이 역력했다.

"그것이 아닙니다. 어렸을 때부터 한사코 외숙과 같은 남자가 아니라면 결코 시집을 가지 않겠다며, 그동안 혼처가 나와도 꿈쩍도 하지 않았습니다. 헌데, 이제 와서는 아예 오라버니를 점찍어 외숙께 시집을 가겠다며 안달이 났으니, 이 일을 과연 어찌하면 좋겠습니까? 제가 처음에 깊이 생각하시라는 말씀을 드린 이유도 실은 그런 어려운 속사정이 있었기 때문이었습니다."

"당치도 않는 말씀입니다."

유신이 고개를 세차게 흔들며 분명히 말했다.

"당치도 않는 일이 피하기만 해서 될 일이 아닙니다."

문희 역시 유신처럼 심각한 표정을 지었다. 유신이 다시 입을 열었다.

"허나, 어찌 질녀를 맞아 혼사를 치르겠습니까? 만일 남들이 이 일을 안다면 웃으며 손가락질할 것이 뻔합니다."

유신은 좋다 싫다는 태도를 분명히 밝히지 않은 채 우선 난감하다는 뜻을 비쳤다.

"실은 사정이 그렇지만도 않습니다."

한동안 뜸을 들인 후 다시 왕비가 입을 열었다.

"지소가 옛적의 왕실 일까지 들먹이며 조목조목 코앞에 들이대는데 저로서는 마땅히 반박할 빌미를 찾을 수 없었습니다."

지소가 문희에게 말했다는 왕실의 옛적의 일이란 법흥대왕의 아우인 갈문왕 입종이 조카인 지소(只召) 태후를 아내로 맞아 진흥대왕과 외조부이신 숙흘종을 낳았음을 이르는 것이었다. 또한 진흥대왕도 역시 고모와 인연을 맺어 함께 살았던 일을 모조리 들춰가며 애기하는지라 문희로서는 마땅히 대꾸할 말이 막혔던 것이다. 신라의 풍습으로는 능히 있을 수 있는 일이었으므로 문희로서도 반대할 이유를 찾을 수 없었던 것이다.

한동안 묵묵히 앉아있던 유신이 물었다.

"이러한 일들을 대왕 전하께서도 이미 알고 계십니까?"

유신은 춘추가 이 일을 미리 알고 있는지 의아심이 생겼던 것이다.

"제가 대왕께 아뢰기를 지소가 큰 외숙이 아니면 죽어도 시집가지 않겠다고 한 애기를 전하기는 했으나, 오늘 이처럼 오라버니께 지소의 뜻을 전하겠다는 애기는 아직 하지 않았습니다."

"그랬더니 전하께서는 과연 뭐라 하셨습니까?"

"대왕께서는 철없는 아이의 괜한 투정쯤으로 여기시는 눈치였습니다."

"당연히 그러시겠지요. 저의 생각으로도 이 일은 불가한 일입니다. 그러니 없었던 것으로 돌리는 것이 옳을 듯싶습니다."

유신이 천천히 고개를 끄덕였다.

"지금에 이르러 지소는 막무가내입니다. 고타소

가 그처럼 비명에 죽은 일까지 들먹이며 한사코 오라버니가 아니면 자신의 신변을 누구에게도 맡기지 않겠다며 떼를 쓰고 있습니다. 오직 오라버니래야 자신을 능히 지켜줄 수 있다며 떼를 쓰니, 과연 이 일을 어찌하면 좋겠습니까?"

"……."

유신으로서는 입이 있으되 실로 할 말이 없었다.

"일이 이 지경이 됐으니 오라버니만 마음을 정하신다면 뒷일은 제가 알아서 할 테니 염려치 마십시오."

"참으로 난감할 뿐입니다."

그날 밤, 그 일은 마침내 춘추의 귀에까지 들어가고 말았다. 문희로부터 유신을 만나 얘기한 전말을 전해 들은 춘추는 한동안 고민을 하다가 이윽고 지소를 불러 확인하기에 이르렀다.

"아버님, 어머님, 누가 뭐라 해도 소녀를 큰 외숙과 성혼을 시켜주십시오. 그분이 아니면 세상에서 소녀를 지켜줄 사람은 아무도 없습니다. 언니가 그처럼 죽고 난 후 오랫동안 혼자 그런 생각을 해왔습니다. 제 뜻이 이루어지지 않을 바에는 차라리 죽어버리고 말겠습니다."

지소는 이미 이 일이 여러 사람 사이에서 공론화됐음을 빌미로 더욱 큰소리를 쳤다. 결국 춘추는 지소의 뜻을 꺾을 수 없음을 알고, 유신과 지소의 혼사를 서둘렀다.

결과적으로 두 사람이 부부의 연을 맺게 된 과정이야 어찌 됐든 유신은 춘추의 손위 처남인 동시에 옹서(翁壻: 장인과 사위)의 관계로까지 엮이게 됐으니, 참으로 유별난 인연이 아닐 수 없었다.

법민 역시 큰 누이인 고타소가 비명에 죽은 후 한 살 위인 지소누이와 유난히 가깝게 지내며 자랐으나, 마흔이 가까워도 성혼을 하지 않은 채 홀로 지내던 누이가 큰 외숙과 혼인을 하게 되자 한시름 놓게 됐다.

얼마 후 우수주(牛首州)에서 백설(白雪)처럼 하얀 사슴을 바쳤다. 사람들은 이를 보고 나라에 좋은 일이 있을 징조라며 서로들 기뻐해 마지않았다. 아울러 굴불군(屈弗郡)에서도 역시 하얀 돼지를 바쳤는데, 머리는 하나에 몸이 둘이었으며 다리가 여덟이나 됐다.

"이는 분명히 나라에 길조가 생길 징조다."

"돼지의 몸이 백설처럼 하얗고 몸이 둘에 다리가 여덟 개나 되니, 앞으로 신라 백성들은 크게 걱정하지 않아도 되겠구나."

백성들은 저마다 기뻐하기를 멈추지 않았다.

겨울에 접어든 11월의 어느 날이었다.

정청(政廳)에서 물러난 춘추가 내전에 들어 저녁을 먹고 있을 때였다. 붉은 촛불을 밝힌 방안은 아늑함이 머물러 있었고, 왕비 문희가 춘추의 시중을 들고 있었다.

"소첩, 대왕 전하께 드릴 말씀이 있사옵니다."

문희가 춘추의 수라상 옆에 앉아 수저에 반찬을 올려 놓아주며 말했다.

"말씀하시오, 부인."

"실은 소첩이……."

문희는 망설였다. 서슴없이 아뢰기에는 아무래도 뭔가 쑥스러운 점이 있는 듯했다. 지난번 유신 오라버니의 혼사를 추진하는 과정에서 느꼈던 민망함을 다시 접하게 됐으니 일면 당연한 일이었다.

"하하하, 부인! 무슨 말인데 그처럼 뜸부터 들이시는 게요?"

춘추가 왕비의 하는 모습이 사뭇 재미있다는 듯 눈치를 살피며 물었다.

춘추는 커다란 눈을 반짝이며 자세를 고쳐 앉은

왕비를 보자 자신도 몰래 왕비에게 실수를 범하지 않았는지 겁이 났다. 한 나라의 임금으로 즉위한 지 이제 두 해가 지났으니 겁이 날 일이란 없었지만, 천하의 김춘추도 문희가 바짝 다가앉으며 자세를 바로잡은 채 할 말이 있다는 데에야 나름대로 찔리는 구석이 있었던 것이다.

"소첩의 말씀을 잘 들어보십시오."

문희가 다시 입을 열었다.

"하하하, 말씀하시오. 과연 어떤 말씀인지 들어보십시다."

춘추는 헛웃음을 터뜨리며 너스레를 떨었다. 이처럼 허둥거리는 것은 곤란한 얘기가 나오는 경우를 대비해서 미리 선수를 쳐두려는 의도였다. 그러나 문희는 여전히 심각한 표정을 지으며 앞으로 다가앉았다.

"제가 대왕 전하를 처음으로 만나 뵈옵기 전의 일이옵니다."

"그렇다면 요즘의 일이 아니라는 말씀이오?"

춘추는 자신이 왕위에 오르기 전, 처음 문희를 만나던 일을 떠올려보았다. 그러나 마땅히 짚이는 것이 없었으므로 의아한 눈으로 문희를 쳐다보았다.

"그러하옵니다."

"과연 어느 때의 일인지 나로서는 알 수가 없소."

춘추는 솔직히 얘기할 수밖에 없었다.

"허허, 그렇다면 참으로 오래전의 얘기인 셈입니다. 과연 무슨 일인지 말씀해보시오."

춘추는 자신과 문희가 서로 만나기 전의 일이라면 과히 걱정할 필요가 없다고 생각했다. 서로 인연을 맺기 전의 일이라면 그녀에게 득죄(得罪)할만한 일도 없을 것이 당연했기 때문이다.

"실은 소첩의 언니가 어느 날 밤에 꿈을 꾸었사옵니다."

결심이 선 듯 문희가 입을 열었다.

"처형께서 말씀이오?"

춘추가 눈을 들어 문희를 살폈다.

"그러하옵니다."

"그래, 과연 어떤 꿈이었소?"

춘추가 되물었다.

"언니의 말인즉슨, "꿈에 산에 올라 오줌을 누었는데, 그 오줌의 양이 어찌나 많은지 점점 넘치고 또 넘치다 이윽고 서라벌이 모조리 잠겨버렸다."라고 했사옵니다."

"허~어! 참으로 길몽이오, 그려."

춘추는 아무 생각도 없이 좋은 꿈이라는 사실만을 말했다.

"소첩이 그 꿈 얘기를 듣고 딴에도 몹시 좋은 꿈이라는 생각이 들어 언니에게서 그 꿈을 사겠다고 했습니다. 그러자 언니가 "과연 무엇으로 내 꿈을 사겠다는 말이냐?"라고 묻기에 "비단 치마 하나를 꿈 값으로 드리면 되겠지요."라고 했습니다."

"그래서?"

춘추가 되물었다. 재미있다는 표정이 역력했다.

"그리고 난 후 그 다음 날 대왕 전하와 소첩이 만나게 돼 오늘에 이르른 것입니다."

"허, 과연 그러한 일이 있었구려."

춘추는 새삼 고개를 끄덕이며 일이 그렇게 됐음을 비로소 알게 됐다. 이에 문희가 다시 숙연한 표정으로 입을 열었다.

"오늘에 이르러 대왕 전하를 소첩이 이처럼 옆에서 모시게 되니, 그때 언니의 스스럼없는 양보가 없었다면 이루어질 수 없는 일이었는지라, 언니에게 미안함과 죄스러운 마음을 금할 수 없사옵니다."

"짐은 전혀 모르고 있었던 얘기이지만 왕비와 과인이 서로 맺어지게 된 이면에는 그런 얘기가 있었구려. 참으로 처형의 마음 씀씀이가 우리 부부에게는 고마울 뿐이오."

춘추는 문희와 처형 사이에 있었던 일의 내막을 알고 새삼 놀랄 수밖에 없었다. 처형의 스스럼없는 양보가 없었다면 어찌 오늘이 있겠는가?

"소첩의 언니는 그때 제게 길몽을 팔았던 일을 후회한 나머지 아직도 성혼하지 않은 채 집안에 칩거하고 있는 중이옵니다."

그제야 춘추는 처형이 아직 혼인을 하지 않은 채 지금까지 홀로 지내는 이유를 알 수 있었다. 그러자 마음이 미묘하고 야릇해졌다.

"처형께서 아직 혼인을 맺지 않은 채 집에 머물러 있는 것이 오직 그런 이유 때문이란 말씀이오?"

춘추가 깜짝 놀라 되물었다. 새삼 보희가 아직 혼인을 하지 않은 채 집안에 칩거하고 있다는 사실이 놀랍고 한편으로는 미안해졌던 것이다.

"그러하옵니다."

"참으로 가슴 아프고, 아니 될 일이오. 과인이 본시 단순한 남정네의 하나로서, 아녀자의 여린 감정에 무심한 탓으로 미처 신경을 쓰지 못했소. 처형께서 아직 혼인을 하지 않고 있었음에도 전혀 그런 사실을 눈치채지 못했다니, 과인의 불찰이 클 뿐이오."

못내 측은지심(惻隱之心)이 이는 것을 어찌할 수 없었다. 아울러 자신과 얽힌 그러한 사연이 자매 사이에 존재하고 있다는 사실에 일말의 책임감 또한 느껴졌다.

"허면, 지금에 이르러서나마 부인께서 처형에게 혼인을 하도록 말씀을 드려보지 그러셨소?"

"소첩이 얘기를 아니해본 것이 아니옵니다."

"허면 처형은 과연 무엇이라 대답하셨소?"

"언니의 말씀인즉슨, "내 어찌 이제 와서 따로 혼인할 마음을 먹겠느냐. 다만 닿을 수 있었던 연분(緣分)이 끝내 닿지 않았으니, 차라리 이처럼 조용히 보내며 일생을 대왕 전하와 너의 행복함을 축원하는 것으로 만족하려 함이다."라고 말했사옵니다."

"그렇다면 이는 내게도 분명히 일말의 책임이 있음이오. 어찌하면 내가 처형의 일에 있어서 다소나마 면죄를 할 수 있을 것이며, 한편으로는 두 분 처남에게도 낯이 서는 일을 만들 수 있을지 왕비께서 일러주시기 바라오."

유신과 흠순까지 예로 들어가며 간곡히 물었다.

그러자 문희가 한참을 망설이다가 어렵게 입을 열

었다. 이는 큰 오라버니의 일이 마무리됐으므로 마지막 남은 언니의 형편 또한 매듭을 짓기 위한 수단에 다름 아니었다.

"대왕 전하, 소첩의 얘기를 한 번 들어보십시오."

"말씀하시오."

"이제에 이르러 다시 생각해보니 무릇 소첩이 대왕 전하를 모시게 돼 복을 누리는 것도 따지고 보면 모두 언니 덕분입니다."

"그건 부인의 말씀이 참으로 맞소."

"하오니 이제라도 언니를 불러들여 대왕 전하의 옆에 두고 마음을 위로하심이 마땅한 일인 줄 아옵니다."

그러자 춘추가 깜짝 놀라 되물었다.

"허면 부인께서 언니를 옆에 두고 거두시겠다는 뜻이오?"

"소첩이 언니를 거두겠다는 뜻이 아니라 대왕께서 언니를 거두어 주십사하고 부탁을 드리는 것이옵니다."

"과인에게 처형을 거두라는 말씀이시오?"

춘추가 당황한 나머지 급히 되물었다.

"그러하옵니다."

"과인이 어찌 처형을 거두란 말씀이오?"

춘추가 놀라며 거듭 물었다. 도무지 있을 수 없는

일이었던 것이다.

"어찌 어렵게만 생각하시옵니까? 따지고 보면 굳이 어렵게 여기실 일도 아닙니다. 쉽게 풀어갈 방도를 찾으십시오."

"왕비의 뜻이 진정이오?"

"전하, 어찌 그처럼 도리에 어긋난다고만 생각하십니까? 일을 단순하고 순리대로 풀어갈 방법을 찾으십시오. 이제 지소도 무사히 혼사를 마쳤으니 집안에 걱정할 일이라고는 없습니다. 다만, 언니의 일만은 전하께서 가늠하셔야 마땅한 일인지라 이처럼 소첩이 간청을 드리는 것입니다."

그제서야 춘추는 왕비의 뜻을 깨달을 수 있었다. 그러나 놀랍고 황당하다는 생각에는 변함이 없었다.

"그리되면 나라의 백성들이 과연 무엇이라 하겠소. 더불어 나라의 관습과 임금의 체통에도 심각한 영향을 끼치는 일이오."

"전하, 차분하게 깊이 생각해본다면 굳이 나라의 관습에 어긋나는 일도 아니며 전하의 체통에도 누가 되는 일이 아니옵니다. 전하께서 저희 자매를 동시에 거두어 주신다면 오히려 아름다운 일로써 백성들의 칭송을 들을 것입니다. 부디 통촉(洞燭)하시어 일의 근원을 바로 잡아주십시오."

춘추는 다시 깊은 생각에 잠겼다. 그리고는 처음에 자신이 문희와 맺어질 때에도 유신공이 마음에 두었던 건 문희가 아니라 그 언니인 보희였었다는 사실을 상기해냈다. 다만, 당시에 보희의 몸이 좋지 않았던 나머지 자신의 저고리 고름을 기워준 낭자가 문희로 바뀌었을 뿐이었던 것이다.

"그렇다면 과연 처형의 의중은 어떤지 알아보시었소?"

아무리 일이 그렇다 해도 조심스럽지 않을 수 없었던 것이다. 만에 하나 그녀의 뜻에 거슬리는 방향으로 일이 마무리된다면 그 또한 자신이 바라는 바가 아닐 뿐만 아니라 자신의 처지가 더욱 곤란해질 뿐이 생각했다.

"언니의 일은 소첩에게 맡겨주십시오. 소첩이 옳게 가름하여 전하의 높으신 체통에 누가 되지 않도록 일을 반듯하게 가려놓겠나이다."

"왕비의 뜻이 정녕 그렇다면 그리하시구려."

그렇게 되자 춘추는 선선히 물러날 수밖에 없었다. 문희의 뜻이 절실했을 뿐 아니라 한편으로는 처형에 대한 죄를 조금이나마 빌어 사죄할 방법을 찾을 수 있으리라 생각했기 때문이다.

그렇게 해서 문희는 친정집의 께름칙한 일들을 모조리 해결할 수 있었다.

춘추는 문명왕후의 언니인 보희에게서도 지원(知元)과 개지문(皆知文)이라는 왕자들과 공주 등을 두었다는 사실이 『화랑세기』에 명기돼 있다. 현재의 시각으로는 감히 있을 수도 없는 일이지만, 당시의 관습으로는 능히 가능한 일이었다.

그러나 호사다마(好事多魔)라 했던가?

지소를 유신에게 출가시켜 한시름 놓았던 춘추는 연초에 백제와 고구려로부터 침탈을 당한 나머지 저들의 수중에 떨어진 변경의 여러 성들을 회복하고자 절치부심했다. 한두 개의 성도 아니고 서른 개가 넘는 크고 작은 성을 적의 무리들에게 빼앗겼으니 마음이 편할 리 없었다. 백제와 고구려가 서로 의기투합한 나머지 피와 살처럼 아까운 강토를 유린했을 뿐만 아니라 빼앗은 강토 안에서 선량하고 무고한 백성들이 핍박받을 것을 생각하면 자다가도 벌떡 일어날 만큼 치밀어 오르는 분기를 참을 수 없었다.

"서쪽과 북쪽의 무도한 적들에게 많은 성들과 백성들을 빼앗긴 나머지 아직 회복하지 못하고 있으니, 과인이 어찌 잠을 편히 잘 수 있을 것이며, 음식인들 어찌 입안으로 들어가겠는가?"

춘추는 밥을 먹다가도 수저를 놓으며 탄식을 뱉었고, 다른 정사를 처리하다가도 문득 고개를 들어 먼 곳을 바라보는 일이 잦아졌다.

법민은 춘추의 절통할 만큼 참혹한 심사를 가까운 곳에서 지켜보고 있었지만 자신의 힘으로 마땅히 원한을 풀어 드릴 방법이 없기에 더욱 애가 탈뿐이었다. 춘추는 날마다 삼한일통의 원대한 대업만을 생각하시고 그 방법과 수단에 대해서 골몰한 나머지, 당신의 원대한 꿈을 여러 차례 조정 대신들이 모인 자리에서 피력했다. 그러나 서라벌 귀족세력들의 호응이 미미한지라 심사가 더욱 꼬여가고 있는 중이었다.

춘추의 절치부심(切齒腐心)하는 심려를 지켜보다 못한 유신이 입조(入朝)해 아뢰었다.

"지금 백제의 임금과 신하들은 심히 사치하고 지나치게 방탕한 나머지 국사를 살피지 않아 백성들의 원망이 하늘을 찌를 뿐만 아니라 신(神)까지도 노해 재앙과 괴변이 속출하고 있다 하옵니다. 이처럼 백제의 의자 임금이 무도한 나머지 그 지은 죄가 걸 주(桀紂)보다 심한 탓에 하늘이 노하여 벌을 내리는 중이오니, 진실로 신의 뜻에 따라 저들의 백성들을 위로하고 죄지은 자를 징치(懲治)해야 할 때라고 여겨집니다. 그러니 우선 백제만이라도 쳐서 마땅히 삼한일통의 거보(巨步)를 내디뎌야 할 때라고 아뢰옵니다."

예순을 넘긴 유신이 죽기를 각오하고 자청해 나섰다. 이에 춘추는 그의 우국충정이 새삼 귀하고 값지다고 생각했다.

"참으로 나라와 사직의 안위를 걱정하는 유신공의 충절이 값지고 무거울 뿐이오. 과인이 대장군께 1만의 군사를 내어줄 터이니 나아가 저들을 멸하고 잃었던 나라의 강토를 다시 찾아주기 바라오."

그리고는 즉석에서 유신의 청을 허락했다. 그러나 여타 귀족들은 이런저런 핑계만 댈 뿐 호응은 물론 스스로 움직이려는 노력조차 보이지 않았다. 이는 진평왕 이래 허울 좋은 이름을 차지하고 앉아 나라의 장래를 생각하지 않은 채 사리사욕을 채우기에 혈안이 돼 있는 구귀족세력이, 아직도 나라의 세력 판도에서 일정부분의 지분을 차지하고 있다는 반증이었다. 때문에 법민의 마음도 한층 무거울 수밖에 없었다. 다음 보위를 이을 태자의 신분으로 운신의 폭이 좁을 수밖에 없다는 점이 원망스러울 뿐이었다. 그러자 귀족들의 자기 보신에만 급급함에 비분강개한 김흠운(金欽云)은 주위의 만류를 뿌리치고 낭당(郎幢) 대감이 돼 유신을 따라 싸움에 나아갈 것을 자청했다.

"나라의 신하된 자로서 어찌 적국에 강토를 빼앗기고도 편안함만을 추구할 것인가?"

그는 귀족세력들에게 들으라는 듯 크게 일갈하고는 유신을 따라나섰다.

흠운은 일찍이 대왕의 셋째 딸인 요석(瑤石)공주와 성혼해 일가를 이루고 있었으니, 법민과는 처남과 손아래 매제 사이였다. 이에 법민은 그를 끔찍이 위하며 보살피고 있었는데 사람이 신실하고 믿음직한 구석이 있었기 때문이다.

9월 그믐께에 이르러 유신이 이끄는 1만의 군사가 백제의 양산(陽山) 땅 아래에 도착해 진을 치고 조천성(助川城)을 공격할 채비를 갖추었다. 흠운은 군졸들과 함께 전장에 나아가 차가운 비바람을 맞고 숙식을 그들과 똑같이 했으며, 잠을 잘 때에도 따로 자리를 깔지 않고, 행군 중에도 말을 타지 않았으며, 자신이 먹을 양식거리를 손수 싸들고 다니면서도 불평은커녕 오히려 군사들을 위로하기에 바빴다.

"우리가 이처럼 언 땅에서 잠을 자고 식은 밥덩이를 입에 넣으며 고생하는 것은 모두 저 백제 원수들을 무찌르기 위해 어쩔 수 없는 일이다. 모두들 기운을 차리고 성지(聖志)를 높이 받들어 이번 싸움에서 반드시 이길 수 있도록 하자."

그는 군사들을 독려하며 그들과 함께 어울려 같이 잠자고 같이 먹었다. 그러니 그의 사람 됨됨이를 보고 칭송을 하지 않는 자가 없었다.

그러던 어느 날 밤이었다. 가을이기는 하지만 10월이 가까워지고 있었으므로 차가운 밤 공기가 하늘을 갈랐다. 얼어붙은 땅에 몸을 웅크리고 누워 있던 흠운은 잠이 쉽게 오지 않았다.

그때였다.

"적군이다!"

"백제의 적들이 쳐들어왔다!"

보초를 서던 군졸의 외침소리가 어지럽게 밤공기를 가르며 날아들었다.

급히 몸을 일으킨 흠운은 서둘러 병기를 챙겨 들고 진채(陣寨) 밖으로 뛰어나갔다. 주위의 여러 곳에서 적들의 모습이 어른거리며, 불화살들이 날아들기 시작했다. 적들이 야음을 틈타 공격을 감행했음이 분명한지라, 흠운은 재빨리 말 위에 올라 큰소리로 외쳤다.

"모두들 당황하지 마라! 침착하게 대응하라!"

수하의 군사들에게 이르며 가까이 이르러 닿은 적병을 베어 넘겼다. 그러나 적의 갑작스런 공격에 크게 놀라 엎어지고 자빠지느라 도무지 쉽게 전열을 가다듬을 수가 없었다.

"즉시 몸을 피해 우측으로 퇴각하라!"

그러나 한 번 흐트러지기 시작한 전열은 쉽게 안정이 되지 않았다.

흠운은 우선 진채 안으로 뛰어들어온 적들을 치기에 급급한 나머지 미처 몸을 피할 수 없었다. 오직 한 명이라도 더 죽이기 위해 눈에 보이는 적들을 베어 넘기기에 여념이 없었다. 말고삐를 틀어잡은 채 적들이 이르는 방향으로 육박하며 무찌르다 보니, 흠운 혼자서 처치한 적의 숫자가 10여 명이 넘었다. 그러다가 문득 고개를 들어보니 적들이 쏜 불화살들이 분분히 날아다닐 뿐, 신라의 군사들은 싸우다 죽거나 도망가 눈에 보이는 자가 하나도 없는 지경이 됐다. 그러나 그에 상관없이 그는 말과 한 몸이 돼 이리 뛰고 저리 뛰며 적들의 목을 치기에 바빴다. 그 사이에 적들에게 그만 겹겹이 포위를 당하고 말았다.

"부마께서는 얼른 이쪽으로 뛰어나오십시오."

부장이 외치는 소리가 적들의 포위 밖에서 들렸다. 그러나 흠운은 결코 물러서지 않은 채 여전히 적과 대치했다.

"내 어찌 적을 앞에 두고 물러서겠는가? 결코 물러서지 않을 것이다."

"죽어라!"

그는 앞을 막아서는 적병을 칼로 내려치기에 정신이 없었다.

"이놈들! 감히 뉘 앞을 막아서려는 게냐!"

장검을 크게 휘두르며, 마치 신이 들린 듯 적병의 목을 베기에 여념이 없었다. 그러나 적들은 수가 많은지라 하나를 베어 넘기면 둘이 덤볐고, 둘을 간신히 처치하고 나면 이번에는 넷이 덤벼들었다. 결국 힘이 다한 나머지 적들의 장창과 화살에 맞아 말 위에서 굴러 떨어지고 말았다. 허를 찌른 백제 군사들의 날카로운 기습공격은 주위의 다른 신라군의 진영도 마찬가지였다. 그 결과, 이번 싸움에서 흠운과 더불어 죽은 자들 중에는 대감 예파(穢破)와 소감(少監) 적득(狄得), 보기당주(步騎幢主) 보용나(寶用那) 등이 있었고, 또한 나마 취복(聚福)의 아들 취도(驟徒) 역시 삼천당(三千幢)의 선봉에 서서 싸우다가 죽었다. 또 흠운 휘하의 많은 신라의 장졸들 목이 떨어지거나 적의 창에 찔려 죽었다.

설욕을 다짐하고 나아갔던 군사들의 숱한 죽음에 조정과 백성들은 크게 슬퍼하지 않을 수 없었다. 이윽고 싸움터에서 죽은 전사자들의 시신이 서라벌로 옮겨져 왔다. 법민은 춘추와 함께 대궐 밖까지 나가 수많은 장졸들의 죽음을 눈으로 직접 확인했다.

이 소식이 전해지자 가족의 생사를 확인하려는 사람들로 인해 왕궁의 대문 앞은 장사진을 이루었으며, 아들과 남편, 그리고 아버지를 잃은 자식들의 울음소리로 인해 서라벌 전체가 마치 벌집을 쑤셔놓은 듯 소란스럽기 그지없었다.

"대왕 전하! 이 몸을 참형에 처해주십시오!"

대나마(大奈麻) 전지(詮知)가 통곡을 쏟으며 세세하

게 전황을 설명했다.

"흠운공께서는 퇴각하라는 장수들의 명을 굳이 따르지 않았사옵니다.

"나는 이미 몸을 나라에 바치기로 마음먹었으니, 내가 설사 대왕의 사위라 한들 결코 물러서지 않을 것이다!"라고 분분히 외치며 적진에 뛰어들어 마침내 장렬하게 전사하였사옵니다."

법민은 전지의 얘기를 들으며 춘추와 더불어 통곡하고 분을 참지 못했다. 그러자 왕궁 앞마당은 졸지에 곡지통이 터지는 눈물바다로 변했으며, 한편으로는 조정의 대신들은 물론 백성들도 슬픔에 겨워 같이 울기를 멈추지 않았다. 고타소 누이를 잃고 난 뒤를 흠운마저 적들에게 잃었으니, 법민의 슬픔은 누구보다도 컸다.

자신의 가슴이 이처럼 찢어지고 아픈데 춘추의 심정이야 오죽 하랴 싶었다. 그러나 흠운의 죽음은 목숨을 초개처럼 여기며 나라를 흐트러짐 없이 지키려다 의연하게 죽었다는 점에서 타인의 귀감이 되고도 남는 일이었다. 급기야 소식을 들은 내전의 왕비와 누이동생 요석은 혼절하고 말았다. 급기야 병을 얻어 심하게 앓기까지 했다.

"아, 어찌해야만 저들의 원수를 갚고 또한 속이 시원해질 것인가?!"

법민은 끊임없이 탄식했다. 그러나 해야 할 일을 멈출 수는 없었다. 조정에서는 슬픔을 이기지 못하는 가운데 흠운과 예파에게는 일길찬(一吉湌)을, 보용나와 적득에게는 대나마의 관등을 추증했다.

백제를 멸하다

춘추대왕 7년 경신(庚申: 660년) 2월.

"지난 정월에 상대등(上大等) 위(位)에 봉직하던 금강공께서 갑자기 돌아가시었으니 이는 백성들의 슬픔이오, 나라의 커다란 손실(損失)이 아닐 수 없소."

춘추가 침통한 표정으로 말했다. 1월에 상대등 금강공이 죽었으니 그 후임자를 물색하겠다는 뜻을 분명히 한 것이다. 알천에게서 상대등 직책을 물려받아 봉직해오던 금강은 건강했으나 갑자기 쓰러져 유명을 달리하고 말았다. 이에 춘추는 문무백관들과 상의해 유신을 상대등으로 삼았다.

2년의 세월이 흘렀다.

"대왕 전하께 아뢰나이다."

중시(中侍) 문왕이 고했다. 재작년에 춘추는 중시

였던 문충(文忠)을 이찬으로 삼고, 당에 조공하고 돌아온 셋째 아들 문왕에게 직책을 맡겼다.

"작년 기미년(己未年: 659년)에 백제의 오합사(烏合寺) 경내(境內)에 크고 털빛이 붉은 말 한 마리가 나타나 밤과 낮으로 여섯 번을 돌아다녔다 하옵니다."

법민도 편전에 있었기 때문에 역시 문왕의 말을 듣고 있었다.

"붉은 말이라면 예로부터 상서로운 동물이라 하지 않더냐?"

춘추가 물었다.

"그러하옵니다, 대왕 전하. 그처럼 신령스러운 신물(神物)이 까마귀들이 모이는 오합사에 들어갔으니 이는 오히려 괴변이 아니고 무엇이겠습니까?"

"참으로 괴이한 일이로다. 과연 누가 그런 소리를 전해주었느냐?"

중시의 말에 춘추가 다시 물었다.

"백제에 보냈던 세작(細作: 스파이)의 입을 통해서 전해 듣게 된 얘기이옵니다."

"흠!"

"하옵고……."

"또 다른 얘기도 들은 것이 있느냐?"

"그러하옵니다."

"일러 보아라."

춘추의 명을 받은 문왕이 즉시 아뢰었다.

"지난 2월에는 여우 여러 마리가 의자왕(義慈王)의 대궐에 들어왔는데 그 중 한 마리는 좌평(佐平)의 책상 위에 냉큼 올라앉았다 하옵니다."

"여우가?"

"그러하옵니다."

"여우란 본래 야비한 짐승으로 꾀가 많아 상서롭지 못한 동물인데 백제 상신의 자리에 올라앉았다니 이는 필시 좋지 않은 증표가 분명하지 않느냐?"

춘추가 문왕의 얼굴을 빤히 쳐다보며 물었다.

"그렇습니다. 뿐만 아니라 또 4월에는 백제의 태자궁 안에서 암탉과 작은 참새가 교미를 했다는 얘기가 백제의 온 천지에 퍼져서 모르는 사람이 없다 하옵니다."

"그것 또한 필시 백제에 좋지 못한 소문이 분명하구나."

춘추는 짐짓 점잖게 말했다. 참새와 암탉이 서로 어울려 교미를 했다니 믿어지지 않는 일이었기에 아예 귀를 씻어내고 싶은 듯했다.

"이어 5월에는 사비하(泗沘河: 백제의 사비성(泗泌城)을 끼고 흐르는 지금의 금강) 언덕 위에 커다란 물고기가 올라와 죽었는데 그 길이가 세 길이나 됐으며, 이를 먹은 사람은 누구나 할 것 없이 모두 죽었다 하옵니다."

"괴이한지고."

춘추는 비록 백제의 일이었으나 상서롭지 못한 얘기들이었기에 이해할 수 없다는 표정을 지었다. 법민이 생각하기에도, 그처럼 커다란 물고기가 스스로 언덕에 올라와 죽었다는 것도 그렇지만 물고기를 먹은 사람이 모두 죽었다는 것은 괴이한 일이 틀림없었다.

"그뿐만이 아닙니다."

장군 진춘(陣春)이었다. 그 역시 휘하의 장졸들을 백제 땅으로 들여보내 염탐을 했다.

"또 무엇이오?"

춘추가 그를 보며 물었다.

"기미년 8월에는 한 여인의 시체가 백제 땅 생초진(生草津) 나루터에 떠올랐는데, 그 길이가 무려 18척에 달한다는 소문이 돌아 백성들이 모두들 뒤숭숭한 소문에 쌓였으며, 또한 9월에는 백제의 궁중에 있는 홰나무가 마치 사람이 우는 것처럼 울어댔으며, 밤에는 귀신이 대궐의 남쪽 길 가운데에서 슬피 울었다

하옵니다."

"저런 괴이한 일이……."

춘추는 그 말의 불길함을 떨어내고 싶다는 듯 몸을 부르르 떨었다.

"또 있사옵니다."

"말해보시오."

춘추가 재촉했다.

"올 경신(庚申)년 봄 1월에는 사비성의 우물물이 핏빛이 됐으며, 서쪽 바닷가에 작은 물고기들이 스스로 뭍으로 올라와 죽었는데 백성들이 다 먹을 수 없을 정도였다 하옵니다. 또 사비하의 물빛이 핏빛처럼 붉어졌다 하옵니다."

법민은 가만히 듣고만 있었다. 자신이 나설 자리가 아니라고 여겼기 때문이다. 그러나 법민이 듣기에도 불길한 소식만이 전해지는 것으로 봤을 때, 백제가 망할 때가 가까워진 것이라는 생각을 지울 수 없었다.

"또한 청개구리 수만 마리가 사비성의 나무 위에 모여 있었다 하옵니다. 그리고 사비성의 시정인(市井人)들이 까닭도 없이 놀라 달아나는 모양이 흡사 누군가가 잡으려고 쫓아오는 것 같았으며, 그로 인해 느닷없이 넘어져 죽은 자가 100여 명이나 됐다 하옵니다. 그 와중에 재물을 잃은 자들은 그 수를 헤아릴 수 없을 만큼 많았다 하옵니다."

"이는 필시 백제가 망할 때가 됐음을 알리는 것이다."

춘추가 탄식하듯 말했다. 그러나 표정만은 환하게 밝았다.

"더불어 왕흥사(王興寺) 승려들이 보아하니 큰 배가 거센 물결을 따라 움직이는 모양이 마침내 산 위로 올라와 절의 문을 향해 돌진해 들어오는 것 같았다 했습니다. 또 마치 송아지만큼 덩치가 큰 개가 서쪽 사비하 언덕에 와서 대궐을 바라보고 짖더니 사라졌다 하옵니다. 사람들이 찾아보았으나 어디로 갔는지 알 수가 없었으며, 성안에 있는 개들이 길 위에 모여들어 짖기도 하고 울기도 하다가 흩어졌다 하옵니다."

"저런 불길한 일이 또 있을꼬?"

춘추가 다시 혀를 끌끌 찼다.

"첩자가 이르기를 귀신 하나가 백제의 대궐 궁중으로 들어오더니 큰 소리로 울부짖으며 "백제는 망한다! 백제는 망한다!"라고 하고는 이내 땅속으로 들어가 버려, 의자왕이 이상히 여긴 나머지 사람을 시켜 땅을 파보았더니, 석자 깊이의 땅속에서 거북 한 마리가 나왔는데 그 등에 다음과 같은 글이 쓰여 있었다고 하옵니다."

"뭐라 쓰여 있었다는 것이오?"

춘추가 침을 삼키며 물었다.

"백제동월륜(百濟同月輪) 신라여월신(新羅如月新) —(백제는 둥근 달과 같고 신라는 새 달과 같다.) 이라고 쓰여 있었다고 하옵니다. 의자왕이 마침내 무당을 불러 글의 뜻을 물으니 무당이 이르기를, "둥근 달이라는 것은 이미 가득 찬 것이니 차면 곧 기우는 것입니다. 그러나 새달은 차지 않은 것이니 점점 차게 된다는 뜻입니다."라고 하자, 의자왕이 몹시 노한 나머지 그 무당을 그 자리에서 죽여 버렸다하옵니다. 이에 옆의 신하가 다시 이르기를 "둥근 달은 성한 것이고, 새달은 미약(微弱)한 것이오니, 생각건대 우리나라는 점점 성하고 신라는 점점 약해진다는 뜻이 아니겠습니까?"라고 아첨을 꾀하자 의자왕이 이 말을 듣고 매우 기뻐했다 하옵니다."

"허면 그것이 과연 무슨 뜻을 가진 변괴이겠소?"

춘추가 신하들에게 물었다.

"필시 저들의 땅에서 생긴 여러 가지 변괴는 백제

가 망할 때에 이른 것이라는 걸 하늘이 먼저 알고, 이를 우리 백성들에게 깨우쳐주는 것이라 생각되옵니다."

진춘이 말했다.

그러자 지금까지 말없이 듣고만 있던 유신이 몸을 일으켜 말했다.

"서적의 땅에 여러 괴이한 변고가 일고 있는 듯싶사옵니다. 이는 필시 백제가 망할 징조를 하늘이 알려주려는 뜻이 분명하옵니다. 대왕 전하께서는 마땅히 당나라에 다시 군사를 요청하여 이 기회에 백제를 멸하심이 가한 줄 아뢰옵니다."

춘추가 이 말을 듣고 유신을 보며 물었다.

"그렇지 않아도 과인이 당나라에 군사를 청하였으나 지금까지 아무 기별이 없어 이처럼 속을 끓이고 있는 중입니다."

"백제가 무도하여 죄악이 걸(桀: 하(夏)나라의 마지막 임금)과 주(紂: 은(殷)나라의 마지막 임금)보다 심하니, 이제는 실로 하늘의 뜻에 따라 불쌍한 백제 땅의 만백성들을 구원하고 의자왕의 죄를 다스릴 때입니다. 대왕 전하께오서는 다시 당나라에 군사를 요청하옵소서."

유신이 다시 말했다.

"알겠소. 유신공의 뜻이 그러하다면 과인이 다시 당에 군사를 일으켜 우리와 연합해서 백제로 진격하자는 글을 다시 보내도록 하겠소."

그 해 3월.

마침내 당의 사신이 황제의 친서를 지참하고 춘추를 찾았다. 당의 이치는 군사를 내어 백제를 칠 것인즉, 신라에서도 마땅히 황제의 뜻에 부응하여 서로 합심해줄 것을 요구했다. 춘추는 절치부심 오랫동안 기다렸던 일이었기에 마땅히 중신들과 의논해 대책을 서두르기 시작했다. 그리고 당나라 사신을 불러 당나라의 상황에 대해서 물었다.

"당나라 군사들은 과연 어떤 방법으로 삼한 땅으로 이동한다 했소?"

"저희 군사들은 1,900여 척의 병선(兵船)을 이용해 등주(登州)로부터 바닷길로 삼한의 덕물도(德物島: 지금의 덕적도)에 오른 뒤 신군과 함께 백제의 사비성을 향해 진격한다 했나이다."

사신이 말했다. 이에 춘추는 흡족한 미소를 지었다. 과거에 자신이 이세민과 약조한 바와 같은 방법과 계책이었기 때문이다.

"병선 1,900척이라?"

춘추가 놀란 표정으로 다시 물었다.

"그렇사옵니다."

사신이 마치 자랑하듯 대답하고는 덧붙였다.

"대왕 전하, 수많은 당나라 병선(兵船) 2천여 척이 앞을 다투어 진격하는 서해바다의 모습을 상상해보십시오. 과히 장관이 될 것이옵니다."

"하하, 옳은 말씀이시오."

춘추 역시 환한 얼굴로 맞장구를 쳐주었다. 당의 사신이 물러나고 난 뒤 편전에 남아있던 신하들에게 춘추가 다시 입을 열었다.

"당의 이치가 비록 우리를 도와주겠다며 군사를 일으켰으나 뒤로는 무서운 이빨을 감추고 있다는 걸 잊어서는 안될 것이오. 저들은 백제를 멸한 뒤 기회를 봐 우리까지 치려고 할 것 틀림없소. 그러니 이제부터 이치의 독수를 벗어날 마땅한 방법을 찾아야 하오."

이에 천존이 나서며 말했다.

"사신에 따르면 당나라 군사의 숫자가 13만 명이라 했으니, 우리 군사를 15만 명쯤 동원하는 것이 좋을 듯싶습니다. 그리고 군사를 두 패로 나눠 우선 도성의 경비를 강화한 뒤 나머지 군사로 하여금 당군과 부응케 한다면 크게 걱정할 일은 없을 것이 옵니다.”

이번에는 품일이 나섰다.

“백제는 고구려와 서로 동맹을 맺고 있기 때문에 그때를 이용해 고구려가 신라의 북방으로 쳐들어오지 않는다고 어찌 장담할 수 있겠습니까? 일이 잘못되면 우리는 양적을 동시에 상대해야 하는 어려운 처지에 빠지게 될지도 모르는바, 신중히 생각해야 할 것입니다.”

그러자 상신 유신이 절충안을 내놓았다.

“15만 군사를 차라리 셋으로 나눠 10만으로 도성과 고구려 쪽의 국경을 동시에 지키도록 하고, 남은 5만의 군사로 하여금 당군과 부응하게 하는 것이 좋겠습니다.”

“우리 신라에서 5만의 군사만으로 당군을 성원(聲援)하도록 한다면 당의 소정방이 오히려 그 일을 빌미로 트집을 잡지 않겠소? 만일 당나라 군사들이 백제를 멸한 뒤 그 일을 들먹이며 백제 땅을 우리에게 돌려주지 않을 수도 있는 일이오.”

춘추가 걱정스러운 듯 묻자 유신이 다시 말했다.

"소신이 생각하기로 어차피 당은 백제를 멸한다 해도 그 땅을 순순히 우리에게 넘겨주지 않을 것이옵니다. 또한 소정방이 13만의 군사를 이끌어 온다 하지만 백제 전역을 한꺼번에 아우르지는 못할 것입니다. 백제가 비록 왕실이 문란하고 임금이 백성으로부터 신망을 잃었다 하지만 700년이라는 짧지 않은 역사가 있는지라 어찌 충신과 열사가 없겠습니까? 당의 군사가 사비성을 차지하더라도 안팎으로 백성들의 끈질긴 저항에 부딪칠 것이 확실할 뿐만 아니라 백제 전역을 모조리 아우르기에는 많은 시일이 필요할 것이 분명합니다. 따라서 우리는 전면에 나서지 않은 채 당군을 뒤에서 거들어주는 것만으로 족할 것입니다. 우선은 백제를 멸하는 것만으로 만족했다가 천천히 기회를 봐서 우리의 천 년 숙원을 풀도록 하십시오."

유신의 말에 춘추는 고개를 끄덕였다. 그리고 마음을 급하게 먹는다 해서 되는 일이 아니라는 걸 비로소 깨닫고, 즉시 유신이 말한 대로 따르기로 결정했다.

5월 스무엿새에 법민은 춘추, 김유신, 그리고 장

수진주(眞珠) 천존(天存) 등과 함께 서라벌을 출발했다. 상대등에서 물러나 집에 머물던 알천으로 하여금 도성을 차질 없이 지키라며 정예 군사 5만을 따로 떼어준 뒤였다.

출전에 앞서 여러 신하들과 법민이 춘추에게 물었다.

"대왕 전하, 어찌하여 몸소 이곳까지 납시어 고난을 자초하십니까?"

"대왕께서 친정(親征)에 오르실 까닭이 없나이다. 도성을 지키는 것이 순리이옵니다."

"싸움은 장수와 군사들만으로도 능히 치를 수 있습니다. 어찌 시석이 난무하는 전장으로 친히 납시려 하시옵니까?"

그러나 춘추는 뜻을 꺾지 않았다.

"우리 군사들이 모두 나아가 목숨을 걸고 싸우는데, 어찌 과인이 도성만을 지키고 앉아 있겠소. 이 몸이 직접 나서서 서적의 무리를 꺾는 일에 작은 수고로움이라도 보태고 군사들을 성원할 것이오."

춘추가 친정하기를 고집하였으므로 누구도 말릴 수가 없었다.

6월 열여드레에 대왕이 이끈 군사들은 이윽고 남

천정(南川停: 경기도 이천)에 도착했다. 이곳은 원래 신라의 6개 정(停: 지금의 군단 사령부 격)이 설치돼 있을 뿐 아니라 서북방 영토를 관할하던 군사적인 요충지(要衝地)로서 매우 중요한 곳이었다.

“대왕 전하, 어찌 이처럼 북방지역까지 친히 납시었습니까?”

법민이 춘추에게 물었다. 당의 군사들과 서로 만나 합류하려면 신라군으로서는 비교적 백제의 사비성과 가까운 곳으로 진군해야 했다. 때문에 법민으로서는 의아심이 생겼던 것이다.

“법민은 듣거라. 내가 이곳까지 이른 것은 백제와 고구려를 동시에 혼란에 빠뜨리기 위한 술책 때문이니라. 우리는 백제를 치기 위해서 군사를 움직이는 것이지만, 만일 세작(細作)이 이를 본다면 고구려를 공격하려는 것으로 보일 것 아니겠느냐. 병법에 이르기를 도남의재북(圖南意在北: 남쪽을 도모하는 체하지만 실제로는 북쪽을 노린다는 뜻)이라 했거늘, 우리는 지금 그 병법의 가르침을 따르고 있는 중이니라.”

“과연 대왕 전하의 뜻이 그처럼 깊음을 소자 이제야 알겠습니다.”

법민은 춘추의 설명을 듣고 비로소 마음 깊이 깨닫

는 바가 있었다.

"태자는 이 길로 대장군 김유신과 함께 배를 타고 덕물도로 나아가 당의 소정방(蘇定方)을 접응(接應)해 마땅히 그의 심중을 파악하고, 아울러 그의 군사들이 언제쯤 백제 땅에 상륙하게 될 것인지 자세히 상의하도록 해라."

"소자, 아버님의 뜻을 받들어 따르겠습니다."

이에 법민은 6월 스무하루에 김유신과 함께 대형 병선 100척을 거느리고 당나라 군사들을 만나기 위해 덕물도로 향했다. 남천정을 출발해서 서해로 나아가 해안에 닿은 뒤 배를 타고 바다로 나아갔다.

법민이 탄 배는 맨 앞에 서서 힘차게 바다의 물결을 가르고 전진했다. 뒤를 따르는 100여 척 병선의 위용 또한 대단해서 저절로 전신에 힘이 솟았다. 덕물도가 가까워지자 반짝이는 모래사장이 오히려 보이지 않을 정도로 당나라의 병선들이 온통 바다를 덮고 있었다. 무려 1,900척의 배들이 바다를 뒤덮고 있으니 당연한 일이었다. 당나라 군사들이 배에서 내려 움직이는 모습으로 인해 섬 전체가 온통 까맣게 보일 지경이었다. 자연 마음이 든든해졌고 천하의 어떤 적이라 해도 두려울 것이 없었다. 이윽고 배에서 내린 유신과 법민이 당의 장수들이 기다리는 곳으로 다가가 우선 그곳에 있던 인문과 의미가 담긴 눈짓을 교환한 뒤 소 장군에게 말했다.

"먼 길 오시느라 얼마나 수고가 많으셨습니까?"

일찍이 법민이 태평송을 들고 당나라에 갔을 때 서로 대면한 일이 있었기 때문에 각별하고 반갑기 그지없었다. 비록 나이 차이가 많아 허물이 없을 수는 없었지만 이미 대면했던 바가 있었던지라 부담이 크지 않았던 것이다.

"먼 길을 오는 것이야 태자께서도 마찬가지 아니겠소. 그보다 태자께서는 내가 이끌고 온 우리 군사들의 위엄을 한번 살펴보시오. 용맹스럽고 창창한 기세가 이렇듯 높으니 수백 년에 걸쳐 그대의 나라를 그토록 괴롭혀온 백제의 무리쯤이야 하루아침에 꺾어 버릴 것이오."

소정방이 대답하고 나자, 법민이 다시 입을 열었다.

"참, 대장군께서는 일흔 노구(老軀)에 이르렀다 하나 성성한 세를 가진 군사를 이끌었으므로 한층 더 위엄을 갖추셨습니다."

법민은 그가 싸워보지도 않은 채 큰소리를 치는

것을 보고 배알이 뒤틀렸으나 신라를 돕기 위해 이르러 온 당의 장수라는 점을 배려해 한껏 추켜올렸다.

"하하, 그건 태자께서도 마찬가지입니다. 한 나라의 왕위를 이어받을 태자로서 손색이 없으십니다. 참으로 장하십니다."

소정방도 화답했다.

"과분하신 말씀이십니다."

법민은 김유신 이하 신라의 장군들과 함께 당나라 장수들과 마주앉아 의견을 나누었다. 말하자면 백제를 치기 위한 전략을 짜기 위해 양국 최고 장수들의 구수회의(鳩首會議)가 열린 셈이었다.

"나는 7월 열흘에 이르러 백제의 남쪽으로 접근해 대왕의 군사들과 만나 백제 의자왕의 도성(都城)을 깨뜨리고자 계획하고 있소."

소정방이 말했다.

"우리 대왕 전하께서는 지금 대장군께서 이끌고 오시는 대군(大軍)을 초조하게 기다리고 계십니다. 대장군께서 마침내 상륙했다는 소식을 들으시면 필시 이부자리에서 새벽 진지를 잡숫고 달려오실 것입니다."

법민의 말에 소정방이 환하게 웃으며 기뻐했다.

"저도 실은 대왕께서 그리하실 것이라 짐작하고 있소이다."

"저희 대왕께서는 황제께 감사하고 계십니다. 이처럼 대군을 내어 주시고 백제를 멸할 수 있는 군사들을 일으켜주신 은혜를 결코 잊지 않으실 것입니다."

"소신이야 황제께서 내리신 명을 따를 뿐이옵니다."

소정방이 대답하고 나서 다시 물었다.

"대왕의 군사들은 과연 얼마나 동원할 수 있으시겠소?"

그는 신라군의 군세(軍勢)가 과연 얼마나 되는지 궁금한 모양이었다. 싸움에 있어서 군사들의 숫자를 미리 파악하는 것은 작전 운용에 결정적인 영향을 미치기 때문에 매우 중요할 뿐만 아니라 당연히 알아야 하는 일이었다.

"정예병으로 5만여 명이 출전을 기다리고 있소이다."

법민을 대신해 유신이 대답했다.

"그만하면 됐습니다."

김유신의 말에 소정방이 만족한 듯 표정이 밝아졌다. 군사들의 숫자가 적다며 소정방이 트집을 잡고 나올 것을 염려했으나 다행히 군사들의 수에 대해서는 다른 말이 없었으므로 안심이 됐다.

법민은 7월 열흘 금강 하류의 기벌포(伎伐浦: 지금의 장항)에 상륙하는 당나라군과 합류하기로 기일을 정했다. 양군이 합동해서 사비성을 공격하기로 한 것이다.

소정방과 헤어져 법민이 배에 오르려는 순간이었다.

동생 인문이 조용히 소매를 잡아끌며 물었다.

"아버님께서 참으로 남천정 어름까지 납시셨습니까?"

"그렇다."

그러자 인문이 급히 주위를 살핀 뒤 걱정스런 얼굴로 속삭였다.

"당의 속셈은 백제를 멸하는 데만 있는 것이 아닙니다. 소정방이 백제를 멸하고 나면 즉시 우리 도성을 철통처럼 지켜야 할 것인즉, 방비는 과연 어떠합니까?"

깜짝 놀란 법민이 급히 인문의 입을 막았다.

"크게 걱정하지 말거라. 우리도 이미 저들의 의도를 꿰뚫고 있으니, 어찌 순순히 당하고만 있겠느냐? 여러 가지 상황에 대처할 만반의 준비가 갖춰져 있다."

법민은 인문을 안심시키기 위해 은밀하게 말했다.

돌아오는 뱃전에 기대선 법민은 푸른 물결을 바라보며 새로운 결의를 불태웠다.

'오늘이 있기를 내 오랫동안 기다렸느니라.'

천금 같은 이번 기회를 놓쳐서는 안 될 것이라며 자신에게 다시 다짐하는 것을 잊지 않았다. 그에게 있어서 백제의 존재는 언젠가는 제거해야 할 한낱 야차 같은 존재일 뿐이었다. 법민은 푸른 바닷물의 출렁임을 보며 주먹을 불끈 쥐었다.

법민은 즉시 남천정으로 가서 춘추를 알현(謁見)했다.

어가(御駕)는 남천정에 위치한 관아에 임시 거처를 마련해 머물고 있었다. 날씨가 찌는 듯 무더웠기 때문에 춘추는 한낮의 더위를 피해 비좁은 관아의 마루에 좌정(坐定)해 있었다.

법민이 말에서 내려 유신과 함께 부복(俯伏)하고 아뢰었다.

"소자 당나라의 소정방 장군과 그 군사들을 접응(接應)하고 돌아왔사옵니다."

"유신공, 수고 많으셨습니다."

법민이 말을 꺼냈으나, 춘추는 유신에게 물었다.

"대국의 군세(軍勢)가 과연 어떠하더이까?"

춘추가 이번 거사에 얼마나 노심초사하고 있으며 또한 성공하기를 바라고 있는지 느낄 수 있었다.

"소정방이 이끌고 온 군사들은 그 수가 많은지라 위세가 하늘을 찌를 듯했을 뿐 아니라 사기 또한 매우 높아 보였사옵니다."

"허, 그것참 기쁜 일이오."

"그렇습니다."

두 사람은 서로 기쁨을 감추지 못했다.

'그동안 백제를 멸하기 위해 얼마나 노심초사하셨으면 저처럼 기뻐하시는 걸까?'

법민은 아버지 춘추의 반응을 보며 마음이 착잡해졌다.

어찌 꿈엔들 저들의 무모한 침탈로 인해 죄 없는 백성들이 수모를 당하고, 사직이 위협받은 일을 잊을 수 있으며, 뼛속 깊이 사무친 원한을 쉽게 잊을 수 있겠는가? 국력이 약해 당할 수밖에 없었던 그동안의 핍박과 강토를 무참히 유린당하는 만행을 그대로 둘 수 있을 것인가? 싸움의 결과야 어찌 되든 일단 백제를 치기 위해 군사를 스스로 일으킬 수 있다는 사실이 중요한 것이었다. 법민은 분연히 몸을 떨치고 일어나 반드시 백제 무리들을 멸하리라고 마음을 다잡았다.

"이제야 백제에 대한 원한을 통쾌하게 갚을 수 있으며, 또한 장래에 고구려를 멸해 삼한을 일통(一統)으로 아우를 수 있게 됐도다."

춘추의 단호한 결의를 듣고서야 비로소 법민은 안도의 한숨을 내 쉬었다.

7월 아흐레가 되자 춘추는 장수들을 모두 불러들였다. 김유신을 비롯해 천존, 죽지, 품일, 흠순, 진주, 문충, 천품, 흠돌 등 기라성 같은 신라의 아홉 장군이 임시로 마련한 군막을 가득 채웠다.

"드디어 그처럼 기다리던 대망의 순간이 찾아왔소. 이 자리에 모인 여러 장수들은 신라의 심장이나 마찬가지요. 용맹스러운 장수들이여! 즉시 나아가서 우리의 철천지원수인 백제의 무리들을 단칼에 멸하고, 오랜 숙원으로 꿈꿔오던 삼한일통을 성취합시다. 우렁찬 개선가를 울리며 만백성이 편안히 생업에 종사할 수 있도록 최선을 다해주시오."

춘추는 말을 마친 후 황금 투구와 이름난 장인이 잘 다듬은 보검을 임금이 내리는 신표로 하사했다. 그리고 각자에게 진퇴와 군율(軍律)을 자유롭게 행사할 수 있는 특권을 부여함과 동시에 임금 앞에 서도 칼을 차고 부복할 수 있도록 허락했다. 아울러 군졸들의 생살(生殺) 여탈(與奪)은 물론 싸움터에서 나아가고 물러남을 자유자재로 행사할 수 있도록 했다.

출발에 앞서 법민이 춘추에게 물었다.

"대왕 전하께서는 거가(車駕)를 어디에 머무르도록 할 생각이시옵니까?"

"과인은 남은 군사들을 이끌고 금돌성(今突城: 경북 상주시 모동면 수곡리 백화산)에 내려가 본영을 설치하고 머물 것이니라."

춘추가 결의에 찬 표정으로 대답했다.

"하오면 소자는 먼저 나아가 소정방과의 군사기일 약조를 지키겠나이다."

법민이 고개를 숙이며 말했다.

"이르건대, 지금 네가 하는 일은 700년 사직과 천하 백성의 명운(命運)이 걸린 매우 중요한 일이라는 걸 명심하도록 하라. 행여 한 치의 흐트러진 틈도 보이지 말고 위업을 달성하여 삼한을 한데 묶는 대업을 이루도록 하거라."

"대왕 전하의 뜻을 바로 받들겠습니다."

법민은 춘추에게 큰절을 올리고 대장군 김유신, 좌장군 품일(品日), 우장군 흠순(欽純)과 함께 정병 5만을 이끌고 우렁찬 나팔 소리와 함께 출정의 첫발을 내디뎠다. 이는 덕물도에서 소정방과 약조한 군사기일을 지키기 위해서였다. 당의 군사와 신라군이 어김없이 날짜를 지키려면 급히 서둘러야 했다.

법민이 김유신 등과 함께 중군(中軍)에 편성돼 서둘러 길을 재촉해 황산벌(黃山伐: 논산시 연산면 부적리)에 도착해 살펴보니, 전봉(前鋒)으로 삼아 하루 먼저 출발했던 흠순과 품일의 군사들이 이미 적들과 두 차례나 싸움을 벌여 패한 나머지 낙담하고 있었다.

"아니? 이게 어찌 된 일입니까?"

법민이 물었다.

"백제의 적들이 앞질러서 이미 군사를 거느리고 와 저렇게 진을 치고 있었는데 진영을 둘러친 모양이 사뭇 단단한지라 쉽게 멸할 수가 없었습니다."

품일이 풀이 죽은 모습으로 그간의 사정을 설명했다.

이에 법민이 유신과 함께 멀리 살펴보니, 과연 나무를 통째로 잘라다 크고 작은 목책(木柵)을 길게 둘러치고 있는 모양이 제법 기세가 등등해 보였다. 흡사 바위 성처럼 견고한 책(柵)을 둘러친 뒤 그 뒤에 몸을 숨기고 이쪽을 살피고 있었다.

"적장이 어떤 인물이라 하던가?"

유신이 품일에게 물었다.

"좌평 벼슬에 있는 두 명의 장수와 달솔 벼슬에 있는 장수라 했는데, 이름이 뭔지는 미처 알아보지 못했습니다."

"즉시 자세한 적의 동향을 알아보도록 하게."

유신이 지시했다. 이에 품일은 즉시 첩자를 불러 알아보도록 했다.

"대장군께서도 한 번 살펴보십시오. 적의 기세가 결코 만만해 보이지 않습니다."

법민이 김유신을 돌아보며 말했다.

"적들이 나름대로 제법 준비를 철저히 하고 있사오나, 태자께서는 과히 걱정하지 마십시오."

유신이 전방을 노려보며 말했다. 얼굴에 난 하얀 수염과 굳게 다문 입술은 나라의 으뜸 장수로서 전혀 모자람이 없었다. 든든하고 믿음직스럽기까지 했다. 양군이 서로 대치해 있는 동안 잠시 시간이 흘렀다. 유신은 적의 상황을 자세히 파악하기 위해 장수들과 첩자를 부지런히 불러 접촉했다.

"백제 군사들의 수가 얼마나 돼 보이십니까?"

"첩자가 전하는 바에 따르면, 백제의 군사는 오천에 불과하지만, 모두 죽음을 각오하고 결사대를 조직해 싸우고 있다고 하옵니다."

유신이 적들의 목책을 노려보며 대답했다.

"숫자로는 아군이 훨씬 유리한 편이지만 결코 방심해서는 안될 것 같습니다."

유신이 덧붙였다. 저들이 웅거(雄據)하고 있는 모양을 살피는 모습이 아무래도 불안한 듯 보였다. 장수는 장수의 재질을 알아본다고 했던가? 적의 진영이 비록 급히 서둘러 친 듯 보였지만 제법 세가 튼튼하고 빈틈이 없어 보였던 것이다. 저처럼 휘하의 군사들을 능란하게 부리고 엄히 다스릴 줄 아는 장수라면 그 수완을 결코 무시할 수 없었다. 자연 긴장이 됐다. 더구나 소정방과 약조한 기일을 지키기 위해서는 서둘러 길을 열어나가야 했다. 그러나 막무가내로 군사들을 내몰아 철통처럼 튼튼한 적을 뚫고 나갈 수는 없었다.

"태자 저하의 말씀이 맞을 듯싶습니다."

유신 역시 심각해진 채 어두운 얼굴로 말했다.

이에 법민이 다시 유신에게 물었다.

"백제군을 지휘하는 장수가 과연 누구일까요? 대

장군께서는 알고 계시는지요?"

"첩자의 말에 따르면, 좌평 관직에 있는 충상(忠常)과 상영(常永)이라는 두 장수가 우리와 맞서 싸울 것이라 하옵니다."

유신이 대답했다.

"그 두 사람의 기량을 대충 짐작하시옵니까?"

법민이 다시 물었다. 자칫 잘못해 적들을 멸하지도 못한 채 싸움이 길어진다면 아군의 피해가 늘어날 뿐 아니라, 소정방과 약조한 기일도 지킬 수 없었다. 그러니 당연히 신경이 쓰일 수밖에 없었다.

"실은 두 사람의 백제 좌평은 대수롭지 않다고 생각하옵니다. 그러나……."

유신은 잠시 말을 끊고 수심이 가득한 얼굴로 적들의 목책을 살폈다.

"그렇다면 또 다른 인물이 있다는 말씀이십니까?"

"지금 저들을 지휘하는 장수중에 달솔(達率: 백제의 제2위 관등) 계백(堦白)이라는 장수가 있사옵니다. 그는 기민하고 용맹스러울 뿐 아니라 지략(智略)과 계책이 뛰어나서 우리와 맞서 싸워도 쉽게 이긴다고 장담할 수 없는 형편입니다."

유신이 굳은 표정으로 말했다.

그러자 법민의 얼굴이 침울해졌다. 아군의 병력이 피해를 입지 않고 적진을 돌파할 수만 있다면 천만다행이겠으나, 지금 형세를 살피건대 쉽게 뜻을 이룰 수 있을 것 같지 않았던 것이다.

그때 유신이 투구를 벗어 옆의 장수에게 맡기더니 홀로 말을 몰아 천천히 중앙으로 나아갔다.

"형님! 백제의 계백이라는 늙은이는 교활하고 술수에 능한 자입니다. 혼자 나갔다가 봉변이라도 당하면 어쩌시려고 그러십니까?"

놀란 흠순이 유신의 뒤에 대고 소리쳤다.

"걱정하지 마라. 장수란 서로 상대를 알아보는 눈이 있는 법이니, 설마 내게 장수의 도리를 저버린 채 독수를 쓰겠느냐? 내 적장을 만나 설득할 수 있다면 서로 사상자를 줄일 수 있을 뿐만 아니라, 아울러 소정방과의 군사 기일 약조도 지킬 수 있을 것이다."

유신은 그렇게 말한 후 말을 몰아 적진 가까이 다가갔다.

그러자 백제 진영에서도 한 사람이 말에 올라 이르러 나왔다. 유신은 그가 가까이 오는 것을 기다리고 있었다. 두 장수의 거리가 서로 말을 주고받을 수 있을 만큼 가까워졌다. 유신은 상대의 얼굴에 휘날리는 흰 수염을 잠시 바라보다 먼저 입을 열었다.

"이 몸은 신라의 김유신이라 하오. 백제의 계백 장군을 만나 나누고 싶은 말씀이 있어 이처럼 나왔소."

유신이 먼저 인사를 겸해 용건을 말했다.

"장군의 명성은 누차에 걸쳐 귀가 따갑게 들었소. 이 몸 역시 어제의 싸움 이래로 장군의 진영을 계속 살펴보고 있었습니다. 오늘 이처럼 가까이서 장군을 뵈오니, 과연 뭇 사람들의 구전(口傳)이 허명(虛名)이 아니었음을 능히 알 수 있었습니다."

계백 역시 고개를 숙여 예를 표하며 말했다.

"친히 이처럼 늙은 몸을 만나러 나와주다니, 참으로 고맙소."

"아닙니다. 전자에 있었던 도살성의 싸움에서 장군을 먼발치에서나마 뵌 적이 있었으나, 그때는 서로의 사정이 워낙 급한 나머지 장군의 명성을 직접 확인하지 못하는 결례를 범했었습니다. 너그럽게 용서하십시오."

진중하기 짝이 없었다. 나름대로 싸움터의 도리와 의리를 따져 분별하는 능력을 갖춘 듯했다. 모름지기 일국의 장수가 가져야 할 덕목을 흐트러짐 없이 갖추고 있는 듯했다. 이에 유신 역시 경애하는 감정과 안타까운 심기를 밖으로 드러내지 않기 위해 안간힘을 써야 했다.

"저 역시 마땅히 장군을 뵈었어야 했지만 사정이 어지러운 관계로 도리를 다하지 못했소."

유신은 겸손을 표하고 나서 사뭇 진지한 얼굴로 말을 이었다.

"나라를 사랑하고 주군을 섬기려는 장군의 드높은 충절은 이미 천하 사람들에게 널리 알려졌으며, 몇 차례의 접전을 거치는 동안 출중한 지략과 용맹은 우리 신라의 5만 군사에게 두려움을 주기에 충분했소. 대방(백제)과 신라는 서로 국경을 맞댄 채 장구한 세월동안 이웃으로 지내왔으나 근자에 이르러 뜻한 바가 서로 다른 나머지 자주 다툼이 생기고, 한 치의 땅이나마 더 차지하기 위해 얼마나 많은 인명들이 황량한 벌판에서 이름마저 기억할 수 없는 해골로 변해갔소? 삼한의 땅은 어차피 누군가 나서서 한울타리에 아우르고 난 뒤에야 비로소 백성들이 편히 잠들 수 있을 것이오. 계백 장군! 장군께서 그처럼 지키려는 천 년 사직과 임금이 과연 무엇이오? 그 모두가 백성들의 안위를 지키기 위해 서 있는 것이 아니겠소? 지금 내가 이르는 말은 양군의 형세가 과연 어느 쪽이 성한지를 말하는 것이 아니오. 우리의 다툼으로 피차 잃게 될 백성들의 애틋한 인명을 생각한다면 어찌 마땅히 생각해 보지도 않은 채 무작정 서로 칼끝을 겨눌 수 있겠소?"

유신은 잠시 말을 끊고 상대를 바라보았다. 눈빛이 사뭇 깊고 처연했으며, 상대가 자신의 뜻을 받아주지 않을 것만 같은 예감이 불현듯 들었다.

"장군과 나는 서로 원한을 산 일이 없으나 원수처럼 싸워야 할 이유도 없소. 감히 바라옵건대, 장군께서는 주군을 섬기는 충절(忠節)보다 백성을 생각하는 인의(仁義)를 더욱 중히 여겨주십시오. 오직 그것만이 일평생 싸움터를 전전해온 이 늙은이의 마지막 바람이외다."

유신이 간곡하게 부탁했다.

묵묵히 유신의 말을 끝까지 듣고 난 계백이 말했다.

"제가 청맹과니가 아닌 다음에야 어찌 지금의 형세를 읽지 못하겠소. 그러나 장군이 신라의 신하로 가야 할 길이 있다면, 나 역시 대방의 백성으로서 걸어야 할 길이 있습니다. 무릇, 사람의 도리라는 것이 성할 때만 나라를 섬기다가 기우는 사직을 보 고

돌아선다면 그 어찌 또한 정도(正道)라 할 수 있겠습니까? 더구나 저는 이미 나라의 명을 받으면 집을 잊어야 하고, 싸움터에 나서면 부모를 잊어야 하고, 진군의 나팔소리가 울리면 자신까지도 잊어야 한다는 삼망(三忘)의 도리를 실천하기 위해 처와 자식을 제 손으로 죽이고 난 연후에 싸움터로 나온 몸입니다."

계백의 말에 유신은 눈을 크게 뜨고 그를 쳐다보았다. 그의 표정에서는 의심이 갈만한 점이라고는 전혀 발견할 수 없었다. 그 때문에 오히려 더욱 유신의 마음은 쓰리고 처량하기만 했다.

계백이 다시 말을 이었다.

"장군께는 매우 죄송한 일이오나 우리의 운명은 이미 갈려버렸으니, 서로 가야 할 길을 이제 와서 무슨 수로 되돌리겠습니까? 비록 사직이 거덜나고 망해버릴 나라이지만 제가 이 자리에서 죽는다면 기개를 지킨 이름이나마 훗날까지 남을 것인즉, 감히 부탁하오니, 대방의 신하로서 영예롭게 죽을 수 있도록 장군께서 도와주시오."

그 순간 유신은 마음속으로 고개를 저었다. 계백의 뜻이 너무 확고한 나머지 도저히 돌이킬 수 없다고 생각하자, 안타까운 마음이 솟구쳐 그를 마주 볼 수조차 없었다. 오히려 상대가 자신에게 도와 달라며 청을 하는 마당에 이르렀으니, 새삼 일러 무엇을 더 따질 것인가?

"알겠소. 장군의 뜻이 정녕 그렇다면 우리 두 사람의 운명이 어찌 가름할 것인지 하늘의 뜻에 맡겨 봅시다."

유신은 말을 돌려 진중으로 돌아와 군령을 내렸다.

"좌장군 품일은 좌측으로 군사들을 크게 움직이시오!"

"알겠나이다."

품일이 군사를 이끌고 좌측으로 크게 돌았다.

"우장군 흠순은 우측으로 군사를 이동시켜라! 나는 중앙을 맡겠다!"

"알아 모시겠나이다."

유신의 명을 받은 흠순이 예를 갖추고 군사를 이끌어 우측으로 크게 이동해갔다.

"돌격하라!"

이윽고 유신의 명이 떨어졌다. 세 방향에서 적진을 향해 협공(挾攻)하겠다는 뜻에 다름 아니었다.

"둥! 둥! 둥!"

이윽고 세 번의 북소리가 우렁차게 울렸다.

"와~!"

병사들의 함성이 하늘을 찌를 듯 황산벌을 뒤덮었다.

"돌격 명령이다!"

군사들이 명에 따라 좌우와 중앙의 각 방향에서 기병을 선두로 앞을 다투어 진격하기 시작했다. 적진에서는 돌덩이와 화살이 제철을 만난 메뚜기 떼처럼 아군을 향해 분분히 날아들었다. 여름의 햇볕은 뜨겁게 내리쬐고 군사들의 어지러운 움직임으로 뽀얗게 먼지를 피우는 가운데 적과 아군이 한데 어울렸다. 그러나 커다란 접전이 이어졌지만 적에게 특별한 타격을 주지는 못했다.

가파른 산등성이를 배후에 둔 채 교묘히 책을 구축해 웅거한 적을 두고 군사들이 돌격을 감행했지만, 튼튼한 진채(陣寨) 뒤에 숨어서 화살만 날릴 뿐, 적들이 스스로 나와 응전(應戰)하지 않은 탓이었다. 시간이 흐를수록 우군의 피해만 늘어갈 뿐, 적진은 흐트러지는 기미를 보이지 않았다.

첫 번째 공격에서 실패한 신라군은 전열(戰列)을 정비해서 다시 공격을 시도했다. 그러나 결과는 마찬가지였다. 생각 같아서는 적의 후방으로 우회해 크게 포위한 뒤 전면적인 공격을 퍼붓고 싶었으나, 지형이 험한 나머지 기동성만 떨어질 뿐 실효를 거두기 힘들어 보였다. 또한 천존과 죽지의 군사들까지 합세해 총 공세로 적을 멸하고 싶은 마음도 없지 않았으나, 오히려 우군들끼리 서로 부딪치며 더욱 어지러울 것이 분명했기 때문에 그 또한 옳은 방법이 아니었다. 싸움이라는 것이 군사들의 숫자만 많다고 해서 이기는 것이 아닌지라 참으로 난처하기 그지없었다.

"아군의 움직임을 묶어 놓으려는 적의 속셈이 분명해 보입니다."

"맞는 말씀이십니다."

법민의 말에 유신도 적의 의도를 파악한 듯 침울한 대답을 할 뿐이었다.

유신은 즉시 군사들을 뒤로 물러서도록 명을 내렸다. 그리고 다시 진을 편성해 적에 대한 공격에 나섰지만 여전히 승기(勝機)를 잡지 못했다. 네 번에 걸쳐 적진을 향해 싸움을 걸었지만 뚜렷한 결과를 얻지 못한 채 시간만 허비할 뿐이었다. 전세(戰勢)가 불리해진 것은 자명했다. 늦은 밤까지 횃불을 밝히고 싸움이 계속 됐지만 마찬가지였다. 땀을 많이 흘린 탓에 힘이 빠지고, 지친 군사들은 싸울 의지마저 잃고 사기가 떨어졌다.

"적들의 숫자가 비록 우리보다 적다고 하지만 진을 워낙 단단하게 구축하고 방어에 전념하고 있으니 마땅한 계책이 없사옵니다."

품일이 다가와 유신에게 말했다.

"적이 이미 험한 곳을 차지해 유리한 지형에 의지한 채 완강하게 저항을 하고 있기 때문에 뾰족한 방법이 없사옵니다."

우측을 맡았던 장군 흠순이었다.

"우리측 군사가 가까이 다가가기만 해도 화살이 비오듯 날아오고 목책에 몸을 숨긴 채 철저한 방어작전으로 나올 뿐이옵니다. 종래에는 앞으로 나아갔던 병사들이 힘이 빠진 채 싸울 의지를 잃고 말았습니다."

다른 장수도 어둠 속에서 적진을 노려보며 말했다.

할 수 없이 병사들을 돌려, 다시 서로 대치(對峙)하는 상황이 됐다. 법민이 앞과 뒤를 두루 살피며 궁리를 모아 보았으나 마땅한 대책이 없기는 마찬가지였다.

적은 처음 당도했을 때와 마찬가지로 튼튼한 은폐물에 몸을 숨긴 채 이쪽 동향을 살폈다. 아군은 여전히 맥이 빠진 채 장수들의 눈치만 살필 뿐이었다.

'뭔가 상황을 뒤바꿀 수 있는 전기(轉機)가 필요하다.'

법민은 의기를 잃은 나머지 신음처럼 혼잣말을 내뱉었다. 상황을 뒤바꿀만한 전환점이 필요했던 것이다.

1권 끝.

〈문무 2권〉으로 이어집니다.

문무1 [큰글자도서]

발 행 일 : 2010년 3월 29일
지 은 이 : 장태우
발 행 처 : (주)도서출판점자
발 행 인 : 김동복
출판등록 : 2009년 2월 17일 제 25100-2009-5호
주 소 : 서울시 성동구 아차산로17길 57 일신건영휴먼테코 1203호
전 화 : 02)3426-7511
팩 스 : 02)3426-7502
전자우편 : kbraille@naver.com
홈페이지 : www.kbraille.net

ISBN 978-89-93793-81-9
ISBN 978-89-93793-84-0 세트

잘못된 책은 바꾸어 드립니다. 값은 뒤표지에 있습니다.